Zu diesem Buch

«Der Tramp Francis Phelan kehrt 1938 nach mehr als zwanzigjähriger Abwesenheit in seine Heimatstadt Albany zurück. Weil er, der ehemalige Baseballstar, einen Streikbrecher mit einem Steinwurf getötet und den Tod seines kleinen Sohnes verschuldet hat, mußte er fort aus ihr. An Halloween, wenn nach altem Volksglauben die Toten auf Erden herumirren, sucht er im Gespräch mit seinen Toten die Vergebung seiner Sünden. Kennedy beschreibt die Geschichte dieses Menschen, der versucht, sein Leben in Anstand und Würde zu Ende zu bringen, so einzigartig und lebendig, wie man sich das als Leser nur wünschen kann.» («Süddeutsche Zeitung»)

«Ein herausragendes Buch, an das man sich erinnern wird. Kennedys Sprache ist kraftvoll, voller Energie. Er ist sehr talentiert: einfach ein Vollblutschriftsteller.» (Saul Bellow)

William Kennedy, 1928 als Sohn eines Polizeibeamten irisch-katholischer Abstammung in Albany geboren, studierte amerikanische Literatur an einer Franziskaner-Universität und war danach langjähriger Redakteur der «Albany Times Union», freier Journalist und schließlich Chefredakteur des «San Juan Star» auf Puerto Rico. 1961 kehrte er mit seiner Frau und seinen drei Kindern nach Albany zurück, um sich dort als freier Schriftsteller niederzulassen. Er schrieb (mit Mario Puzo) das Drehbuch zu Francis Ford Coppolas «Cotton Club». Im Rowohlt Verlag liegen außerdem die Romane vor: «Der Lange» (rororo Nr. 12142), «Billy Phelans höchster Einsatz» (1985) und «Druck» (1987).

WILLIAM KENNEDY

WOLFSMILCH

ROMAN

Aus dem Amerikanischen
von Walter Hartmann

rororo
ROWOHLT

Dieses Buch
ist vier anständigen Männern gewidmet:

Bill Segarra, Tom Smith,
Harry Staley und Frank Trippett

Veröffentlicht im Rowohlt Taschenbuch Verlag GmbH,
Reinbek bei Hamburg, Dezember 1988
Die Originalausgabe erschien 1983 unter dem Titel «Ironweed»
im Verlag The Viking Press, New York

Umschlaggestaltung Walter Hellmann
unter Verwendung des Plakatmotivs von Gerold Kratzsch
für den gleichnamigen Film
mit Meryl Streep und Jack Nicholson
Mit freundlicher Genehmigung
der METROPOL Filmverleih Gesellschaft mbH, München
Gesamtherstellung Clausen & Bosse, Leck
Printed in Germany
780-ISBN 3 499 12483 1

Nun hißt die Segel meines Geistes Boot,
Durch beßre Fluten steuernd vorzudringen,
Und flieht das Meer, das schreckensvoll gedroht.

DANTE, *Der Läuterungsberg*

1

Während er auf der Ladefläche des klapprigen alten Lastwagens die gewundene Straße durch den St. Agnes-Friedhof entlangfuhr, wurde sich Francis Phelan bewußt, daß die Toten noch lieber als die Lebenden in Nachbarschaften zusammenglucken. Mit einemmal fuhr der Laster zwischen lauter Denkmälern und Grabsteinen hindurch, die in eindrucksvoller Größe über den privilegierten Toten wachten. Doch der Laster rollte weiter, und die Grenzen bloßer Privilegien wurden sichtbar, denn hier kamen jetzt die Gräber der Toten von wirklichem Ansehen: erlauchte Männer und Frauen, führende Persönlichkeiten des Lebens ohne ihre Diamanten, Pelze, Kutschen und Limousinen, doch bestattet mit Pomp und Gloria unter Gewölben imposanter Mausoleen, die gebaut waren wie himmlische Schließfächer oder wie Nischen der Akropolis. Und, ah ja, hier kam dann auch unweigerlich die breite Masse, Reihe an Reihe unter schlichten Grabsteinen und noch schlichteren Kreuzen. Hier lag das Viertel der Phelans.

Francis' Mutter zuckte nervös in ihrem Grab, als sich der Laster mit ihrem Sohn näherte; sein Vater steckte seine Pfeife an, lächelte über das Unbehagen seiner Frau und hielt Ausschau aus seiner eigenen Parzelle unterm Rasen, um zu erfahren, was aus seinem Sohn geworden war, seit er selbst bei einem Bahnunglück den Tod gefunden hatte.

Francis' Vater rauchte die Wurzeln des Grases, das in den Trockenzeiten, die den Friedhof periodisch heimsuchten, verdorrte. Die Wurzelfasern verwahrte er in seinen Taschen, bis sie so spröde waren, daß sie bei Berührung zerfielen, dann zerrieb er sie zwischen den Fingern und stopfte damit seine Pfeife. Francis' Mutter flocht Kreuze aus Löwenzahn und anderem Unkraut mit tiefreichenden Wurzeln; darauf bedacht, sie in voller Länge zu erhalten, verarbeitete sie die Wurzeln, bevor sie vollends abgestorben waren. Dann verschlang sie ihr Gebinde, gierig und voller Abscheu zugleich.

«Schau mal, das Grabmal dort», sagte Francis zu seinem Gefährten. «Ist das nicht 'n Ding? Das war Arthur T. Grogan. Als kleiner Junge bin ich dem in Albany noch begegnet. Ihm gehörte alles, was in der Stadt mit Elektrizität zu tun hatte.»

«Davon hat er jetzt aber nicht mehr viel», sagte Rudy.

«Da würd ich nicht drauf wetten», sagte Francis. «Solche Burschen geben nicht so leicht her, was sie mal haben.»

Während sie näher kamen, nahm der Staub des ruhelosen Arthur T. Grogan in seinem imitierten Parthenon bei Francis' Erinnerungen an ein längst vergangenes vitales Leben einen fluoreszierenden Schimmer an. Der Laster rollte weiter den Hügel hinauf.

FARRELL, hieß es auf einem Grabstein am Wegesrand, KENNEDY auf einem anderen. DAUGHERTY, McILHENNY, BRUNELLE, McDONALD, MALONE, auch DWYER und WALSH war auf wieder anderen zu lesen. Lauter Iren. Auf zwei kleinen Steinen stand der Name PHELAN.

Als Francis die beiden PHELAN-Steine erblickte, sah er weg, denn er befürchtete, unter einem von ihnen könne sein Sohn Gerald liegen. Seit dem Tag, an dem er den Säugling hatte aus seiner Windel rutschen lassen, war er Gerald nie mehr von Angesicht zu Angesicht gegenübergetreten. Das wollte er auch jetzt nicht tun. Er ignorierte die beiden PHELAN-Grabsteine in der Hoffnung, daß sie zu einer ganz anderen Familie gehörten. Und er hatte recht: Unter ihnen lagen die Gebrüder

Phelan, zwei kräftig gebaute Kanalschiffer, beide im Jahre 1884 von derselben zerbrochenen Whiskeyflasche aufgeschlitzt, vor dem *Black Rag Saloon* in Watervliet in den Erie Canal geworfen und dann mit einer langen Stange unter Wasser gedrückt und ersäuft. Die Brüder besahen sich Francis' Aufzug, seine zerschlissene braune Twilljacke, die ausgebeulten schwarzen Hosen, das schmuddelige blaue Feuerwehrhemd, und empfanden eine Verwandtschaft, die nichts mit Blutsbanden zu tun hatte. Seine Schuhe waren so abgelatscht wie die derben Treter, die sie selbst am letzten Tag ihres Lebens getragen hatten. Und in Francis' Gesichtszügen erkannten die Brüder die wohlvertrauten Narben alkoholischer Verwüstung, die auch sie sich im Grabe zugelegt hatten. Denn beide waren sie gehörig betrunken und schutzlos gewesen, als der Meuchelmörder Muggins sie nacheinander umgebracht und um ihre gesamte Barschaft erleichtert hatte – 48 Cents. Wir starben für Pennies, teilten die Brüder Francis auf ihre schweigsame, todtrunkene Art mit, als er auf der Pritsche des Lasters an ihnen vorbeifuhr und zu den weißen Wolken hinaufsah, die sich an diesem Morgen so prächtig und ermutigend am Himmel ballten. Unter der wärmenden Sonne spürte Francis, wie sich seine Lebensgeister regten; er empfand dies Gefühl der Stärke als ein Geschenk des Himmels.

«Bißchen kühl», sagte er. «Aber es wird 'n schöner Tag.»

«Wenn's nicht pißt», sagte Rudy.

«Du verdammter Spinner, red nicht so vom Wetter. Jetzt isses mal schön, also sei zufrieden damit. Wieso mußt du rumlabern, es würd vom Himmel runterpissen?»

«Meine Mutter war 'ne Vollblut-Irokesin», sagte Rudy.

«Du Schwindler. Deine Alte war 'ne Mexikanerin und von der hast du auch die hohen Backenknochen. Indianerin, nee, das nehm ich dir nicht ab.»

«Stammt aus dem Reservat in Skokie, Illinois, ist dann runter nach Chikago und hat 'nen Job gekriegt als Erdnußverkäuferin am Wrigley Field.»

«In Illinois gibt's doch gar keine Indianer. Als ich dort war, hab ich die ganze Zeit über nicht einen Indianer gesehn.»

«Die bleiben unter sich», sagte Rudy.

Der Laster fuhr jetzt am letzten bewohnten Viertel des Friedhofs vorbei auf eine Anhöhe zu, an deren Fuß fünf Männer mit Hacken und Schaufeln das Erdreich auflockerten. Der Fahrer hielt an, ließ die Ladeklappe herab, und Francis und Rudy sprangen herunter. Die beiden gesellten sich zu den fünfen, die alsbald den Lastwagen mit frischer Erde beluden. Beim Schaufeln murmelte Rudy vernehmlich vor sich hin: «Ich komm euch noch auf die Schliche.»

«Wem zum Teufel kommst du auf die Schliche?» fragte Francis.

«Den Würmern», sagte Rudy. «Ich will rauskriegen, wieviel Würmer in so 'ner Lastwagenladung voll Erde drin sind.»

«Du zählst die Würmer?»

«Bisher waren's 108», sagte Rudy.

«Du verrücktes Huhn», erwiderte Francis.

Als die Pritsche vollgeladen war, stiegen Francis und Rudy auf den Erdhaufen, und der Fahrer kutschierte mit ihnen zu einem Abhang, an dem aus einer Gräberreihe mit jüngst Verstorbenen süßlicher Verwesungsgeruch aufstieg, die Myrrhe unverdienter Sterblichkeit und unterbrochener Träume. Der Fahrer, gegen solche Gerüche offenbar abgehärtet, parkte den Laster so dicht wie möglich neben den frischen Gräbern, dann trugen Francis und Rudy Schaufeln voll Erde zu den Toten, während der Mann hinterm Steuer ein Nickerchen hielt. Einige dieser Toten lagen hier schon seit zwei oder drei Monaten begraben, doch ihre Särge senkten sich immer noch tiefer in das vom Regen aufgeweichte Erdreich. Die schwangere Last ihrer Lebenstage suchte sich jetzt die entsprechende Tiefe im neugeborenen Tod und schuf auf jedem Grab eine rechteckige Mulde. Einige dieser Särge schienen unterwegs zum Mittelpunkt der Erde. Noch keines der Gräber war mit einem Grabstein versehen, doch auf manchen steckte eine kleine amerikanische Flagge im Boden, andere waren mit verblichenen Stoffblumen in Tontöpfen geschmückt. Rudy und Francis füllten die erste Mulde mit Erde, dann die nächste. Vertrocknete Gladiolen, die Blüten noch ein matter Tupfer Gelb zwischen dem braunverwelkten Rest, hingen über den Rand eines Korbes herab, der am Kopf des Grabes von Louis «Daddy Big» Dugan stand, dem Abstauber aus den Billardsalons von Albany, der erst vor ungefähr einer Woche, erstickt an seinem Erbrochenen, das Zeitliche gesegnet hatte. Daddy Big, der sich in der mehr und mehr verblassenden Erinnerung vergeblich zu entsinnen versuchte, wie man einen Kopfstoß anbringt oder einen Rückläufer, erkannte Franny Phelan, obwohl er ihn seit zwanzig Jahren nicht mehr gesehen hatte.

«Wer wohl hier drunter liegt?» sagte Francis.

«Wahrscheinlich irgendein Katholik», sagte Rudy.

«Natürlich 'n Katholik, du Spatzenhirn, das hier ist ein katholischer Friedhof.»

«Manchmal lassen sie auch Protestanten drauf», sagte Rudy.

«Den Teufel tun sie.»

«Und manchmal sogar Juden. Und Indianer.»

Daddy erinnerte sich an die Konturen von Frannys Mund noch von dem Tag im Chadwick Park, als er ihn das erste Mal in der Baseballmannschaft von Albany hatte spielen sehen. Daddy Big hockte ganz vorn, unten auf den billigen Plätzen vor der Baseline des dritten Laufmals, und beobachtete Franny, wie er über die Mauer zwischen Zuschauern und Spielfeld sprang und auf der ersten Bank Platz nahm, nachdem er einen Baseball, der Daddy Big mitten auf die Brust geknallt wäre, unter Verrenkungen erwischt hatte. Daddy Big sah Francis' Lächeln nach dem gelungenen Fang, und wenn er heute auch kaum noch Zähne im Mund hatte, so lächelte Franny doch in der gleichen vertrauten Weise, während er mit seiner Schippe frische Erde auf Daddy Bigs Grab warf.

Dein Sohn Billy hat mir das Leben gerettet, sagte Daddy Big zu Francis. Hat mich kopfüber gehalten und mich so vorm Ersticken bewahrt, als ich hundeelend auf der Straße lag. Gestorben bin ich dann später trotzdem. Aber das war nett von ihm, und ich wollte, ich könnt ein paar von den Gemeinheiten zurücknehmen, die ich ihm gegenüber abgelassen hab. Und dir gebe ich einen ganz persönlichen Rat: Paß auf, daß dir nie die eigene Kotze in die Luftröhre kommt.

Francis hatte Daddy Bigs Rat nicht nötig. Ihm pflegte der Alkohol nicht auf den Magen zu schlagen wie Daddy Big. Francis wußte, wie man säuft. Er soff in einer Tour und übergab sich nie. Er trank alles, was Alkohol enthielt, wirklich alles, und stets konnte er auf seinen zwei Beinen laufen und wie jeder andere Sterbliche in Worte fassen, was ihm durch den Kopf ging. Der Alkohol pflegte ihn dann schließlich einzuschläfern, aber erst dann, wenn es ihm paßte. Wenn Francis genug hatte und die anderen schon alle hinüber waren, legte er sich einfach hin, rollte sich zusammen wie ein alter Hund, steckte seine Hände zwischen die Beine, sie schützend um das legend, was von seinem wertvollsten Besitz übrig war, und ratzte weg. Nach einem kleinen Schläfchen wachte er dann gewöhnlich auf und zog los, um weiterzutrinken. So hielt er es, wenn er am Saufen war. Zur Zeit soff er nicht. Er hatte seit zwei Tagen keinen Alkohol mehr angerührt und fühlte sich ganz wohl dabei. Sogar richtig bei Kräften. Er hatte mit dem Saufen aufgehört, weil ihm das Geld ausgegangen war, außerdem ging es Helen gerade nicht allzu prächtig, und Francis wollte sich um sie kümmern. Schließlich hatte er nüchtern sein wollen, als er vor Gericht erscheinen mußte, weil er sich einundzwanzigmal hatte zur Wahl registrieren lassen. Er war auch hingegangen, doch es kam gar nicht erst zur Verhandlung. Sein Anwalt Marcus Gorman, ein As in der Branche, hatte einen Datumsfehler in dem Schriftsatz entdeckt, der die Vorwürfe gegen Francis enthielt, und die Klage wurde abgeschmettert. Normalerweise kassierte Marcus dann bei seinem Klienten 500 Dollar, aber von Francis verlangte er nur 50, weil Martin Daugherty, Kolumnist beim Lokalblatt und ehemaliger Nachbar von Francis, ihn gebeten hatte, in diesem Fall Nachsicht walten zu lassen. Als es ans Zahlen ging, hatte Francis nicht mal die 50 Dollar. Er hatte alles versoffen. Trotzdem bestand Marcus auf seinem Honorar.

«Aber ich hab das Geld nicht», sagte Francis.

«Dann geh arbeiten und verdien es dir», sagte Marcus. «Ich werd bezahlt für meine Arbeit.»

«Einem Penner wie mir gibt keiner einen Job», sagte Francis.

«Ich werd dir einen Job als Tagelöhner auf dem Friedhof besorgen», sagte Marcus.

Was er dann auch tat. Marcus spielte Bridge mit dem Bischof und kannte all die Katholenbonzen höchstpersönlich. Einer von denen hatte die Oberaufsicht über den St. Agnes-Friedhof in Menands. Francis hatte vergangene Nacht im Gestrüpp unter der Brücke neben der Dongan Avenue gepennt, war morgens gegen sieben aufgewacht und dann losgestiefelt zu der Mission in der Madison Avenue, wo es heißen Kaffee gab. Helen war nicht dort. Die war tatsächlich verschwunden. Er hatte keine Ahnung, wo sie steckte, und kein Mensch hatte sie gesehen. Am Abend zuvor habe sie sich noch in der Mission herumgetrieben, hieß es, sei dann aber fortgegangen. Francis hatte sich mit ihr wegen Geld gestritten, und nun hatte sie sich einfach aus dem Staub gemacht, aber wohin denn bloß, zum Teufel?

Francis saß mit den Pennern, die trocken waren, und den anderen, die auf Durchreise nur Station machten, zusammen bei Kaffee und Brot, während der Priester mit wachsamem Blick dabeistand und Seelenfänger spielte. Um meine Seele braucht sich keiner kümmern, sagte Francis immer, aber reicht mir doch mal die Kaffeekanne rüber. Dann lungerte er draußen vorm Eingang der Mission herum, pulte sich mit der Kante eines Streichholzheftchens zwischen den Zahnresten herum und schlug die Zeit tot. Da kam Rudy.

Rudy war zur Abwechslung ebenfalls nüchtern; sein graues Haar war frisch geschnitten und ordentlich gekämmt, sein Schnäuzer sauber getrimmt. Er trug ein weißes Hemd und gebügelte Hosen und hatte, obwohl es Oktober war, weiße Wildlederschuhe an den Füßen, hol's der Teufel, was kümmert ihn die Jahreszeit, es ist ja doch bloß 'n Penner. Francis, der vor ihm stand mit seinem verfilzten Haar, das dringend der Schere bedurfte, und mit einem Schuh, in dem der Schnürsenkel fehlte, roch den Gestank, der von seinem eigenen ungewaschenen Körper ausging, und schämte sich dafür; zum erstenmal, seit er zurückdenken konnte. Er kam sich wie ein Ausgeschlossener vor.

«Schaust ja blendend aus, Penner», sagte er.

«Ich war im Krankenhaus», sagte Rudy.

«Weshalb?»

«Krebs.»

«Au weia. Wirklich Krebs?»

«Der Weißkittel sagte zu mir, in sechs Monaten sind Sie 'n toter Mann. Ich sag, stimmt, ich werd mich garantiert mal totsaufen. Da meint er, ganz egal, was Sie trinken oder essen, mit Ihnen geht's zu Ende. Krebs, verstehn Sie? Ihr Magen ist hin, da ist nichts mehr zu retten. Ich sagte, daß ich gern noch die 50 vollmachen wollte. Keine Chance, meint der Doc. Ich sagte, na gut, was soll's.»

«Zu dumm, Alter. Hast du 'ne Pulle?»

«Ich habe einen Dollar.»

«Jessas, dann sind wir im Geschäft», sagte Francis. Aber dann fiel ihm das Geld ein, das er Marcus Gorman schuldete.

«Hör mal her, Penner», sagte er, «willste nicht mit mir arbeiten gehn und dir 'n paar Kröten verdienen? Dann könnten wir uns 'n paar Pullen besorgen und uns heut nacht 'ne richtige Koje leisten. Wird kalt werden. Sieh dir den Himmel an.»

«Arbeiten, meinst du? Wo denn?»

«Auf'm Friedhof. Dreck schippen.»

«Auf'm Friedhof, warum nicht. Sollte mich allmählich dran gewöhnen. Was zahlen die?»

«Woher soll ich das wissen.»

«Ich meine, zahlen sie bare Münze oder kriegt man dafür dann ein Gratisgrab, wenn man abkratzt?»

«Wenn's kein Bares gibt, kannst du's vergessen», meinte Francis. «Ich schaufel mir doch nicht mein eigenes Grab.»

Sie liefen zu Fuß vom Stadtzentrum Albanys bis zum Friedhof in Menands; sechs Meilen, wenn nicht mehr. Francis fühlte sich wohl und gesund, und das gefiel ihm. Zu dumm, daß ihm das nie so ging, wenn er soff. Dann fühlte er sich zwar wohl, aber nicht gesund, am allerwenigsten am Morgen danach, oder wenn er etwa mitten in der Nacht aus dem Rausch erwachte. Da kam er sich manchmal vor wie tot. Und brauchte schleunigst einen Drink, um Kopf, Kehle und Magen von ihren Marterqualen zu erlösen. Vielleicht auch zwei, weil ihm sonst das Hirn im Schädel verdampfte und ihm schwarz vor Augen wurde, wenn er versuchte, irgendwas auf die Reihe zu kriegen. Beinhart, wenn du nichts nötiger brauchst als diesen Drink, wenn dir die Kehle brennt wie eine offene Wunde, und es ist vier Uhr früh, der Wein ist alle, die Pinten haben dicht, und selbst wenn eine offen wäre, hättest du weder die Piepen noch jemanden, den du anhauen könntest. Das ist hart, Freundchen. Verdammt hart.

Francis marschierte mit Rudy den Broadway hinauf, und als sie an der Colonie Street vorüberkamen, war er einen Moment lang versucht, um die Ecke zu biegen und einen Blick auf das Haus zu werfen, in dem er geboren war und in dem seine verdammten Brüder und Schwestern bis heute wohnten. Dazu hatte er sich bereits im Jahre 1935, nachdem seine Mutter schließlich gestorben war und ihm die Gelegenheit günstig schien, einmal hinreißen lassen. Und was hatte er davon gehabt? Einen Arschtritt hatte er sich eingehandelt. Von mir aus kann die Bude einstürzen, dachte er, und sie allesamt unter sich begraben, eh ich da noch mal einen Blick drauf werfe. Sollen sie doch verschimmeln. Die Wanzen sollen sie fressen.

Kathryn Phelan auf dem Friedhof wurde unruhig, als sie der militanten Stimmung ihres Sohnes gewahr wurde und sich vorstellte, daß sie etwas in ihrer Grabesruhe stören könnte. Mit verstohlenem Eifer flocht sie schnell ein frisches Kreuz aus den butterweichen Wurzeln über ihr und würgte es flugs hinunter. Aber es wollte ihr nicht schmecken. Was Kathryn Phelan von Unkraut hielt, richtete sich allein danach, wie lang seine Wurzeln waren. Je länger die Wurzeln, desto widerlicher schmeckte das geflochtene Kreuz.

Francis und Rudy folgten dem Broadway Richtung Norden. Die hintere Hälfte von Francis' rechtem Schuh flappte bei jedem Schritt auf und ab, während beim linken die eingezwängte Ferse schmerzhaft am Leder scheuerte. Er entlastete den rechten Fuß, so gut es ging, bis er dann vor Frankie Leikheims Klempnerei ein Stück Schnur auf dem Gehsteig liegen sah. Frankie Leikheim? Ein Dreikäsehoch war das, auf den

Kopf spucken konnte Francis dem damals, und heute hat der Dreikäsehoch 'ne Klempnerei – und was hast du, Francis? Du hast 'n Stück Schnur, mit dem du dir den Schuh zubinden kannst. Bei kurzen Entfernungen kam man auch ohne Schnürsenkel aus, aber war man auf Trebe, konnte einem so ein ungeschnürter Schuh auf Wochen hinaus den Fuß ruinieren. Da glaubte man, nun hätte man sämtliche Schwielen, die man sich bei diesem Vagabundenleben zuziehen kann, aber dann gerät man an ein neues Paar Schuhe, und die haben dann ihr ganz eigenes Repertoire an Blasen in petto. Prompt scheuern sich die Blasen blutig, und in dem Fall bleibt dir dann nichts anderes übrig, als das Laufen für 'ne Weile einzustellen, damit der Schorf verkrusten kann und sich an der Stelle eine neue Schwiele bildet.

Die Schnur war zu dick, sie paßte nicht durch die Ösen. Francis zwirbelte sie auf und fädelte die Hälfte des Stranges durch genügend Löcher, so daß er ein paarmal über Kreuz lief. Er zog seinen Socken hoch; das Ding verdient ja kaum noch den Namen bei all den Löchern, die an Ferse, Sohle und Zehen klaffen, muß mir mal 'n neues Paar besorgen. Er polsterte die aufgescheuerte Stelle mit dem Socken, so gut es ging, dann zog er vorsichtig den neuen Senkel fest, damit der Schuh nicht rutschte. Und machte sich wieder auf, Richtung Friedhof.

«Es gibt sieben tödliche Sünden», sagte Rudy.

«Tödliche? Todsünden, meinst du wohl», erwiderte Francis.

«Ich meine, tägliche», korrigierte Rudy. «Die man Tag für Tag begeht.»

«Was mich angeht, gibt es nur eine Sünde.»

«Voreingenommenheit.»

«O ja. Voreingenommenheit. Stimmt.»

«Und Neid.»

«Neid auch. Richtig. Das ist auch eine.»

«Und Lust.»

«Lust, genau. Hat mir immer gefallen.»

«Feigheit.»

«Wer ist hier 'n Feigling?»

«Feigheit.»

«Ich versteh nicht, was du meinst. Das Wort kenn ich nicht.»

«Feigheit», wiederholte Rudy.

«Dieses Dingsbums da mit dem Feigling, das gefällt mir gar nicht. Was meinst 'n du, was 'n Feigling ist?»

«Ein Feigling, nun, der kneift den Schwanz ein. Du weißt doch, was ein Feigling ist? Einer, der davonläuft.»

«Nee, das Wort kenn ich nicht. Francis ist kein Feigling. Der nimmt es mit jedem auf. Paß auf, weißt du, auf was ich steh?»

«Nee. Auf was stehst du?»

«Ehrlichkeit», sagte Francis.

«Die gehört auch dazu», sagte Rudy.

An der Shaker Road bogen sie ab und folgten ihr bis hinauf zur North Pearl Street, auf der sie Richtung Norden marschierten. In der Straße wohnten sie heute. Der Sacred Heart Church hatte man einen neuen Anstrich verpaßt, seit Francis sie das letzte Mal gesehen hatte, und die Tennisplätze neben der Public School No. 20 waren ebenfalls neu. Eine ganze Menge neuer Häuser standen hier, die er nicht kannte, alle nach 1916 erbaut. Hier, jetzt kommt der Häuserblock, in dem sie wohnen, nach dem, was Billy ihm erzählt hat. Als Francis zum letztenmal hier entlanggelaufen war, hatte es da nicht viel mehr als Kuhweide gegeben. Die Kühe vom alten Rooney waren immer wieder durch den Zaun gebrochen, liefen frei umher und verschmutzten Straßen und Gehsteige. Dem müssen Sie Einhalt gebieten, sagte Richter Ronan zu Rooney. Und wie, bitteschön, stellen Sie sich das vor, hatte Rooney da gefragt, soll ich die Viecher etwa in Windeln packen?

Sie folgten der North Pearl, bis sie einen Knick machte, nach Menands hineinführte und auf den Broadway mündete. Sie kamen an der Stelle vorbei, an der früher die alte *Bull's Head Tavern* gestanden hatte. Als kleiner Bengel hatte Francis mal zugesehen, wie Gus Ruhlan dort aus 'ner Ecke kam und mit geballten Fäusten auf einen Penner losging, mit dem er gerade im Streit lag. Der Penner streckte ihm die Hand hin. Gus knallte ihm eine vor den Latz und damit war der Film gelaufen. Sense, aus. Da schnallste ab. Ehrlichkeit. Sie schlenderten am Hawkins Stadium vorüber – ein beachtlicher Bau; ungefähr an dieser Stelle hatte früher, als Francis noch Baseball spielte, das alte Chadwick Stadium gestanden. Er konnte sich gut daran erinnern, wie hier noch alles Wiese gewesen war. Ein saftiger Schlag, und der Ball rollte und rollte, bis er im Gras verschwand. Bow-Wow Buckley flitzte dann immer hinterher und fand ihn jedesmal auf Anhieb, da war er nicht zu schlagen. Für Notfälle dieser Art hatte Bow-Wow stets ein halbes Dutzend Bälle im Gras versteckt. Dann legte er einen Wurf hin, der dem Läufer von der Third Base seinen Punkt zunichte machte und gab an damit, wie er den Ball gefunden und zurückbefördert hatte. Ehrlichkeit. Bow-Wow ist nicht mehr. Hatte als Eiswagenkutscher gearbeitet und seinem Gaul einen Fausthieb verpaßt, da schlug der aus und trat ihn tot, war's nicht so? Nee, Quatsch. Wer würde denn sein Pferd mit der Faust schlagen?

«Hey», sagte Rudy, «hab ich dich gestern abend nicht mit 'ner Frau gesehen?»

«Was für 'ne Frau?»

«Weiß nicht. Helen – richtig, Helen hast du sie genannt.»

«Helen? Bei der weiß man nie, wo die sich rumtreibt.»

«Wieso? Isse mit 'nem Bankier durchgebrannt?»

«Durchgebrannt ist sie nicht.»

«Aber wo steckt sie dann?»

«Was weiß ich? Die kommt und geht. Ich führ keine Strichliste.»

«Du hast wohl an jedem Finger eine.»

«Da wo die herkommt, gibt's noch mehr.»

«Und sind alle ganz verrückt drauf, dich kennenzulernen.»

«Meine Socken machen das. Da fliegen sie drauf.»

Francis hob die Hosenbeine und zeigte sie her: einer war grün, der andere blau.

«Das nenn ich seriös gekleidet», sagte Rudy.

Francis ließ die Hosenbeine wieder fallen und schlenderte weiter. Rudy sagte: «Hey, was zum Teufel hatte eigentlich die ganze Aufregung um die Marsmenschen gestern abend zu bedeuten? Alle im Krankenhaus haben davon geredet. Hast du mitgekriegt, was da im Radio gekommen ist?»

«Klar. Sie sind gelandet.»
«Wer?»
«Die Marsmenschen.»
«Wo sind sie gelandet?»
«Irgendwo in Jersey.»
«Und was ist passiert?»
«Hat ihnen dort genausowenig gefallen wie mir.»
«Nee, ohne Scheiß», sagte Rudy, «ich hab gehört, daß die Leute aus der Stadt geflohen sind, aus den Fenstern sprangen und all so was, als sie die Marsmenschen kommen sahen.»
«Richtig», erwiderte Francis. «Genau das sollten sie auch. Jeder, der 'nen Marsmenschen sieht, sollte auf der Stelle aus'm Fenster springen.»
«Du nimmst aber auch nichts ernst», stellte Rudy fest. «Du hast so 'ne, wie soll ich das sagen, so 'ne frivole Art, die Dinge zu betrachten.»
«Frivole Art? Frivol, sagst du?»
«Du hast richtig gehört. 'ne frivole Art.»
«Was zum Teufel soll denn das heißen? Haste wieder die Nase in Bücher gesteckt, du übergeschnappter Kraut? Ich hab's dir schon mal gesagt, 'n verrücktes Huhn wie du sollte seine verdammte Nase nicht in Bücher stecken, bloß um anderen Leuten sagen zu können, sie seien frivol.»
«Das ist kein Schimpfwort. Frivol, das is 'n gutes Wort. Ein nettes, hübsches Wort.»
«Vergiß die Wörter, da ist der Friedhof.» Francis deutete auf das Tor an der Einfahrt, die zum Friedhof führte. «Mir ist da grad was eingefallen.»
«Was denn?»
«Dieser Friedhof da steht voller Grabsteine.»
«Ja.»
«Ich hab noch keinen Penner gekannt, der unter 'nem Grabstein begraben worden wäre.»
Sie gingen die Einfahrt entlang, die vom Broadway zum Friedhofsportal führte. Francis begann, der Frau im Pförtnerhaus schönzureden, ließ den Namen Marcus Gorman fallen, stellte ihr Rudy vor und erklärte, der könne ebenso fleißig zu-

packen wie er und sei arbeitswillig. Die Frau erwiderte, der Laster müsse gleich eintreffen, er möge sich doch einfach gedulden und solange warten. Schließlich waren die beiden hinten auf dem Laster an ihren Arbeitsplatz gefahren und hatten zur Schaufel gegriffen.

Als sie die eingesunkenen Gräber aufgefüllt hatten, ruhten sie sich aus; der Fahrer des Lasters war nirgends zu sehen. Also hockten sie sich hin und blickten von der Anhöhe hinunter auf den Broadway, hinüber zu den Hügeln von Rensselaer und Troy am anderen Ufer des Hudson und auf die beachtlichen Wolken, die aus dem hohen Schornstein stiegen, der zur Kokerei an der Auffahrt zur Menands-Bridge gehörte. Francis kam zu dem Schluß, dies hier sei ein angenehmes Plätzchen, um sich begraben zu lassen. Der Abhang rollte mit einem einzigen sanften Schwung zu Tal, der einen richtig mitzunehmen schien durchs Gras, über die Wellen des Flusses und zwischen den Bäumen am anderen Ufer wieder hinauf bis zu den Kuppen der Hügel. Als Toter in dieser Erde zu ruhen würde einem Platz in Raum und Zeit geben. Man hätte Nachbarn, darunter sogar ein paar Alteingesessene wie die ehrwürdigen Toten dort unten am Ende des Rasens, wo Tobias Banyon, Elisha Skinner und Elsie Whipple in ihren Gräbern zu Staub zerfielen, unter Grabsteinen aus Kalkstein mit eingemeißelten Namenszügen, denen Schnee, Flugsand und der Zahn der Zeit zusetzten, bis sie kaum noch zu entziffern waren. Doch was bedeutete schon die Verewigung von Namen? Nun, es gab ja welche, die im Tode nicht minder schwer an der Bürde ihres Ansehens trugen als im Leben. Bei den Nachkommen jener Toten, die dort unten am Fuße des Hügels ruhten und allmählich zu Namenlosen wurden, war für eine länger währende Erinnerung gesorgt. Ihre Namen auf den neuen und wuchtigeren Marmorsteinen weiter oben am Abhang waren doppelt so tief eingemeißelt, so daß die Schrift mindestens eine Ewigkeit lesbar bleiben würde.

Und dann war da Arthur T. Grogan.

Das Parthenon des alten Grogan erinnerte Francis an etwas, doch er wußte nicht, an was. Er starrte das Ding an und fragte sich, was es, abgesehen von seiner monumentalen Größe, wohl zum Ausdruck bringen sollte. Francis wußte nichts von der Akropolis und über den alten Grogan kaum mehr, als daß es sich bei ihm um einen betuchten und einflußreichen Mann handelte, ein gebürtiger Ire, dessen Name jedermann in Albany ein Begriff war. Francis konnte nicht ahnen, daß es sich bei einer so massiven Marmorverpackung eines Haufens alter Knochen um eine holde Verschmelzung von antiker Kultur, neuzeitlichem Reichtum und Selbstvergötterung handelte. Ihm erschien das Grabgewölbe des alten Grogan so groß, daß man ohne weiteres Dutzende von Toten hätte darin unterbringen können. Und bei dem Gedanken tauchte in seiner Erinnerung wieder das Bild vom Grab des Strawberry Bill Benson in Brooklyn auf. Richtig, das war's. Genau. Strawberry Bill war anno acht linker Feldspieler bei Toronto gewesen, während Francis dort als Third Baseman spielte, und als Francis dann 1916 nach dem Tod des kleinen Gerald verduftete und auf die Walz ging, waren sich dic beiden Männer an einer Straßenkreuzung in der Nähe von Newburgh wieder über den Weg gelaufen und zusammen auf einen Güterzug gesprungen, der gen Süden rollte.

Bill mußte immerzu husten und war eine Woche nach ihrer Ankunft in New York gestorben. Er fluchte, sein Leben sei viel zu kurz gewesen, und nahm Francis das heilige Versprechen ab, seinen Sarg zum Friedhof zu begleiten. «Ich will da nicht ganz allein hinkommen», wie Strawberry Bill es ausdrückte. Geld hatte er nicht, und so bestand sein Sarg aus einer windschiefen Bretterkiste, die von ein paar Dutzend Zehn-Cent-Nägeln zusammengehalten wurde. Mit der war Francis dann zu dem Grab gefahren, in dem Strawberry Bill beerdigt werden sollte. Als der Fahrer vom städtischen Fuhramt mit seinem Gehilfen Bills armseligen Bretterhaufen auf einem Viereck aus großen, langen Holzplanken abstellte und wieder davonfuhr, stand Francis neben der Kiste und gab Bill Zeit, sich an die neue Umgebung zu gewöhnen. «Kein schlechtes Plätzchen, alter Freund. Dort drüben stehen sogar 'n paar Bäume.» Dann brach hinter Francis die Sonne durch die Wolken, ein Sonnenstrahl fiel durch einen Spalt zwischen den Planken und warf einen Streifen Licht in das darunter gähnende Loch. Es war ein niederschmetternder Anblick: ein enormer Hohlraum mit einem Dutzend aufeinandergestapelter Särge, ebenso grob gezimmert wie der von Bill. Ein paar von ihnen lagen auf der Seite, einer stand auf dem Kopf. Man hatte so viel Erde ausgehoben, daß das Loch noch dreißig oder vierzig weiteren von diesen schäbigen Totenkisten Platz bot. Innerhalb von zwei oder drei Wochen würden die dort unten übereinandergeschichtet liegen wie Klafterholz, lauter hübsch verpackte Bonbons für den großen unersättlichen Rachen von Schnitter Tod. «Du brauchst dir keine Sorgen mehr zu machen, Bill», klärte Francis seinen Kumpel auf. «Dort unten hast du jede Menge Gesellschaft. Kannst von Glück sagen, wenn du überhaupt 'n Auge zukriegst bei dem, was da los sein wird.»

Francis wollte nicht in einem solchen Massengrab landen wie Strawberry Bill. Aber er hatte ebensowenig Lust, in einem Marmortempel von der Größe eines Schwimmbads mit den Knochen herumzuklappern.

«Hier begraben zu werden, dagegen hätte ich nichts einzuwenden», sagte er zu Rudy.

«Stammst du aus dieser Gegend hier?»

«Hab 'ne Zeitlang hier gewohnt. Bin hier geboren.»

«Ist jemand von deiner Familie hier begraben?»

«Ein paar.»

«Wer denn?»

«Wenn du mir weiter so Löcher in den Bauch fragst, geb ich dir 'ne Handvoll Antworten, daß man fünf Finger auf deiner Backe sieht.»

Francis erkannte den Hügel, an dessen Flanke sich das Grab seiner Familie befand; es lag dem Schutzengel mit dem Schwert in der Hand gegenüber, der, auf Zehenspitzen auf der obersten von drei Marmorstufen stand und über dem Grab von Toby dem Liliputaner wachte, der bei dem Brand im *Delavan Hotel* einen heldenhaften Tod gestorben war. Der alte Ed Daugherty, ein Schriftsteller, hatte dieses Monument für Toby in Auftrag gegeben, nachdem er in der Zeitung gelesen hatte, Tobys Grab sei ohne Grabstein. Francis' suchender Blick folgte dem hügelabwärts ausgestreckten Arm des Engels dorthin, wo das Grab von Michael Phelan liegen mußte, und er fand die Stelle. An der Seite seines Vaters würde seine Mutter ruhen; wahrscheinlich drehte sie ihm den Rücken zu, dieses ewig keifende alte Weib.

Die gleiche Sonne, die auf Strawberry Bill herabschien, hatte auch an dem Tag geschienen, als Michael Phelan beerdigt worden war. Francis heulte hemmungslos an diesem Tag, denn er war dabeigewesen, als die Lokomotive seinen Vater erfaßt und fünfzig Fuß weit durch die Luft geschleudert hatte; die Erinnerung daran quälte ihn. Francis hatte ihm im Henkelmann sein warmes Mittagessen gebracht, und als sein Vater ihn erblickte, ging er ihm entgegen. Er passierte in sicherem Abstand die Rangierlok, die langsam auf dem Nebengleis vorbeiratterte, dann drehte er sich um und blickte zurück in die Richtung, aus der er gerade kam, ging rückwärts weiter und lief genau vor den heranbrausenden Zug, der nach Norden hinauf unterwegs war und dessen Fahrtgeräusche vom Lärm der Rangierlok übertönt wurden. Er flog durch die Luft und fiel beim Aufprall leblos in sich zusammen. Francis rannte hin und war als erster an seiner Seite. Er wollte den verdrehten Körper geradelegen, hatte aber Angst, ihn zu bewegen, also zog er seinen Pullover aus und schob ihn seinem Vater als Kissen unter den Kopf. Es gibt so manchen, der krumm wie ein Hund von dannen geht.

Ein paar von den Streckenarbeitern hatten Michael Phelan auf Codys Fuhrwerk nach Hause gebracht. Er blieb noch zwei Wochen am Leben und bekam dann ehrenvolle Nachrufe als beliebtester Vormann bei den Streckenarbeitern der New York Central. Die Eisenbahngesellschaft gab allen Streckenarbeitern im Abschnitt Albany den Morgen frei, damit sie zur Beerdigung konnten, und Hunderte kamen, um sich vom alten Mike zu verabschieden, der fortan in dieser Grube leben würde. Mama hatte dann das Regiment im Haus allein geführt, bis sie ihm auf dem Friedhof Gesellschaft leistete. Ich hätte, sagte sich Francis, nicht übel Lust, das Grab aufzubuddeln, runterzusteigen und ihr den verdammten knochigen Hals zu brechen. Ihm kamen die vielen Tränen in den Sinn, die er am offenen Grab seines Vaters vergossen hatte, und dabei ging ihm auf, daß eines schönen Tages keiner mehr am Leben sein würde, der sich noch daran erinnern konnte, daß Francis an jenem Tag geweint hatte – so wie es keinen Beleg mehr dafür gibt, daß je irgendwer eine Träne um Tobias, Elisha oder Elsie vergossen hat, die dort unten am Fuße des Hügels ruhen. Keine Spur mehr da von Schmerz und Trauer; Gefühle wie diese sind das erste, was der Schnee des Vergessens zudeckt.

«Es würd mich nicht stören, keinen Grabstein zu haben», sagte Francis zu Rudy, «solange ich nicht einsam und allein sterbe.»

«Falls du vor mir stirbst, verschick ich Einladungskarten», sagte Rudy.

Kathryn Phelan, die plötzlich merkte, daß ihr nichtsnutziger Sohn seinen eigenen Tod akzeptierte, vorausgesetzt, daß sich eine Trauergemeinde einfand, machte tonlos ihrer Empörung Luft und gab ihrem Gatten zu verstehen, wie sehr sie dies mißbilligte. Doch Michael Phelan folgte bereits dem Pfad, den sein Sohn zu der Stelle unter dem Eschenahorn einschlug, wo Gerald begraben lag. Es verblüffte den alten Mike immer wieder aufs neue, wie die Lebenden instinktiv auf ein verstorbenes Familienmitglied zusteuerten, ohne zu wissen, wo sich das Grab befand. Francis hatte Geralds Grab nie gesehen; zur Beerdigung war er nicht erschienen. Sein Fernbleiben an jenem Tag war für die Bewohner des St. Agnes-Friedhofes ein Skandal gewesen. Doch hier war er nun, entschlossenen Schrittes und mit einem leichten Hinken, das Michael nicht an ihm kannte, im Begriff, die Kluft zu schließen zwischen Vater und Sohn, zwischen jähem, unverhofftem Tod und nicht enden wollendem Schuldgefühl. Michael signalisierte seinen Nachbarn, daß hier wohl ein Akt der Besserung bevorstand, und die Augen der Toten, ausnahmslos Zeugen vergangener eigener Versäumnisse, unüberbrückbarer Kluften ihres früheren Lebens, begleiteten ihn schweigend, doch voller Zuspruch den Abhang hinauf zu dem Eschenahorn. Rudy folgte seinem Kumpel in respektvoller Entfernung und in dem Bewußtsein, daß hier ein bedeutsames Ereignis stattfand. Die Armesündermiene war ihm nicht entgangen.

Von seinem Grab aus, einem Kreis mit einem Kreuz in der Mitte, beobachtete Gerald den näher kommenden Vater und überlegte sich, was für ein Verhalten dieser Begegnung wohl angemessen war. Sollte er diesen Mann freisprechen von aller Schuld – nicht weil er ihn hatte zu Boden fallen lassen, denn dies war ohne Absicht geschehen, sondern weil er seine Familie im Stich gelassen hatte und feige geflohen war, als Standhaftigkeit und Mannestugend gefordert waren? Geralds Grab erbebte bei dieser verheißungsvollen Chance. War ihm auch in seinem kurzen Leben die Fähigkeit zu sprechen nicht vergönnt gewesen, war er auch gestorben mit einem Vokabular aus einsilbigen Guhs und Gahs, so besaß Gerald nun im Tode die Gabe, in Zungen zu sprechen. Seine Fähigkeit, andere zu verstehen und sich selbst mitzuteilen, machte ihn unter den Toten zum Genie. Er konnte mit jedem erwachsenen Toten in jeder erdenklichen Sprache sprechen, und noch viel bemerkenswerter war seine Fähigkeit, die geschwätzigen Eichhörnchen und Backenhörnchen zu verstehen, die lautlosen Signale der Ameisen und Käfer und die glibberigen der Schnecken und der Würmer, die oben auf seinem Grab herumkrabbelten und links und rechts von ihm durchs Erdreich krochen. Er nahm das Absterben des Energiestromes in den Blättern und Beeren wahr, die von dem Eschenahorn auf sein Grab fielen. Und weil sein Schicksal von kindlicher Unschuld und Entsagung bestimmt war, hatte Gerald einen schützenden Kokon um sich herum gebildet, der Feuchtigkeit abhielt und ihn vor Maulwürfen, Kaninchen und anderen Tieren bewahrte, die gern in der Erde wühlen. Es war ein feines, nahezu durchsichtiges Gespinst, aus glänzenden Silbersträhnen gewirkt, das ihn rings umgab. Nicht nur, daß sein Körper dem unausweichlichen Zerfall enthoben war, in mancherlei Hinsicht war er – sichtbar etwa an dem fülligen Haar auf seinem Kopf – zu einer Vollkommenheit gereift, die natürlich war und wundersam zugleich. Gerald ruhte in seiner kindlichen Erhabenheit, umgeben von einem Glanz, wie ihn ein so früher Tod mit sich bringt; seine Haut leuchtete wie weißes Gold, die Nägel silbriggrau, und die Farbe seiner großen Augen harmonierte mit dem schimmernden Schwarz seiner Lockenpracht. So wie er hier lag, war er erhaben über jede visuelle oder verbale Kunstfertigkeit, die sich an einer Darstellung hätte versuchen wollen. Weder schön noch perfekt erschien er dem Betrachter, sondern vielmehr wie eine Erscheinung von unsagbarer Erhabenheit, die auf dem ganzen Friedhof ihresgleichen suchte. Und auf St. Agnes wimmelte es von Unschuldslämmern.

Francis fand das Grab, ohne danach zu suchen. Er stand davor und rekonstruierte den Augenblick, als ihm der Säugling aus den Händen geglitten und zu Tode gestürzt war. Er betete, die Zeit möge zurückspringen, damit er sich in einer Ecke des Kohlenkellers erhängen könne, bevor er die Hand nach dem Kind auf dem Wickeltisch ausstreckte. Als ihm dies verwehrt blieb, betete er für den ewigen Frieden seines toten Kindes. Es stimmte, der Kleine hatte in seinem kurzen Leben kein Leid erfahren müssen, und als sein Halswirbel brach, kam der Tod zu schnell, als daß er Schmerz verspürt hätte: ein kurzer Knacks, und es war vorbei. *Gerald Michael Phelan*, hieß es auf dem Grabstein, *geboren am 13. April 1916*, *gestorben am 26. April 1916. An einem 13. geboren*, *und sein Leben währte 13 Tage. Ein Unglückskind*, *das wir sehr liebten*.

Tränen liefen Francis aus den Augen, und als eine davon auf seine Schuhspitze fiel, warf er sich vornüber aufs Grab, krallte die Hände ins Gras und erinnerte sich an den Augenblick, als er die leere Windel in Händen gehalten hatte. Sie verströmte einen kräftigen Geruch nach Urin, und als er sie vor Schreck mit der Rechten zusammendrückte, war ihm ein Tropfen der heiligen Flüssigkeit auf den Schuh gefallen. Zweiundzwanzig Jahre war das her, und jetzt in diesem Augenblick konnte Francis wie in einem Panorama jede Einzelheit jenes Nachmittags sehen, hören und fühlen – angefangen damit, wie er nach getaner Arbeit das Straßenbahndepot verlassen hatte, wie er dann mit Bunt Dunn in King Bradys Kneipe gehockt und über Baseball palavert hatte, bis hin zum Gang nach Hause mit Cap Lawlor, der die Bemerkung machte, das Bier bei Brady habe in letzter Zeit so einen Beigeschmack und es sei wohl an der Zeit, daß Brady mal wieder den Zapfhahn reinigte, und Francis erzählte, daß der Kleine von den Taylors, die gleich neben den Lawlors wohnten, die ganze Nachbarschaft mit seinen Spulwürmern verseuchte. Immer mehr längst vergessene Bilder hatte Francis' Gedächtnis heraufbeschworen, seit Arthur T. Grogan ihn auf den Vergleich mit Strawberry Bill gebracht hatte, nun aber war seine Erinnerung so klar und lebendig, als hätte er alles unmittelbar vor Augen.

«Ich kann mich genau an alles erinnern», sagte Francis zu dem toten Gerald. «Es ist das erste Mal seit deinem Tod, daß ich versucht hab, daran zurückzudenken. Ich hab an dem Tag nach der Arbeit vier Bier getrunken. Aber ich hab dich nicht fallen lassen, weil ich betrunken war. Das vierte hab ich noch nicht mal ausgetrunken; das hab ich auf Bradys Theke neben der Schüssel mit den Schweinsfüßen stehen lassen, weil ich mit Cap Lawlor zusammen nach Haus gehen wollte. Billy war damals neun, und er hat noch vor Peggy von deinem Tod erfahren: die war noch nicht von ihrer Chorstunde zu Hause. Deine Mutter sagte nur zwei Worte: ‹Mein Gott›, und dann kauerten wir beide neben dir auf dem Boden und wollten dich aufheben. Aber als wir da vor dir knieten, haben wir's dann sein lassen, weil du so merkwürdig dalagst. Die Tür ging auf und Billy kam herein. Er sah dich liegen und fragte: ‹Wieso liegt Gerald denn so krumm da?› Weißt du, ich hab Billy vor 'ner Woche oder so wiedergesehen, und der Junge sieht prächtig aus. Hat mir neue Kleider kaufen wollen. Er hat die Kaution bezahlt, damit ich aus'm Kittchen konnte, und mir sogar 'n paar Scheine zugesteckt. Und wir haben über dich gesprochen. Er sagt, deine Mutter hätt es mir nie zum Vorwurf gemacht, daß ich dich fallen lassen hab. In den ganzen zwoundzwanzig Jahren hat sie keiner Menschenseele erzählt, daß ich es war, der dich hat fallen lassen. Was soll man zu so 'ner Frau sagen? Ich seh noch den Linoleumboden vor mir, auf dem du gelegen hast – gelb war er, mit roten Vierecken. Meinst du denn, jetzt, wo ich mich so offen und ehrlich daran erinnern kann, könnte ich endlich anfangen, das alles zu vergessen?»

Durch ein wortloses Werk seines Willens erlegte Gerald seinem Vater die bedrückende Pflicht auf, die letzten Akte seiner Sühne dafür zu vollziehen, daß er seine Familie im Stich gelassen hatte. Du wirst nicht wissen, worin sie bestehen, erklärte ihm das schweigsame Kind, bis du sie alle ausgeführt hast. Und wenn du sie ausgeführt hast, wirst du sie ebensowenig als Sühne begreifen wie jene Buße, die dich so viele Jahre in Erniedrigung gefesselt hat. Und wenn du diese letzten Akte vollbracht hast, wirst du dich nicht länger wegen mir zu Tode grämen.

Francis hörte auf zu weinen und versuchte, eine Brotkrume zwischen seinen letzten beiden Backenzähnen herauszulutschen. Die Zunge machte ein saugendes Geräusch in seinem fast zahnlosen Mund, womit er ein Eichhörnchen aufschreckte, das in der Erde nach Nahrung scharrte, um sie als Wintervorrat einzulagern, und nun ängstlich in Spiralen den Eschenahorn hinaufflüchtete. Francis nahm das als Zeichen, seine Visite abzuschließen, und starrte hinauf zum Himmel. Ein weit hingestrecktes Feld weißer Schäfchenwolken von brutaler Helligkeit schob sich von Süd nach Nord, hing am östlichen Himmelsgewölbe wie ein üppiges Vlies aus allerfeinster Wolle, um den Tag zu wärmen. Der Wind hatte nachgelassen, die Sonne näherte sich dem Mittagsstand. Francis fröstelte nicht mehr.

«Hey, Penner», rief er Rudy zu, «laß uns mal den Fahrer von diesem Laster auftreiben.»

«Was hast 'n die ganze Zeit gemacht?» fragte Rudy. «Liegt hier jemand, den du kennst?»

«Ein kleiner Junge, den ich mal gekannt hab.»

«Ein Junge? Ist der gestorben, als er noch klein war?»

«Ziemlich klein.»

«Was ist mit ihm passiert?»

«Hingefallen ist er.»

«Wohin gefallen?»

«Auf 'n Fußboden.»

«Herrje. Das passiert mir zweimal am Tag, und ich bin nicht tot.»

«Das meinst du bloß», sagte Francis.

2

Vom Friedhof zurück in die Stadt nahmen sie den Albany-Troy-über-Watervliet-Bus. «Tu einen Dime raus, Penner», sagte Francis zu Rudy, und sie stiegen in die plattschnäuzige, rot und cremefarben lackierte Kiste mit Fenstern und Rädern, in Stromliniendesign, doch ohne den elektrisierenden Lebensfunken, ohne die wohligen Schaukelpferdbewegungen, ohne das Flair und die Verve der aussterbenden Straßenbahnen. An die Tramwagen erinnerte sich Francis ebenso deutlich wie an die Gesichtszüge seines Vaters, denn Tramwagen hatte er in seinen Jugendjahren oft liebevoll aus der Nähe betrachtet. Sie hatten in seinem Leben eine so beherrschende Rolle gespielt wie die Eisenbahn im Leben seines Vaters. Jahrelang hatte er im Tramdepot von North Albany an ihnen gearbeitet, er konnte sie im Dunkeln in Einzelteile zerlegen. Wegen ihnen hatte er sogar im Jahre 1901 bei dem Straßenbahnerstreik einen Menschen getötet. Phantastische Maschinen, doch heute sah man sie immer seltener.

«Wohin geht's denn?» fragte Rudy.

«Kann dir doch egal sein, wohin 's geht. Hast du 'ne Verabredung? Haste Karten für die Oper?»

«Nee, ich weiß nur gern, wo's hingeht.»

«Das weißt du doch schon seit zwanzig Jahren nicht mehr.»

«Da hast du auch wieder recht», sagte Rudy.

«Wir fahren zur Mission und sehen mal, was so läuft. Vielleicht weiß jemand, wo Helen steckt.»

«Wie heißt Helen eigentlich?»

«Helen.»

«Ich meine, mit Nachnamen.»

«Wieso willst du das wissen?»

«Ich weiß immer gern, wie die Leute heißen.»

«Sie hat bloß den einen Namen.»

«Okay, wenn du mir's nicht sagen willst, lassen wir's eben.»

«Richtig. Wir lassen's.»

«Kriegen wir da was zu essen? Ich hab Hunger.»

«Da kriegen wir was zu essen. Wir sind nüchtern, also wird er uns reinlassen, der Bastard. Ich hab da neulich abend gegessen, Suppe, weil ich glatt am Verhungern war. Das war vielleicht 'n Fraß! Die trockengelegten Penner, die dort wohnen – nichts wie ran an den Tisch und gefressen wie die Schweine. Und was die übriglassen, schütten sie zurück in den großen Pott, aus dem du dann deinen Tellervoll kriegst. Stallfutter.»

«Trotzdem ißt man nicht schlecht bei ihm.»

«Beschissen.»

«Köstlich.»

«Beschissen. Und er gibt dir erst was, wenn du seine Predigt über dich ergehen läßt. Ich seh die alten Penner da sitzen und kapier's nicht. Was macht ihr da bloß, warum hört ihr euch seinen Scheißdreck an? Aber sie sind halt alt und müde, Säufer eben. Die glauben an nichts, die haben schlicht und einfach Kohldampf.»

«Ich glaube aber an was», sagte Rudy. «Ich bin katholisch.»

«Na und, ich auch. Was zum Deubel hat das denn damit zu tun?»

Der Bus rollte den Broadway hinunter Richtung Süden, folgte den alten Straßenbahnschienen, fuhr durch Menands und nach North Albany hinein, vorbei an der Maschinenfabrik Simmons, an der Albany Felt Mill, der Bond Bakery, an der Papierfabrik und der Eastern Tablet Company. Und dann hielt er an der North Third Street, ließ einen Fahrgast zusteigen, und Francis sah durchs Fenster auf sein altes Viertel, es ließ sich nicht vermeiden. Er sah, wo die North Street ihren Anfang nahm und dann hügelabwärts zum Kanal führte, zu den Holzplätzen, zum Schwemmland und zum Fluß. Bradys Kneipe an der Ecke gab es noch. Ob Brady noch lebte? Ein ziemlich guter

Werfer, 1912 hatte er für Boston gespielt; in dem Jahr war Francis bei den Washington Senators. Und als der King sich vom Baseball zurückzog, hatte er die Kneipe aufgemacht. Zwei Erstligisten aus Albany, und beide landen sie in der gleichen Straße. *Nick's Delicatessen*, der Feinkostladen neben Bradys Kneipe, war Francis neu. Auf dem Gehsteig davor spielten Kinder mit Fratzen vorm Gesicht – ein Clown, ein Gespenst, ein Monster – Hüpfkästchen. Eines der Kinder hüpfte gerade über das Kästchenmuster aus Kreidestrichen, und Francis fiel ein, daß heute Halloween war, jener Tag, an dem Gespenster an die Haustür klopfen und die Toten unterwegs sind.

«Da unten am Ende dieser Straße hab ich früher mal gewohnt», sagte Francis zu Rudy und dachte gleich, warum erzähle ich ihm das? Er hatte eigentlich nicht das Bedürfnis, mit Rudy über irgendwelche Privatangelegenheiten zu reden. Doch er hatte mit diesem Einfaltspinsel den ganzen Tag Seite an Seite gearbeitet, sie hatten in unregelmäßigem Rhythmus Schaufeln voll Erde auf die Toten geworfen, und dabei war eine Verbundenheit entstanden, die Francis merkwürdig vorkam. Rudy, mit dem er sich vor zwei Wochen angefreundet hatte, erschien ihm jetzt wie ein Reisegefährte, mit dem man zu einem namenlosen Ziel in einem fremden Land unterwegs ist. Er war ein schlichtes Gemüt, ein Verlorener ohne Hoffnung und, obwohl jünger, ebenso verloren wie Francis. Er ging am Krebs zugrunde, ersoff in seiner Dummheit, wurde erdrückt von seiner Unwissenheit, ein geistloser Schafskopf, den hin und wieder Heulkrämpfe überkamen, wenn er an seine Verlorenheit dachte. Und doch war etwas an ihm, das Francis' Lebensgeistern Auftrieb gab. Beide trachteten danach, sich so zu verhalten, wie es ihrem Platz und ihren unaussprechlichen Träumen angemessen war. Beide waren wohlvertraut mit Etikette, Protokoll und Tabus der Penner und Vagabunden. Wenn sie miteinander redeten, waren sie sich einig in ihrem Glauben an die Bruderschaft der Trostlosen, doch die Narben in den Augen des anderen bestätigten ihnen, daß so eine Brüderlichkeit nie existiert hatte und die einzige einende Bruderschaft die war, in der man vor der immer gleichen Frage stand: Wie überstehe ich die nächsten zwanzig Minuten? Sie fürchteten sich davor, auf dem trockenen zu sitzen, vor Cops und Schließern im Knast, Bossen und Moralpredigern, Verrückten und Wahrheitsaposteln und voreinander. Leute mit Mundwerk, Lügner, Nutten, Fighter, Sänger, schwanzwedelnde Collies und freigebige Gauner liebten sie. Dieser Rudy, sagte sich Francis, ist halt ein Penner, aber wer ist das nicht?

«Haste lange hier gewohnt?» fragte Rudy.

«Achtzehn Jahre. Die alte Schleuse war nur einen Katzensprung von unserem Haus entfernt.»

«Was für 'ne Schleuse?»

«Die vom Erie Canal, Blödmann. Wenn ich von den Stufen vorm Haus einen Stein warf, landete er zwanzig Fuß jenseits vom Kanal.»

«Von einem Kanal hab ich hier nichts gesehn. Aber den Fluß, den hab ich gesehn.»

«Zum Fluß war's noch 'ne Ecke weiter. Isses immer noch. Aber die Holzplätze sind weg, den Kanal ham sie zugeschüttet, bloß die Sumpfwiesen am Fluß sind noch da. Und da drauf ham sie Jungletown gebaut. Vorige Woche hab ich da mal bei 'nem Kumpel übernachtet. Gleich neben dem Camp geht die Bahn vorbei, mit der ich damals nach Westen gefahren bin, rüber nach Dayton, Baseball spielen. In dem Jahr hab ich's auf 387 gebracht.»

«Welches Jahr war das?»

«Anno eins.»

«Da war ich fünf.»

«Und wie alt biste nun? Acht?»

Sie kamen an dem alten Tramdepot an der Erie Street vorüber, das voller Busse stand. Andere Farbe an den Remisen, und mehr waren's geworden, aber ansonsten sieht's hier noch fast genauso aus wie anno 1916. Von diesem Depot aus war an jenem Tag des Jahres 1901 der mit Streikbrechern und Milizsoldaten besetzte Tramwagen losgefahren und frech den abschüssigen und freie Fahrt bis in die Innenstadt gewährenden Broadway hinabgeschossen. Dann aber, an der Ecke Columbia Street, änderte sich plötzlich das Straßenbild: es wimmelte von aufgebrachten Streikbrechern samt Frauen, die den Tramwagen dort zwischen zwei lichterloh brennenden, über die Oberleitung geworfenen Bettlaken zum Halten zwangen, die Francis hatte anzünden helfen. Kavalleristen eskortierten den Tramwagen, im Innern fuhren Soldaten mit Gewehren. Doch nun saßen diese Streikbrecherseelen alle miteinander zwischen den lodernden Flammensäulen in der Falle, während Francis ausholte, seinen durchtrainierten Wurfarm vorschnellen ließ und jenen kleinen runden Stein von Ausmaß und Gewicht eines Baseballs auf die Reise schickte, der dem als Schaffner eingesetzten Streikbrecher ein Loch in den Schädel schlug. Die Soldaten sahen weitere Steine auf sich zufliegen, schossen blind in die Menge und trafen zwei Männer, die tot zusammensackten – nicht aber Francis, der hinunter zu den Bahngleisen rannte und ihnen so lange nach Norden folgte, bis ihm die Puste ausging. Er hechtete in einen Graben und wartete eine halbe Ewigkeit, um zu sehen, ob sie ihm auf den Fersen waren, doch keiner war ihm gefolgt, nur sein Bruder Chick und seine Kumpels Patsy McCall und Martin Daugherty, und als die drei an dem Graben anlangten, rannten sie zu viert weiter nach Norden, an den Holzplätzen vorbei, und fanden Zuflucht bei Iron Joe Farrell, dem Schwiegervater von Francis, der Herr über die Kläranlage war, die das Hudsonwasser für die Leute in Albany zu Trinkwasser aufbereitete. Und als er ein Weilchen später genau wußte, daß er nicht in der Gegend bleiben konnte, weil dieser Streikbrecher nämlich mausetot war, sprang Francis auf einen gen Norden rollenden Zug – denn um einen nach Westen zu erwischen, hätte er zurück gemußt in die aufgewühlte Stadt. Aber es ging auch so. Er fuhr nordwärts, dann lief er ein Stück zu Fuß und gelangte zu einem Schienenstrang, der Richtung Westen führte, und auf dem rollte er dann gen Westen, immer weiter nach Westen, bis hinüber nach Dayton, O-hi-o.

Dieser Streikbrecher war der erste Mensch gewesen, den Francis je getötet hatte. Er hieß Harold Allen und war ein neunundzwanzigjähriger unverheirateter Mann irisch-schottischer Abstammung, in Worcester, Massachusetts, geboren, hatte zwei Jahre lang das College besucht und war Mitglied des IOOF,

Veteran des Spanisch-Amerikanischen Krieges ohne Fronterfahrung; ein Anstreicher auf Wanderschaft, der in Albany Arbeit als Streikbrecher gefunden hatte und Francis jetzt auf der anderen Seite des Mittelgangs im Bus gegenübersaß. Er trug einen langen schwarzen Mantel und die Dienstmütze eines Wagenführers.

Warum hast du mich umgebracht, lautete die Frage, die Harold Allens stummer Blick an Francis richtete.

«Ich wollte dich nicht umbringen», sagte Francis.

Hast du mir deshalb diesen kartoffelgroßen Stein an den Kopf geworfen, daß mir der Schädel splitterte? Mein Gehirn ist rausgesickert, und ich bin gestorben.

«Geschah dir ganz recht. Streikbrecher kriegen, was sie verdienen. War mein gutes Recht, was ich getan hab.»

Dann reut es dich also kein bißchen?

«Ihr Mistkerle nehmt uns unsere Jobs weg. Was ist denn das für 'n Mensch, der einen Mann daran hindert, seine Familie zu ernähren?»

Seltsame Logik für einen, der seine Familie nicht nur in dem Sommer verlassen hat, sondern von da an jedes Jahr den Frühling und Sommer abgehauen ist, sobald die Baseballsaison losging. Und hast du sie dann nicht 1916 endgültig im Stich gelassen? Soweit ich weiß, bist du doch seit 22 Jahren nicht mal mehr besuchsweise zu Hause gewesen.

«Das hat seine Gründe. Bei der Sache mit dem Stein – da hätte mich die Miliz glatt abgeknallt. Und ich mußte Baseball spielen, das hab ich auch getan. Dann hab ich unser Baby fallen lassen, und der Kleine starb, und das hab ich nicht überwinden können.»

Ein Feigling, der davonläuft.

«Francis ist kein Feigling. Er hatte seine Gründe, und zwar verdammt gute.»

Du hast doch keine ernsthaften Gründe, um das, was du getan hast, zu rechtfertigen.

«Und ob», entfuhr es Francis, «und ob ich Gründe habe!»

«Wozu hast du Gründe?» erkundigte sich Rudy.

«Dort drunten», sagte Francis und zeigte hinaus auf die Eisenbahngleise jenseits des Straßenbahndepots, «hab ich damals in dem Güterwagen gehockt und keine Ahnung gehabt, wohin ich fuhr, außer daß es nach Norden ging, aber es sah so aus, als ob ich in Sicherheit wäre. Der Zug fuhr nicht sehr schnell, sonst hätt ich gar nicht aufspringen können. Dann werf ich einen Blick zur Tür raus und seh weiter vorn einen Kerl rennen, was das Zeug hält, der rennt genau wie ich vorher, und dann seh ich, daß ihm zwei Männer auf den Fersen sind, und einer von den beiden, die hinterherrennen, sieht wie ein Bulle aus und schießt, bleibt stehen und schießt. Aber der Bursche rennt weiter, und der Zug ist fast auf gleicher Höhe mit ihm, als ich noch 'nen zweiten genau hinter ihm rennen sehe. Beide halten auf den Zug zu. Ich spähe vorsichtig zur Tür raus, damit ich keine Kugel abkriege, und seh, wie der erste die Leiter an einem Waggon zu fassen kriegt, und dann ist er oben, ist auf'm Wagen, und die sind immer noch am Ballern. Und, verdammt noch mal, da passieren wir doch diesen Bahnübergang, grad als der andere Bursche den Wagen erreicht, in dem ich drin bin, und der brüllt zu mir hoch: «Hilf mir, hilf mir!», und die schießen, was das Zeug hält, und wenn ich ihm helfe, nehmen die hundertprozentig auch mich unter Beschuß.»

«Und? Was hast du gemacht?» fragte Rudy.

«Bin auf dem Bauch zur Tür gerobbt, um den Schützen 'n möglichst kleines Ziel zu bieten, hab dem Kerl meine Hand hingehalten, und er greift danach, erwischt sie beinahe, und ich hab ihn schon so gut wie am Wickel, und da, zack, peng, jagen sie ihm 'ne Kugel in den Rücken und der Film ist gelaufen. Sense, aus, vorbei. Da schnallst du ab. Hatte ihn voll erwischt, den armen Schlucker, und ich roll mich rum und rein in den Wagen, und erst, als wir nach Whitehall kommen und der andere Bursche bei mir im Waggon vorbeischaut, erfahr ich, daß die zwei Sträflinge waren, die ins Bezirksgefängnis von Albany überführt werden sollten. Aber in Albany war dann dieser große Straßenbahnerstreik, wo geschossen wurde und all so was, weil irgendwer mit 'nem Steinwurf 'nen Streikbrecher gekillt hatte. Die ganze Straße voller Leute, alles rannte kopflos kreuz und quer, und die Deputies, die die beiden Jungs bewachten, wurden 'n bißchen nachlässig, und da waren sie getürmt. Sie rannten ein

Stück, versteckten sich 'ne Weile, machten sich wieder auf und rannten weiter, ungefähr drei Meilen weit, genau wie ich, aber die Deputies kamen ihnen auf die Spur und blieben ihnen die ganze Zeit auf den Fersen. Aber diesen einen ham sie nicht erwischt. Der ist mit mir bis nach Dayton gefahren, fand's prima, was ich für seinen Kumpel getan hab, und als wir irgendwo auf 'nem Rangierbahnhof standen, hat er sogar zwei Hühner geklaut und uns 'n leckeres Essen gemacht. Wir ham sie gleich da im Güterwagen gebrutzelt. War 'n Mörder, der Bursche. Hatte in Selkirk 'ne Lady erwürgt und wußte nicht mal weshalb. Der andere, den's von hinten erwischt hatte, war ein Pferdedieb.»

«Schätzungsweise hast du schon allerhand brutale Dinger miterlebt», sagte Rudy.

«Wenn Blut fließt oder Schädel knacken», sagte Francis, «dann weiß ich, wie's schmeckt.»

Der Pferdedieb hieß Aldo Campione, ein Einwanderer aus Teramo in den Abruzzen. Er war nach Amerika gekommen, um dort sein Glück zu machen, und hatte hier beim Bau des Barge Canal Arbeit gefunden. Doch, Hinterwäldler, der er war, ergriff er in einem Kaff namens Coeymans eine sich bietende Gelegenheit in Gestalt eines Gauls, wurde prompt verhaftet, eingebuchtet, zur Aburteilung nach Albany verfrachtet und auf der Flucht in den Rücken geschossen. Die Lehre, die Francis aus seinem Schicksal zog, war: daß unser Leben reich an Kapriolen und verpaßten Anschlüssen ist; daß man nicht stehlen und sich schon gar nicht erwischen lassen darf; daß selbst Italiener nicht schneller sind als Kugeln und daß eine hilfreiche Hand im Augenblick der Not eine prächtige Sache ist. All dies freilich wußte Francis selber gut genug, und so bestand Aldo Campiones einprägsamste Lehre nicht in zu Geist gewordenen Tatsachen, sondern in dem Schauspiel selbst, denn bis heute hat Francis das auf ihn zukommende Gesicht Aldos nicht vergessen. Es sah aus wie sein eigenes; vielleicht der Grund, weshalb Francis sich in Lebensgefahr begab: um mit seiner Hand sein eigenes Gesicht zu retten. Aldo steuerte auf die offene Tür des Güterwaggons zu. Die Hand von Francis Phelan streckte sich ihm entgegen. Sie berührte die Fingerkuppen von Aldos leicht gekrümmter Rechten. Francis' Finger krümmten sich und zogen. Und da war Spannung. Spannung! Und Aldo gab der Spannung nach und ran mit ihm, los jetzt! Spring! Zieh, Francis, zieh! Und dann rauf mit ihm, hopp, rauf! Eine Hand war fest um die andere geklammert, daran der Mann, der abhob und an Francis großer Hand emporglitt, die ihn in Sicherheit zog. Und dann – zack, peng, und er läßt los. Zack, peng, geht er zu Boden, überschlägt sich und ist tot. Aus der Film.

Als der Bus an der Ecke Broadway/Columbia anhielt, an der einst dieser elende Tramwagen zwischen flammenden Bettlaken gefangen saß, stieg Aldo Campione zu. Er trug einen weißen Flanellanzug, weißes Hemd und weiße Krawatte, sein Haar war mit Brillantine gestriegelt. Francis wußte sogleich, daß dies nicht das Weiß der Unschuld war, sondern das der Demut. Der Mann war von niedriger Herkunft gewesen, entstammte einfachsten Verhältnissen und hatte ein geringfügiges Verbrechen begangen, das ihm den erbärmlichsten aller Tode im Staub eintrug. Dem hatten sie also drüben im Jenseits einen neuen Anzug besorgt. Und hier kam er nun den Mittelgang entlang und blieb neben dem Sitz von Francis und Rudy stehen. Er streckte die Hand aus und machte eine vieldeutige Geste zu Francis hin. Es hätte eine wortlose Begrüßungsgeste aus den Abruzzen sein können, oder war es eine Drohgebärde? Eine Warnung? Etwa eine späte Geste des Dankes, oder gar ein Zeichen des Mitgefühls für einen Mann wie Francis, der (für Aldos Begriffe) lange gelebt, so manches durchgestanden hatte und zentimeterweise auf seinen Tod zukroch? Womöglich eine Geste der Gnade, die Francis ermuntern sollte mitzukommen, ihn gar willkommen hieß im Jenseits. Und bei diesem Gedanken zog Francis die Hand, die er erhoben hatte, um sie Aldo zu reichen, schleunigst zurück.

«'nem toten Pferdedieb geb ich nicht die Hand», sagte er.

«Ich bin doch kein Pferdedieb», meinte Rudy.

«Siehst aber wie einer aus.»

Unterdessen war der Bus an der Ecke Broadway und Madison Avenue angelangt, und hier stiegen Francis und Rudy aus. Es war sechs Uhr, als sie hinaustraten in die eisige Dunkelheit des letzten Abends im Oktober 1938, hinaus in jene Nacht, in der es stets an Gnade mangelt, und in der die alten und die neuen Toten frei in diesem Land umherspazieren.

Im Dreck des kahlen, leeren Grundstücks neben der Mission zur Heiligen Buße lag unter einem erleuchteten Fenster eine reglose menschliche Gestalt. Als er und Rudy sie liegen sahen, ließ die Art, wie sie alle viere von sich streckte, Francis innehalten. Leblose Körper in Gassen, im Rinnstein, ganz egal wo, sie waren Teil seiner ewigen Landschaft: eine physische Todeslitanei. Der hier gehörte einer Frau, die im Staub den toten Mann markierte: das Gesicht flach auf dem Boden, die Arme nach vorn gestreckt, die Beine klafften auseinander.

«Hey!» rief Rudy und blieb ebenfalls stehen. «Das ist Sandra.»

«Sandra wer?» sagte Francis.

«Sandra eben. Sie hat bloß den einen Namen, wie deine Helen. Is 'ne Eskimofrau.»

«Du alter Spinner. Bei dir sind alle Eskimos oder Irokesen.»

«Nee, ungelogen. Sie hat früher oben in Alaska gearbeitet, als sie dort die Straßen gebaut ham.»

«Ist sie tot?»

Rudy bückte sich, hob Sandras Hand vom Boden und hielt sie in seiner. Sandra zog sie fort.

«Nee», sagte Rudy, «tot isse nicht.»

«In dem Fall, Sandra», sagte Francis, «schaff lieber deinen Arsch hier weg, bevor die Köter kommen und sich drüber hermachen.»

Sandra rührte sich nicht. Das Haar floß ihr in langen gelbweißen Strähnen vom trägen Haupt und zerrann ringsum im Staub. Das verblichene, schmuddelige Baumwollkleid war über die Kniekehlen hochgerutscht und gab den Blick auf Strümpfe frei, die so voller Löcher und Laufmaschen waren, daß man sie als Strümpfe kaum mehr bezeichnen konnte. Über dem Kleid trug sie zwei fleckige, zerschlissene Pullover, am linken Fuß fehlte der Schuh. Rudy bückte sich und tippte ihr auf die Schulter.

«Hey, Sandra, ich bin's, Rudy. Du kennst mich doch?»

«Hmnnn», machte Sandra.

«Geht's dir gut? Ich meine, fehlt dir was, oder bist du bloß besoffen?»

«Bsnnnn.»

«Sie ist bloß besoffen», sagte Rudy und erhob sich. «Wenn sie besoffen ist, kann sie sich nicht mehr auf 'n Beinen halten und kippt einfach um.»

«Sie wird da noch erfrieren, und dann kommen die Köter und fressen ihr den Hintern ab», sagte Francis.

«Welche Köter?» fragte Rudy.

«Die Köter, Mann, die Köter halt. Hast du die nicht gesehen?»

«Hab kaum welche gesehen. Ich steh mehr auf Katzen. Katzen hab ich viele gesehn.»

«Wenn sie voll ist, kann sie nicht in die Mission rein», sagte Francis.

«Stimmt», sagte Rudy. «Sie kommt blau rein, und er schmeißt sie sofort hochkant raus. Besoffene Weiber kann er noch weniger ausstehn als uns.»

«Wozu hält er seine Predigten, verdammt noch mal, wenn er nicht zu Leuten predigt, die's nötig haben?»

«Besoffene hams nicht nötig», sagte Rudy. «Oder würdest du vielleicht gern vor lauter Pennerschicksen wie der hier predigen?»

«Isse nun 'ne Pennerschickse oder einfach bloß besoffen?»

«'ne Pennerschickse.»

«Sieht auch so aus.»

«Ist sie schon ihr Leben lang gewesen.»

«Nee», sagte Francis. «Keiner wird als Penner geboren. Sie muß mal was anderes gewesen sein.»

«Sie war 'ne Nutte, bevor sie auf Trebe gegangen ist.»

«Und davor?»

«Weiß ich nicht», sagte Rudy. «Sie erzählt immer nur, wie sie in Alaska auf 'n Strich gegangen ist. Ich schätze, davor war sie einfach 'n kleines Mädchen.»

«Na bitte, da haben wir's. Ein kleines Mädchen, das ist doch ganz was anderes als 'ne Nutte oder 'ne Pennerschickse.»

Francis sah Sandras Schuh im Zwielicht liegen und ging ihn holen. Er stellte ihn neben den nackten Fuß, dann kauerte er sich neben sie uns sprach ihr ins linke Ohr: «Du wirst hier erfrieren heut nacht. Ist dir das klar? Wir kriegen Frost, vielleicht sogar Schnee. Hörst du? Du solltest zusehen, da du aus der Kälte rauskommst, irgendwo nach drinnen. Schau mal, ich hab die letzten zwei Nächte in den Büschen gepennt und es war arschkalt, aber heut abend ist es jetzt schon kälter als in den zwei Nächten davor. Meine Hände sind schon halb erfroren, und dabei bin ich bloß zwei Straßen weit gelaufen. Sandra? Hörst du, was ich sage? Wenn ich dir 'ne heiße Suppe bringe, würdest du sie dann trinken? Würdest du was runterkriegen? Siehst zwar nicht danach aus, aber vielleicht schaffst du's ja. Mit'm bißchen heißer Suppe im Bauch erfriert man nicht so schnell. Oder haste etwa vor, heut nacht zu erfrieren und liegst deshalb hier im Dreck? Hier steht ja nicht mal 'n bißchen Unkraut, das den Wind abhält. Wenn ich draußen penne, such ich mir immer 'n Plätzchen, wo ringsum 'n bißchen Gestrüpp steht. Willst du nun 'ne Suppe?

Sandra drehte den Kopf und blickte mit einem Auge hoch zu Francis.

«Wer bist 'n du?»

«Bloß 'n Penner», sagte Francis. «Aber ich bin nüchtern und kann dir 'n bißchen Suppe holen.»

«Besorg mir was zu trinken, ja?»

«Nee, dafür hab ich kein Geld.»

«Dann Suppe.»

«Willst du aufstehen?»

«Nee. Ich bleib hier und warte.»

«Du machst dich ja ganz dreckig.»

«Gut so.»

«Wie du meinst», sagte Francis und stand auf. «Aber nimm dich vor den Hunden in acht.»

Sie wimmerte leise, als Francis und Rudy sich entfernten. Der Nachthimmel war pechschwarz, der Wind verhieß klirrenden Frost. Francis sah ein, wie sinnlos es war, Sandra mit einer Predigt zu kommen. Wer konnte denn zu Francis predigen, wenn er irgendwo im Gestrüpp lag? Aber das rechtfertigt noch lange nicht, daß man sie nicht mal zum Aufwärmen hereinläßt. Wenn du besoffen bist, heißt das noch lange nicht, daß du nicht frierst.

«Wenn du besoffen bist, heißt das noch lange nicht, daß du nicht frierst», sagte er zu Rudy.

«Stimmt», sagte Rudy. «Von wem ist das?»

«Von mir, du Affe.»

«Ich bin kein Affe.»

«Siehst aber wie einer aus.»

Aus der Mission erschollen jetzt die Orgelklänge eines Amateurs, der in glühender Inbrunst die Tasten attackierte, und ein paar Stimmen erhoben sich zum Lobe unseres lieben Herrn Jesu, wo wären wir ohne ihn? Die Stimmen gehörten Reverend Chester und einem halben Dutzend Männern in Hemdsärmeln, die gleich vorn in der ersten Reihe des als Kapelle hergerichteten Raumes auf Klappstühlen saßen. Reverend Chester, ein gargantuesker Hüne mit Klumpfuß, wilder weißer Mähne und einer kräftigen Röte im Gesicht, die Zeugnis davon ablegte, daß er vor Jahren selbst einmal dem Whiskey verfallen gewesen war, stand hinter seinem Pult und schaute herab auf rund vierzig Männer und eine Frau.

Helen.

Francis sah sie gleich, als er den Raum betrat, sah die schief überm linken Ohr sitzende graue Baskenmütze, erkannte ihren alten schwarzen Mantel. Sie hielt kein Gesangbuch in Händen wie die anderen, statt dessen hatte sie die Arme verschränkt und wehrte sich mit Entschiedenheit dagegen, von so einem Methodisten wie Chester erlöst zu werden, denn Helen war katholisch. Und falls es für sie einmal eine Erlösung geben sollte, dann bitte gefälligst durch ihre eigene Kirche, die wahre Kirche, die einzige Kirche.

«Jesus», sangen der Priester und seine hemdsärmeligen Getreuen, «dein Name, der alle Angst uns nimmt, der all unseren

Kummer beendet, wie Musik in des Sünders Ohren erklingt, uns Leben und Frieden spendet ...»

Die restlichen sieben Achtel von Reverend Chesters Gemeinde – Männer, die sich in ihren Mänteln versteckten, den Hut im Schoß, sofern sie einen Hut ihr eigen nannten, die jammervollen, schmutzverkrusteten Gesichter umrahmt von struppigen Backenbärten – blieben stumm, murmelten abwesend den Text mit oder nickten im Halbschlaf vor sich hin. «Er wird uns vom Joch der Sünden befreien», hieß es weiter im Text, «er führt uns vom Kerker zum Licht, sein Blut wäscht auch den Ruchlosesten rein, er hat es gegeben für mich.»

Für mich wohl nicht, sagte Francis zu seinem in keiner Weise reingewaschenen Selbst, nahm wieder den ungetilgten Gestank wahr, der von ihm ausging, und merkte, daß er seit dem Morgen noch schlimmer geworden war. Der Schweiß eines Arbeitstages, der säuerliche Erdgeruch, der seinen Händen und Klamotten anhaftete, das widerliche Parfum dieser Friedhofsluft, die sich als frische, reine Brise ausgab, all dies saß wie eine ekelerregende Kruste auf der privaten Pestilenz seines Seins. Als er sich auf Geralds Grab warf, war er an dem plötzlichen Ansturm seines vergifteten Lebens beinahe erstickt.

«So höret ihn, ihr Tauben; ihr Stummen sollt ihm Lobpreis singen; ihr Blinden seht ihn nahen; ihr Lahmen sollt vor Freude springen.»

Die Lahmen und die Hinkenden ließen freudlos das Gesangbuch sinken, und Reverend Chester lehnte sich übers Pult und besah sich die abendliche Runde. Da gab es wie immer die anständigen und ordentlichen Männer, die tatsächlich keine Arbeit fanden, Opfer einer Gesellschaft, die von Habgier, Faulheit, Dummheit und einem Gott gebeutelt wurde, den babylonische Exzesse zornig machten. Solche Männer machten hier nur kurz Station, ihnen konnte ein Prediger nur Glück wünschen, für sie beten und sie für den langen Weg, der vor ihnen lag, mit einer Mahlzeit stärken. Die wirklichen Zielobjekte des Predigers waren die anderen: die Trunksüchtigen, die Taugenichtse, die Wasserköpfe und Geistesschwachen, die mehr brauchten als Glück. Was sie brauchten, war ein abgesteckter

Weg, ein Mentor und Führer durch die Höllen und Fegefeuer ihrer Tage. In heutiger Zeit das Wort Gottes und die Erleuchtung zu verbreiten war ein aufreibender Kampf, denn Abfall vom Glauben zeigte sich allenthalben, und der Antichrist war im Kommen. Bei Matthäus und in der Offenbarung stand es prophezeit, daß die Ehrfurcht vor der Bibel immer mehr schwinden, Gesetzlosigkeit, Genußsucht und Verworfenheit dagegen immer mehr um sich greifen würden. Die Welt, Erleuchtung und Gesang würden bald untergehen, denn ohne Zweifel waren wir Zeugen der heraufdämmernden Endzeit.

«Verloren», hob der Priester an und machte eine Pause, ließ das Wort nachhallen in den heiligen Stätten ihrer geschädigten Gehirne. «Verloren, oh, für immer verloren. Männer und Frauen, Verlorene ohne Hoffnung. Wer wird euch erretten aus eurer faulen Trägheit? Wer wird euch mitnehmen auf der Schnellstraße zum Seelenheil? Jesus wird es tun! Jesus wird euch erlösen!»

Der Priester schrie das Wort *erlösen* in den Saal und weckte damit die halbe Versammlung. Rudy fuhr erschrocken hoch aus seinem Dämmer, sein linker Arm machte einen ruckartigen Schlenker, der Francis das Gesangbuch aus der Hand schlug. Es landete mit lautem Klatschen auf dem Boden, was die Aufmerksamkeit des Predigers auf Francis lenkte. Ihre Blicke trafen sich, Francis nickte, und Reverend Chester schenkte ihm ein unbeugsames, hartherziges Lächeln.

Dann nahm sich der Prediger die Seligpreisungen zum Thema. Gesegnet seien die Armen im Geiste, denn ihrer ist das Himmelreich. Gesegnet seien die Demütigen, denn ihnen wird die Erde gehören. Gesegnet seien die Trauernden, denn ihnen wird Trost zuteil.

«O ja, ihr Männer aus der Gosse, ihr Brüder auf den erbärmlichen Straßen der einen, ewigen Stadt, die wir alle bewohnen, grämt euch nicht, weil ihr entmutigt seid. Fürchtet die Welt nicht, weil ihr von sanfter und demütiger Natur seid. Denkt nicht, euer Kummer, eure Tränen seien umsonst, denn sie sind die Schlüssel zum Königreich Gottes.»

Die Männer waren im Nu wieder eingeschlafen, und Francis

beschloß, sich den Gestank der Toten von Gesicht und Händen zu waschen und Chester um ein Paar neue Socken anzugehen. Denn nichts machte Chester glücklicher, als abstinent gewordenen Säufern neue Socken zu verehren. Speiset die Hungernden, kleidet die Nüchternen.

«Seid ihr bereit, Frieden zu finden im Herzen und im Geiste?» fragte der Prediger. «Ist heute abend jemand unter euch, der den Wendepunkt in seinem Leben gekommen sieht? Gott sagt: Kommet zu mir. Wollt ihr ihn also beim Wort nehmen? Wollt ihr es auf der Stelle tun? So kommet denn nach vorn und kniet nieder, auf daß wir miteinander sprechen. Tut es jetzt, und laßt euch erretten. Jetzt. Jetzt! Jetzt!!»

Niemand rührte sich.

«Nun denn, meine Brüder – Amen», schloß der Prediger mürrisch und verließ das Pult.

«Mein lieber Mann», sagte Francis zu Rudy, «endlich kommen wir zu unserer Suppe.»

Und plötzlich hatten es alle sehr eilig, an den Tisch zu kommen; die dienstbeflissenen Freiwilligen der Mission teilten Suppe aus, schnitten Brot in Scheiben, schenkten Kaffee ein. Francis machte Pee Wee ausfindig, eine gute alte Seele und Chesters rechte Hand in der Mission, und bat ihn um eine Tasse Suppe für Sandra.

«Man sollte sie reinlassen», sagte Francis. «Da draußen friert sie sich zu Tode.»

«Sie war schon drin», sagte Pee Wee. «Aber er wollte sie nicht dableiben lassen. Sie war voll wie 'ne Haubitze, und du weißt ja, was er davon hält. Gegen 'ne Suppe hat er bestimmt nix einzuwenden, aber tu mir den Gefallen und behalt's für dich, ja?»

«Geheimsuppe», sagte Francis.

Er trug die Suppe zur Hintertür hinaus, zog Rudy mit sich und überquerte das leere Grundstück, wo Sandra noch genauso dalag wie zuvor. Rudy rollte sie auf den Rücken, setzte sie auf, und Francis hielt ihr die Suppe unter die Nase.

«Suppe», sagte er zu ihr.

«Mnsup», machte Sandra.

«Komm, trink!» Francis hielt ihr die Tasse an die Lippen und neigte sie. Die Suppe rann Sandra übers Kinn, sie schluckte nicht.

«Sie will keine», meinte Rudy.

«Sie will schon», sagte Francis. «Sie ist bloß sauer, weil es kein Wein ist.»

Er versuchte es erneut, und Sandra trank ein wenig.

«Als ich eben da drin geschlafen hab», sagte Rudy, «ist mir eingefallen, daß Sandra mal Krankenschwester werden wollte. Oder mal Krankenschwester gewesen ist. Hab ich recht, Sandra?»

«Nee», sagte Sandra.

«Was, nee? Wolltest du Krankenschwester werden, oder bist du eine gewesen?»

«Doktor», sagte Sandra.

«Sie wollte Doktor werden», sagte Francis und flößte ihr wieder ein bißchen Suppe ein.

«Nee», sagte Sandra und schob die Suppe beiseite. Francis stellte die Tasse hin und zog ihr den abgelatschten Schuh über den linken Fuß. Er hob sie auf, sie war federleicht, trug sie hinüber an eine halbwegs windgeschützte Stelle der Wand der Mission und lehnte sie in sitzender Position mit dem Rücken dagegen. Mit den Fingern wischte er ihr den maskenhaften Staub aus dem Gesicht. Dann hob er ihr die Tasse an die Lippen und ließ sie nochmals trinken.

«Der Doktor wollte, daß ich Schwester werde», sagte sie.

«Aber du wolltest nicht», sagte Francis.

«Doch. Aber er ist gestorben.»

«Aha», sagte Francis. «Liebe im Spiel?»

«Liebe», sagte Sandra.

Wieder im Haus, gab Francis die Tasse zurück an Pee Wee, der den Rest in den Ausguß schüttete.

«Geht's ihr besser?» fragte Pee Wee.

«Blendend», sagte Francis.

«Der Krankenwagen nimmt sie gar nicht mehr mit», sagte Pee Wee. «Es sei denn, sie wäre am Verbluten.»

Francis nickte und ging in den Waschraum, wo er sich Sandras Dreck und seinen eigenen Gestank von den Händen wusch. Dann wusch er Gesicht, Hals und Ohren, und als er fertig war, wusch er alles noch mal. Er spülte sich den Mund aus und putzte sich mit dem linken Zeigefinger die Zähne. Er spritzte sich ein bißchen Wasser aufs Haar, kämmte es mit seinen neun Fingern und trocknete sich mit dem feuchten Handtuch ab, das an der Wand festgebunden war. Die ersten Männer standen bereits auf und verließen den Raum, als er sich mit seiner Suppe und seinem Stück Brot neben Helen setzte.

«Wo haste denn die ganze Zeit gesteckt?» fragte er.

«Dir isses ja wirklich schnurzegal, was mit einem ist und was nich. Ich hätte dreimal hintereinander auf der Straße verrecken können und du wüßtest überhaupt nichts davon.»

«Wie zum Teufel soll ich das denn auch, wenn du einfach keifend und trotzig davonläufst wie 'ne Bekloppte?»

«Wen würde das nicht verrückt machen mit dir, wenn du jeden Cent gleich wieder versäufst. Du bist derjenige, der hier nicht ganz bei Trost ist.»

«Ich hab Geld.»

«Wieviel?»

«Sechs Mäuse.»

«Und woher hast du die?»

«Ich hab den ganzen Tag auf dem Friedhof geschuftet. Gräber aufgefüllt, es war ein Schlauch.»

«Nein, Francis, wirklich?»

«Ich sag's doch, den ganzen Tag.»

«Das ist ja himmlisch. Und du bist nüchtern. Und etwas essen tust du auch!»

«Wein trinken tu ich auch nicht. Nicht mal geraucht hab ich.»

«Oh, einfach toll ist das! Ich bin so stolz auf meinen braven Jungen.»

Francis machte sich über die Suppe her; Helen lächelte und trank ihren Kaffee aus. Mehr als die Hälfte der Männer waren unterdessen vom Tisch aufgestanden; Rudy saß Francis noch gegenüber und löffelte selbstvergessen an seiner Suppe. Pee Wee und seine geräuschvoll assistierenden Helfer räumten das Geschirr ab und trugen es in die Küche. Der Prediger trank seinen Kaffee aus und kam zu Francis herübergeschlendert.

«Schön, daß du auf dem Pfad der Tugend bleibst», sagte er zu Francis.

«Ja, ja», sagte Francis.

«Und wie geht es dir denn, kleines Fräulein?»

«Einfach entzückend», sagte Helen.

«Ich glaube, ich hätte da einen Job für dich, Francis, falls du Interesse hast», fuhr der Prediger fort.

«Ich hab heut draußen auf dem Friedhof gearbeitet.»

«Na wunderbar.»

«Dreck zu schippen? Da könnt ich mir einen besseren Job vorstellen.»

«Vielleicht sagt dir der hier mehr zu. Der alte Lumpensammler Rosskam ist heute bei mir gewesen, der sucht einen Helfer. Ich hab ihm schon öfters mal Leute geschickt, und nun dachte ich an dich. Wenn dir ernst ist mit deinem Entschluß, die Finger vom Fusel zu lassen, dann könntest du dir sogar ein paar Dollar auf die Seite legen.»

«Lumpensammler», sagte Francis. «Und was genau ist da zu tun?»

«Mit dem Fuhrwerk von Haus zu Haus fahren. Das erledigt Rosskam persönlich, er kauft Lumpen und Flaschen, Altmetall, Schrott und Papier, keinen Müll oder Abfälle. Er fährt auch selbst den Wagen, aber die Geschäfte gehen gut, und er braucht noch einen kräftigen Burschen, der mit anpackt.»

«Wo wohnt er?»

«Green Street, unterhalb der Brücke.»

«Werd mich bei ihm melden, das kommt mir gelegen. Und was mir noch gelegen käme, wären 'n Paar neue Strümpfe, falls Sie eins entbehren können. Meine sind völlig hinüber.»

«Welche Größe?»

«Zehn. Aber ich nehm auch neun oder zwölf.»

«Ich hol dir 'n Paar Zehner. Und mach weiter so, Franny. Schön zu sehen, daß es dir auch gutgeht, kleines Fräulein.»

«Mir geht's sehr gut», sagte Helen, «ganz außergewöhnlich gut.» Als er weggegangen war, sagte sie: «Kommt an und sagt, schön, daß es dir gutgeht. Mir geht's einfach gut, da braucht mir der doch nicht noch zu sagen, daß es mir gutgeht.»

«Leg dich nicht mit dem Mann an», sagte Francis, «der holt mir grad 'n Paar neue Strümpfe.»

«Gehn wir dann los und besorgen unsere Pullen?» erkundigte sich Rudy. «Und suchen uns 'ne Absteige?»

«Pullen?» fragte Helen.

«War bloß so 'ne Idee heut morgen», sagte Francis. «Nee, nee, keine Pullen.»

«Mit den sechs Dollar könnten wir den Koffer auslösen und uns 'n Zimmer nehmen», sagte Helen.

«Alle sechs kann ich nicht ausgeben. 'n paar muß ich dem Anwalt geben. Ich denke, ich geb ihm zwei. Immerhin hat er mir den Job besorgt, und ich schulde ihm 50.»

«Wo hast du vor zu übernachten?» fragte Helen.

«Wo hast du denn letzte Nacht gepennt?»

«Ich hab 'n Plätzchen gefunden.»

«Finnys Auto, wie?»

«Nee, nicht Finnys Auto. Du weißt genau, daß ich da nicht mehr penne. In diesem Wagen verbring ich garantiert keine einzige Nacht mehr.»

«Wo warst du dann?»

«Wo hast 'n *du* gepennt?»

«Im Gebüsch», sagte Francis.

«Nun, ich hatte ein richtiges Bett.»

«Wo, zum Kuckuck, wo denn?»

«Bei Jack zu Hause.»

«Ich dachte, den könntest du nicht mehr ausstehn, und Clara ebensowenig.»

«Sind zwar nicht meine ausgesprochenen Lieblinge, aber sie hatten ein Bett für mich, als ich eins brauchte.»

«Wie nobel von ihnen», sagte Francis.

Pee Wee kam mit einer zweiten Tasse Kaffe herüber und setzte sich Helen gegenüber. Pee Wee war ein fetter Glatzkopf, der den ganzen Tag auf kalten Zigarren kaute, ohne sie anzuzünden. In jungen Jahren hatte er seine Brötchen mit Haareschneiden verdient, aber als dann seine Frau ihr gemeinsames Bankkonto abräumte, Pee Wees Hund vergiftete und mit dem Konkurrenzfriseur durchbrannte, den Pee Wee mit eisernem

Fleiß und überlegenem Barbiertalent gezwungen hatte dichtzumachen, hatte Pee Wee zu trinken begonnen und war auf der Rolle gelandet. Nichtsdestotrotz trug er stets Kamm und Schere bei sich, mit denen er jederzeit beweisen konnte, daß es sich bei seinem Talent nicht um Pennerphantasien handelte, und schnitt anderen Pennern für 15 Cents, manchmal auch bloß für einen Nickel, die Haare. Einen Haarschnitt konnte man noch heute bei ihm kriegen, in der Mission bediente er umsonst.

Als Francis 1935 nach Albany zurückgekommen war, hatte er Pee Wee kennengelernt und sie waren einen Monat lang besoffen miteinander herumgezogen. Als Francis vor wenigen Wochen erneut in Albany auftauchte, um sich für fünf Dollar Prämie pro Eintragung in die Wahlliste der Demokraten aufnehmen zu lassen, hatte er Pee Wee wiedergetroffen. Francis hatte sich einundzwanzigmal zur Wahl registrieren lassen, bis ihm die Behörden auf die Schliche kamen und ihn damit zu einer bedeutenden Figur im politischen Leben Albanys machten. Die Parteibonzen hatten ihm bis dahin 50 Dollar bezahlt und waren ihm noch 55 schuldig, aber die konnte er wohl in den Wind schreiben. Pee Wee hatte das Saufen aufgegeben, als Francis ihm jetzt wiederbegegnete, steckte voller Energie und führte für Chester die Mission. Er war ein stiller, friedlicher Mensch geworden, nichts erinnerte mehr an den singenden Ginsäufer von einst. Francis fühlte sich ihm immer noch verbunden, betrachtete ihn nun aber als seelischen Krüppel. Trokken, das ja; aber zu welchem Preis?

«Hast du gelesen, wer drüben im *Gilded Cage* auftritt?» fragte ihn Pee Wee.

«Ich les keine Zeitung.»

«Oscar Reo.»

«Du meinst doch nicht, unser Oscar?»

«Genau der.»

«Tritt auf?»

«Als singender Barkeeper. Ganz schöner Abstieg, nicht?»

«Oscar Reo, der früher immer im Radio kam?» fragte Helen.

«Richtig, der», sagte Pee Wee. «Hat sich mit seiner Sauferei die Karriere vermasselt, ist dann trocken geworden und arbeitet heut als Barkeeper. Jedenfalls lebt er noch, auch wenn's nicht mehr so ist wie früher.»

«Mit dem sind Pee Wee und ich mal in New York auf Sauftour gegangen. Zwei oder drei Tage lang, stimmt's, Pee Wee?»

«Kann auch 'ne ganze Woche gewesen sein», sagte Pee Wee. «Keiner von uns war in der Lage, noch auf so was zu achten. Aber der Bursche hatte Tausende von Liedern auf Lager und setzte sich ans Klavier, wo immer er eins stehn sah. Der musikalischste Saufbold, der mir je über 'n Weg gelaufen ist.»

«Ich hab seine Lieder früher immer gesungen», sagte Helen. «*‹Hindustan Lover›* und *‹Georgie is My Apple Pie›* und noch eins, 'ne grandiose Ballade – *‹Under the Peach Trees with You›*. Er schrieb wundervolle, heitere Sachen, und ich kannte sie alle, als ich noch gesungen hab.»

«Wußt ich gar nicht, daß du früher mal gesungen hast», sagte Pee Wee.

«Aber sicher hab ich gesungen, und auch ganz gut Klavier gespielt. Ich hab klassischen Musikunterricht gehabt, bis mein Vater starb. Ich war in Vassar.»

«Albert Einstein war auch in Vassar», sagte Rudy.

«Du alter Holzkopf», sagte Francis.

«War in Vassar und hat dort 'ne Rede gehalten. Hab ich in der Zeitung gelesen!»

«Schon möglich», sagte Helen. «Alle halten sie Reden in Vassar. Zufällig ist das nämlich eine der drei besten Schulen der Welt.»

«Wir sollten rübergehen und den alten Oscar besuchen», sagte Francis.

«Ich nicht», meinte Pee Wee.

«Nee», meinte auch Helen.

«Was heißt hier nee?» sagte Francis. «Ihr habt wohl Angst, wir könnten uns die Hucke vollaufen lassen, wenn wir da mal kurz reinschauen und guten Abend sagen?»

«Davor hab ich keine Angst.»

«Dann laßt uns doch hingehen. Oscar ist 'n netter Kerl.»

«Meinst du, der erinnert sich noch an dich?» fragte Pee Wee.

«Kann sein. Ich hab ihn noch gut in Erinnerung.»

«Ich auch.»

«Na also, gehn wir.»

«Trinken tu ich aber nichts», sagte Pee Wee. «Ich bin seit zwei Jahren nicht mehr in 'ner Kneipe gewesen.»

«Da gibt's bestimmt auch Ginger Ale. Ginger Ale darfste doch trinken?»

«Ich hoffe, es ist nicht zu teuer dort», wandte Helen ein.

«Der Eintritt kostet nichts, nur die Drinks», sagte Pee Wee. «Normale Preise.»

«Keine Schnösel da?»

«Das ist 'ne Bumskneipe im alten Stil, aber es kommen auch Bessergestellte hin, die auf Slumkneipen stehen. Die machen den halben Umsatz aus.»

Reverend Chester kam mit federnden Schritten durch den Raum und drückte Francis ein Paar graue Wollstrümpfe in die Hand. Seine schmalen Lippen krümmten sich zu einem vergnügten Halbmond, die breite Brust war geschwellt vor mildtätiger Güte.

«Probier mal, ob die passen.»

«Ich danke Euch.»

«Sie sind dick und halten warm.»

«Genau was ich brauche. Meine sind im Eimer.»

«Fein, daß du Schluß machst mit dem Saufen. Du siehst richtig kraftstrotzend aus heute.»

«Ist meine Halloween-Verkleidung.»

«Richte dich nicht selbst zugrunde. Hab Zuversicht.»

Die Eingangstür ging auf und ein schlanker junger Mann mit Zweistärkenbrille, einem zwei Nummern zu kleinen blauen Mantel und karottenrotem Wuschelkopf stand auf der Schwelle. Er hatte seine Hand auf dem Türknauf, stand genau unter der Deckenleuchte und warf keinen Schatten.

«Tür zu», brüllte Pee Wee, worauf der junge Mann hereinkam und sie hinter sich schloß. Mit seinem wie ein Teller zersprungenen Gesicht und panischen Kaninchenaugen stand er da und schaute von einem zum anderen.

«Jetzt ist er reif», sagte Pee Wee.

Der Prediger ging mit weit ausgreifenden Schritten zur Tür,

blieb nur eine Handbreit vor dem jungen Mann stehen und beschnupperte ihn.

«Du bist betrunken.»

«Es waren doch bloß zwei.»

«O nein. Du hast mehr intus.»

«Ehrlich wahr», sagte der junge Mann. «Zwei Flaschen Bier.»

«Wo hast du das Geld für Bier her?»

«Jemand hat 'ne alte Schuld bei mir beglichen.»

«Du hast gebettelt.»

«Nein.»

«Du bist ein Penner.»

«Ich war doch nur 'n Bier trinken, Reverend.»

«Pack dein Bündel. Ich hab dir gesagt, ein drittes Mal mach ich das nicht mehr mit. Arthur, hol sein Gepäck.»

Pee Wee stand vom Tisch auf und stieg die Treppe hinauf zu den Räumen, in denen die Handvoll Penner logierte, die hier wohnen durften, bis sie sich über die weitere Zukunft klargeworden waren. Der Prediger hatte Francis eingeladen, hier einzuziehen, falls er schaffte, den Fusel aus seiner Blutbahn zu kriegen. Dann hätte er ein sauberes Bett, saubere Kleider, drei Mahlzeiten am Tag und ein geheiztes Zimmer, wohnte mit Jesus unter einem Dach und konnte sich in aller Ruhe die Frage überlegen: Was mach ich nun? Den Hausrekord hielt Pee Wee: acht Monate wohnte er schon hier, nach dreien hatte er bereits die Haushaltsführung übernommen, so stark war sein Drang zur Enthaltsamkeit. Sauf und rauch nicht da droben, denn Besoffene sind eine Feuergefahr ersten Ranges, pack bei der Hausarbeit mit an, und dann wird es aufwärts gehn mit dir, in die strahlende Umarmung des gerechten Gottes.

Die Küchenhelfer ließen ihre Arbeit liegen und erschienen, um mit ernster, mitfühlender Miene der Vertreibung eines ihrer hoffnungsvollen jungen Aspiranten zuzusehen. Pee Wee kam mit einem Koffer die Treppe herunter und stellte ihn neben die Tür.

«Gib mir doch 'ne Zigarette, Pee Wee», sagte der junge Mann.

«Hab keine einstecken.»

«Na, dann dreh mir eine.»

«Ich sag doch, ich hab nichts zu rauchen.»

«Oh!»

«Du mußt jetzt gehen, Little Red», sagte der Prediger.

Helen stand auf, ging auf Little Red zu und drückte ihm eine Zigarette in die Hand. Er nahm sie wortlos an. Helen riß ein Streichholz an und gab ihm Feuer, dann setzte sie sich wieder hin.

«Ich weiß nicht, wo ich hin soll», sagte Little Red und blies den Rauch an Chester vorbei.

«Daran hättest du vor dem Saufen denken sollen. Du bist ein widerspenstiger junger Mann.»

«Ich weiß nicht, wo ich meine Tasche unterstellen soll. Ich hab auch noch Papier und Bleistift oben liegen.»

«Laß sie da. Deine Schreibsachen kannst du dir holen, sobald du das Gift nicht mehr im Körper hast und man sich wieder vernünftig mir dir unterhalten kann.»

«Meine Hose liegt noch hier.»

«Da ist sie gut aufgehoben. Kein Mensch wird deine Hose anrühren.»

«Kann ich eine Tasse Kaffee haben?»

«Wenn du Geld für Bier aufgetrieben hast, kannst du dir auch welches für Kaffee beschaffen.»

«Wo soll ich denn hin?»

«Da fragst du mich zuviel. Komm wieder, wenn du nüchtern bist, dann kannst du was zu essen haben. Und jetzt marsch, raus mit dir!»

Little Red griff nach dem Türknauf, öffnete die Tür und machte einen Schritt nach draußen. Dann kam er zurück und deutete auf seinen Koffer.

«Ich hab Zigaretten da drin», sagte er.

«Dann hol dir deine Zigaretten.»

Little Red schnallte den Gürtel auf, der den Koffer zusammenhielt, kramte nach einem Päckchen Camel. Dann zurrte er den Gürtel wieder fest und stand auf.

«Wenn ich morgen wiederkomme ...»

«Das sehen wir dann morgen», sagte der Prediger, der nun selbst nach dem Türknauf griff, Little Red in die Nacht hinausschob und hinter ihm die Tür zuzog.

«Gebt acht auf meine Hose», rief Little Red durch die verglaste Tür, als sie ins Schloß fiel.

Francis, der seine neuen Strümpfe trug, war als erster aus der Tür, als erster auch um die Ecke, wo er einen besorgten Blick auf Sandra warf, die noch genau dort an der Wand saß, wo er sie hingelehnt hatte, die Augen so fest vor der Nacht geschlossen wie ein schlafender Tagesvogel. Francis stieß sie mit dem Finger an; sie bewegte sich, ohne jedoch die Augen aufzumachen. Er schaute hinauf zum Vollmond, eine silberne Glutscheibe, die in dieser Nacht den blutenden Frauen leuchtete und den Mondsüchtigen mit Schaum vorm Mund, und die auch Francis wärmte mit dem enormen Schatten, den sie vor ihm herwarf. Als Sandra sich regte, bückte er sich und hielt ihr den Handrükken an die Wange, die sich wie Eis anfühlte.

«Hast du nicht 'ne alte Decke, 'n paar alte Lumpen, irgend 'n alten Pennermantel oder sonst was, das man ihr überwerfen könnte?» fragte er Pee Wee, der im Dunkeln stand und überlegte, ob es ratsam war, näher zu kommen.

«Kann ich wohl besorgen.» Pee Wee zog seinen Schlüsselbund hervor und schloß die Tür zur Mission auf, die im Dunkeln lag; nur in der Küche brannte noch Licht, das anblieb bis um elf, wenn Zapfenstreich war. Pee Wee öffnete die Tür und verschwand im Haus, während Rudy, Helen und Francis sich um Sandra herum auf den Boden kauerten und zusahen, wie sie atmete. Francis hatte zwei Dutzend Menschen ihr Leben aushauchen sehen, alles Penner – bis auf seinen Vater und Gerald.

«Vielleicht nimmt der Krankenwagen sie mit, wenn wir ihr die Kehle durchschneiden», sinnierte Francis.

«Sie will keinen Krankenwagen», sagte Helen. «Sie will bloß ihren Rausch ausschlafen. Ich wette, daß sie nicht mal friert.»

«Sie ist kalt wie 'ne Eisscholle.»

Sandra regte sich und drehte ihren Kopf zu den Stimmen hin, ohne die Augen zu öffnen. «Habt ihr keinen Wein?» fragte sie.

«Nee, keinen Wein, meine Liebe», sagte Helen.

Pee Wee kam mit einem steingrauen Lumpen aus dem Haus, der irgendwann mal eine Decke gewesen sein mochte, faltete ihn einmal und wickelte das kratzige Ding um Sandras Körper. Oben stopfte er es in den Kragen ihres Pullovers, formte dann mit einem Zipfel eine Art Kapuze, womit sie aussah wie ein Bettelmönch in Sackleinen.

«Ich will sie mir nicht länger ansehn», sagte Francis und marschierte los, auf der Madison gen Osten; mit zunehmender Kälte verstärkte sich sein Hinken. Helen und Pee Wee folgten hinterdrein, und Rudy bildete das Schlußlicht.

«Hast du sie früher eigentlich gekannt, Pee Wee?» fragte Francis. «Ich meine, als sie noch in Form war?»

«Klar. Jeder kannte sie. Bei der sind alle drüber. Dann fing sie an, Liebesparties zu veranstalten, so nannte sie das jedenfalls, aber da wurde sie oft gemein, erst machte sie dich heiß und dann biß sie ganz bösartig zu. Nachdem sie auf diese Weise genügend Burschen halb kastriert hatte, ließen sich bloß noch Fremde mit ihr ein. Dann hat sie damit aufgehört und sich mit 'nem Penner namens Freddy rumgetrieben, und die beiden ham schätzungsweise ein Jahr lang was Besonderes aneinander gefunden, bis er irgendwohin abhaute und sie dablieb.»

«Niemand leidet schlimmer als eine verlassene Geliebte», sagte Helen.

«Ach, Quatsch», sagte Francis. «Viele leiden und sind kein einziges Mal verliebt gewesen.»

«Die leiden alle nicht so wie die, die es mal waren.»

«Wie du meinst. Wo ist diese Kneipe, Pee Wee, in der Green Street?»

«Genau. Noch 'n paar Straßen zu laufen. Wo früher das alte *Gayety Theater* stand.»

«Da bin ich früher immer und hab den Mädchen zugesehn, wie sie beim Can-Can die Beine warfen.»

«Francis, sei anständig», sagte Helen.

«Bin ich doch. Was Anständigeres siehst du die ganze Woche nicht.»

Auf der Green Street kamen ihnen zwei vermummte Kobolde entgegen: ein kleiner Charlie Chaplin im Frack, mit Stock, Melone und weißgeschminktem Gesicht, und ein Mädchen, das einen ausladenden alten Damenhut mit einem leibhaftigen Vogel darauf trug.

«Sie kommen uns holen!» schrie Francis. «Nehmt euch in acht!» Er warf die Arme in die Luft und vollführte einen angstschlotternden Tanz. Die Kinder lachten und riefen ihm ein markerschütterndes «Buh!» nach.

«Ein richtig schöner Abend heute», meinte Helen. «Kalt zwar, aber schön klar, nicht wahr, Fran?»

«Schön ist es», sagte Francis. «Richtig schön.»

Die Eingangstür des *Gilded Cage* führte ins ehemalige Foyer des alten *Gayety*, nun war es das hintere Ende eines Lokals, das nicht ohne Ironie die alten Bowerykneipen der Jahrhundertwende kopierte. Francis stand wie angewurzelt da und starrte auf ein monumentales Paar halbentblößter Brüste, die unter einem grellrot geschminkten Mund und einer hennaroten Perücke auf- und niederwogten. Die Besitzerin dieser sensationellen Reichtümer gab von einer erhöhten Plattform herab einen Song über die Quälgeister zum besten, denen sich ein Mädchen in der Großstadt ausgeliefert sieht: *Sie würden es nicht wagen, Sir, mir so was ins Gesicht zu sagen, wenn mein Jack jetzt bei mir wär* – und das mit einer Stimme, die so sehr jeglicher Musikalität entbehrte, daß sie ihre eigene Parodie parodierte.

«Das ist ja schauderhaft», sagte Helen. «Gräßlich!»

«Viel Talent hat sie nicht», sagte Francis.

Der Boden unter ihren Füßen war mit Sägemehl bestreut, den uralten Kronleuchtern und Wandleuchten ringsum hatte man inzwischen Glühbirnen verpaßt. Sie steuerten auf den langen Nußbaumtresen zu, an dessen glänzender Fußstange aus Messing drei spiegelblank polierte Spucknäpfe standen. Hinter der nur zur Hälfte besetzten Theke zapfte ein Mann mit Stehkragen, Schleife und Ärmelschonern humpenweise Bier von einem Hahn, und an Tischen, die sich durch nichts von ihrer Umgebung abhoben, saßen Frauen und Männer, die Francis als seinesgleichen erkannte – Penner, Nutten, verwahrloste Säufer. Dazwischen gab es Tische, an denen Männer in Anzügen und Frauen mit Fuchsstolen und wehenden Hüten saßen, deren Erscheinung diese Tische heute abend zu Brennpunkten gesellschaftlicher Bedeutung machte, und zwar allein deshalb, weil sie an ihnen saßen. Das *Gilded Cage* war also ein Museum gekünstelter Geselligkeit, und das Lächeln des Barkeepers hieß die drei Pennerfiguren Francis, Helen und Rudy samt Pee Wee, ihrem Gefährten mit dem sauberen Hemd, in diesem Tableau willkommen.

«Einen Tisch, die Herrschaften?»

«Nicht, solang's ein freies Plätzchen an der Bar gibt», sagte Francis.

«Tritt näher, Bruder. Was darf ich einschenken?»

«Ginger Ale», orderte Pee Wee.

«Ich glaub, ich werd das gleiche nehmen», sagte Helen.

«Das Bier da sieht ja sehr verlockend aus», meinte Francis.

«Du hast gesagt, du trinkst nicht mehr», sagte Helen.

«Ich sagte, keinen Wein.»

Schon schob der Barmann ihm über den Tresen einen Humpen mit dicker Schaumkrone zu, dann blickte er auf Rudy, der das gleiche bestellte. Der Mann am Klavier begann mit einem Potpourri aus ‹*She May Have Seen Better Days*› und ‹*My Sweetheart's the Man in the Moon*› und forderte diejenigen im Publikum, die den Text kannten, zum Mitsingen auf.

«Du siehst ganz wie 'n alter Kumpel von mir aus», grinste Francis den Mann hinterm Tresen an und musterte ihn scharf. Der Barman mit dem vollen, silbergrau gewellten Haar und dem ausdrucksvollen graumelierten Schnurrbart starrte zurück, bis es dann bei ihm funkte. Von Francis schaute er auf Pee Wee, der ebenfalls grinste.

«Ich denk, ich kenn euch zwei Kümmeltürken», sagte er.

«Richtig gedacht», sagte Francis. «Bloß haste, als ich dich

das letzte Mal gesehen hab, noch nicht diesen Pussykitzler unter der Nase gehabt.»

Der Keeper strich sich über seinen grauen Schnurrbart. «Ihr zwei habt mich mal in New York besoffen gemacht.»

«Es gab auf der ganzen Third Avenue keine Bar, in der du uns nicht untern Tisch gesoffen hättest», sagte Pee Wee.

Der Barmann streckte Francis die Hand hin.

«Francis Phelan», sagte Francis, «und das hier ist Rudy der Kraut. Er ist in Ordnung, aber er hat 'n Dachschaden.»

«Die Sorte Leute mag ich.»

«Pee Wee Packer», stellte sich Pee Wee vor und reichte ihm die Hand.

«Ich kenn dich noch», sagte Oscar.

«Und das hier ist Helen», sagte Francis, «die treibt sich mit mir rum, aber ich will verdammt sein, wenn ich weiß wieso.»

«Ich heiß immer noch Oscar Reo. An euch zwei kann ich mich gut erinnern. Aber ich trink nicht mehr.»

«Hey, ich auch nicht», sagte Pee Wee.

«Ich hab's bis jetzt noch nicht sein lassen», sagte Francis. «Ich wart damit, bis ich in Rente geh.»

«Der ist doch schon seit vierzig Jahren in Rente», sagte Pee Wee.

«Von wegen. Ich hab heut den ganzen Tag gearbeitet. Ich werd noch mal reich. Was sagste zu meinen neuen Klamotten?»

«Todschick», sagte Oscar. «Bist von diesen Geldsäcken dort drüben nicht zu unterscheiden.»

«Geldsäcke und Penner, ist doch gehupft wie gesprungen.»

«Außer daß Geldsäcke gern wie Geldsäcke aussehn, und Penner gern wie Penner», meinte Oscar, «stimmt's?»

«Bist 'n schlauer Bursche», sagte Francis.

«Singst du eigentlich noch, Oscar?» fragte Pee Wee.

«Nur so nebenbei.»

«Na zum Donnerwetter, Oscar, dann sing uns was», sagte Francis.

«Wenn du mich so höflich darum bittest», sagte Oscar, und zum Mann am Klavier gewandt: «‹*Sixteen*›», und schon hörte man die ersten Klaviertakte von ‹*Sweet Sixteen*›.

«Oh, das ist ein herrliches Lied», sagte Helen. «Ich weiß noch, wie du das früher im Radio gesungen hast.»

«Das nenn ich eine treue Verehrerin.»

Oscar sang in das Mikrofon, das hinter der Bar installiert war, und drehte mit seiner volltönenden Stimme, der nicht anzumerken war, daß sie unter dem jahrelangen Suff etwas von ihrer Festigkeit eingebüßt hätte, das Rad der Zeit zurück zu den alten Tagen am Dorfanger. Die Stimme war amerikanischen Ohren so vertraut wie die von Al Jolson oder Morton Downey; und selbst Francis, der selten Radio hörte, geschweige denn in den alten Tagen oder in den heutigen modernen Zeiten je einen Radioapparat besessen hatte, erinnerte sich an ihre Tonlage, an das Tremolo von ihrer gemeinsamen Sauftour in New York her, als diese Stimme nur durch ihren Klang jedem, der in Hörweite geriet, wie ein Choral unaufhörlichen Entzückens erschienen war, zumindest kam Francis das jetzt, im Abstand von Jahren, so vor. Zudem bewies die Aufmerksamkeit, mit der die Penner, die Geldsäcke und die Kellner dem Mann lauschten, daß dieser alte Säufer nicht tot war, auch nicht im Sterben lag, sondern den Epilog zu einer bemerkenswerten Existenz lebte. Und doch ... und doch ... da stand er nun und versteckte sich hinter seinem Schnäuzer, ein weiterer Krüppel, dessen uralte, müde Augen Francis die Narben des Blutsbruders offenbarten, ein Mann, für den das Leben trotz großer Erfolge ein uneingelöstes und niemals einzulösendes Versprechen blieb, das nie und nimmer einzulösen war. Der Mann sang ein Lied, das nicht durch die Zeit gealtert war, sondern durch Verschleiß. Das Lied ist ausgeleiert. Abgedroschen.

Die Einsicht ließ in Francis den Drang aufsteigen, all seine Verstöße gegen Naturgesetze, Moralregeln oder Zivilgesetze zu beichten, unerbittlich jeden seiner Charakterfehler unter die Lupe zu nehmen, so unbedeutend er auch sein mochte. Was hat dich nur so fertiggemacht, Oscar? Würdest du uns das nicht gern mal alles erzählen? Weißt du's überhaupt? Es war nicht das mit Gerald, was *mich* fertiggemacht hat. Es war nicht der Alkohol und auch nicht der Baseball, und es war eigentlich auch nicht Mama. Was ist da nur in uns kaputtgegangen, Oscar, und wie kommt es, daß noch kein Mensch rausgefunden hat, wie er uns das wieder flicken kann?

Als Oscar mit einem perfekten Schlenker zum nächsten Song überleitete, kam Francis das Talent dieses Mannes ehrfurchtgebietend vor, und die Bedeutungslosigkeit dieses Talents in Oscars verpfuschten Leben war ihm ein noch größeres Rätsel. Wie wird ein Mann nur dermaßen perfekt, und warum bleibt das ohne Bedeutung? Francis dachte zurück an sein eigenes Talent auf dem Spielfeld eines dunstigen, sonnenbeschienenen Gestern: wie er genau die Flugbahn des Balles verfolgen konnte, egal, in welchem Winkel ihn der Schlagmann aufs Feld schlug, und den Ball ins Visier nahm wie ein Hühnerhabicht, der auf sein Opfer herabstößt, wie er ihm den Schneid abkaufte und ihn kassierte, einerlei, ob er nun durch die Luft gesegelt kam oder launenhaft über den Rasen auf ihn zukullerte. Er kassierte ihn mit einer weit ausholenden, raubvogelähnlichen Bewegung, und im selben Augenblick, ob er nun gerade in vollem Lauf war oder eine Bauchlandung machte, griff er auch schon mit der freien Hand in diesen ledernen Handschuh, schnappte sich dieses Huhn mit seiner abgerichteten Kralle und jagte es hinüber zur First Base oder Second Base oder wo immer es hinsollte, und du bist aus dem Spiel, Mann, du bist aus. Kein anderer Baseballspieler war so flink und gewandt wie Franny Phelan, diese verdammte Maschine von einem Feldspieler, der schnellste, den es je gab.

Er erinnerte sich an Form und Farbe seines Handschuhs, an den Geruch nach Öl und Schweiß und Leder, und er fragte sich, ob Annie ihn wohl aufgehoben hatte. Abgesehen von seiner Erinnerung und ein paar vergilbten Zeitungsausschnitten wäre dieser Handschuh das einzige, was von einer beendeten Karriere übrigbleiben würde, die aufgeblüht war und ihre Glanzzeit in den Big Leagues viel zu lange über die besten Jahre hinaus hingezogen hatte, die aber in dieser Glanzzeit die Hoffnung nährte, daß ein verspäteter, längst überfälliger Ruhm denkbar war, daß man einst irgendwo ein Hosianna anstimmen würde zu Ehren Francis Phelans, einem der größten

Teufelskerle, die je mit der Schuhspitze ans Malkissen der Third Base gekickt haben.

Oscars Stimme kam ins Flattern, während die in einer dramatischen Zeile im Lied einen abscheulichen Verlust ausmalte: Die Welt versinkt hinter einem Tränenschleier, als er an seine verlorene Perle denkt, ein gebrochenes Herz ruft, o ja, es ruft, geliebtes altes Mädchen. Francis drehte sich zu Helen um und sah, daß ihr glänzende kathartische Tränen über die Wangen rollten: Helen, die das Bild unauslöschlicher Trauer in der Großhirnrinde trug, Helen mit ihrer lebenslangen Treue zu verlorener Liebe, sie weinte ausgiebig um all die Perlen, die verlorengegangen waren, seit das alte, süße Lied der Liebe zum erstenmal erklungen war.

«Oh, das war ja so schön, so wunderschön», sagte sie zu Oscar, als er sich am Zapfhahn wieder zu ihnen gesellte. «Das ist immer schon eins von meinen Lieblingsliedern gewesen. Ich hab es auch selbst gesungen.»

«Gesungen hast du?» fragte Oscar. «Wo denn?»

«Oh, überall. Konzerte und im Radio. Früher hab ich mal jeden Abend im Radio gesungen, aber das liegt schon 'ne Ewigkeit zurück.»

«Du solltest uns mal was vorsingen.»

«Oh, nee, nie im Leben», wehrte Helen ab.

«Es ist gang und gäbe hier, daß Gäste aufstehn und was vorsingen», sagte Oscar.

«Nee, nee», wiederholte Helen, «so wie ich aussehe.»

«Du siehst genausogut aus wie alle andern hier», sagte Francis.

«Das könnt ich nie», sagte Helen. Doch schon machte sie sich bereit für das, was sie nie können würde, schob sich das Haar hinters Ohr, zupfte den Kragen zurecht und strich den Stoff des Kleids über ihrer mehr als üppigen Vorderfront glatt.

«Was willst 'n singen?» fragte Oscar. «Joe hier kennt alles.»

«Augenblick, laß mich überlegen.»

Francis bemerkte, daß Aldo Campione an einem Tisch am hinteren Ende des Raumes saß und noch jemand mitgebracht hatte. Dieser Bastard verfolgt mich, dachte Francis. Er ließ den

Tisch nicht aus den Augen und sah, wie Aldo eine vieldeutige Handbewegung machte. Was willst du mir damit sagen, toter Mann, und wer ist das dort neben dir? Aldo trug eine weiße Blume am Revers seines weißen Flanellanzugs, die war neu hinzugekommen seit ihrer Begegnung im Bus. Diese gottverdammten Toten sind rudelweise unterwegs, und Blumen kaufen sie auch noch. Francis studierte den Mann neben Aldo, erkannte ihn jedoch nicht und war versucht, hinzugehen und ihn aus der Nähe zu betrachten. Aber was, wenn dort gar niemand saß? Wenn kein Mensch außer mir diese zwei Figuren sieht? Das Blumenmädchen kam mit einem Tablett voll weißer Gardenien vorbei.

«Eine Blume, Sir?» fragte sie Francis.

«Warum nicht. Wieviel macht's?»

«Bloß 'n Quarter.»

«Geben Sie uns eine.»

Er fischte einen Quarter aus dem Hosensack und steckte die Gardenie mit der Nadel, die ihm das Girl dazureichte, an Helens Mantelaufschlag. «Hab dir schon lang keine Blumen mehr gekauft», sagte er. «Wenn du hier jetzt auf die Bühne steigst und für uns singst, wollen wir dich mal 'n bißchen rausputzen.»

Helen lehnte sich zu ihm herüber und gab ihm einen Kuß auf den Mund, was ihn jedesmal rot werden ließ, wenn sie es in aller Öffentlichkeit tat. Unter der Bettdecke war sie immer scharf wie keine zweite, vorausgesetzt, es gab eine Bettdecke, und vorausgesetzt, es gab was unter ihr zu tun.

«Francis hat mir immer Blumen gekauft», erzählte sie. «Er kam zu Geld, und prompt kaufte er mir ein Dutzend Rosen oder sogar 'ne weiße Orchidee. Was mit dem Geld passierte war ihm schnuppe, Hauptsache, ich kriegte erst mal meine Blumen. So war's doch, nicht wahr, Fran?»

«Klar doch», sagte Francis, konnte sich freilich nicht entsinnen, ihr je eine Orchidee gekauft zu haben. Er wußte nicht mal, wie diese Orchideen aussahen.

«Wir waren einfach unzertrennlich», meinte Helen zu Oscar, der angesichts dieses Schauspiels von Vagabundenliebe an seinem Tresen schmunzeln mußte. «Wir hatten ein wunderhübsches Apartment in der Hamilton Street. Wir hatten jede Menge Geschirr, wir hatten ein Sofa und ein großes Bett, richtig mit Laken und Kissenbezügen. Es gab nichts, was wir nicht hatten – hab ich nicht recht, Fran?»

«Stimmt», sagte Francis und versuchte sich an die Wohnung zu erinnern.

«Wir hatten Topfgeranien, die hielten wir den ganzen Winter über am Blühen. Francis liebte Geranien. Und unser Eisschrank, der war immer zum Bersten voll. Wir haben so gut gegessen, daß wir dann beide 'ne Schlankheitskur machen mußten. Es war so 'ne wunderschöne Zeit.»

«Wann war das?» fragte Pee Wee. «Wußte gar nicht, daß es dich mal so lang an einem Platz gehalten hat.»

«Was heißt so lang?» erwiderte Francis.

«Weiß nicht. 'n paar Monate müssen es ja wohl gewesen sein, wenn ihr 'ne richtige Wohnung hattet.»

«Ich war mal 'ne Zeitlang hier, so sechs Wochen ungefähr.»

«Oh, die Wohnung hatten wir viel länger!» sagte Helen.

«Helen weiß das», sagte Francis. «Die hat so was im Gedächtnis. Für mich unterscheidet sich kein Tag vom anderen.»

«Schuld dran war die Sauferei», fuhr Helen fort. «Francis hörte nicht mehr auf zu saufen, und dann konnten wir die Miete nicht mehr zahlen und mußten erst die Kissenbezüge versetzen, dann kam das Geschirr dran. Haviland-Porzellan, das beste, das es gibt. Wenn du was kaufst, hat mein Vater immer zu mir gesagt, dann kauf dir nur das Beste. Wir hatten Stühle aus solidem Mahagoni. Und mein wunderschönes Klavier, das mein Bruder für mich aufgehoben hat. Der wollte es gar nicht mehr hergeben, weil es so schön war, aber es gehörte mir. Auf dem hat Paderewski mal gespielt, als er 1909 nach Albany kam. Ich hab mich immer auf ihm begleitet, wenn ich sang.»

«Sie spielte sehr hübsch auf dem Klavier, kein Witz!» sagte Francis. «Helen, warum singst du uns nicht mal ein Lied?»

«Oh, na gut, ich werd's tun.»

«Was darf es sein?» fragte Oscar.

«Weiß nicht, vielleicht ‹*In the Good Old Summertime*›?»

«Genau das richtige jetzt», sagte Francis, «wo einem bei der Kälte draußen glatt der Arsch abfriert.»

«Wenn ich's mir richtig überlege, möcht ich lieber eins für Francis singen, weil er mir die Blume hier gekauft hat. Kennt dein Freund *‹He's Me Pal›* oder *‹My Man›*?»

«Hast du gehört, Joe?»

«Hab ich», sagte Joe am Klavier, spielte ein paar Takte aus dem Refrain von *‹He's Me Pal›*, und Helen lächelte, stand auf und schritt mit einem Selbstbewußtsein und einer Anmut zur Bühne, die ihrem Wiedereinstieg in die Welt der Musik angemessen waren, eine Welt, die sie nie hätte verlassen sollen; oh, Helen, warum hast du sie nur je verlassen? Sie erklomm die drei Stufen zur Plattform, angezogen von vertrauten Akkorden, die, so schien ihr jetzt, schon immer ein Gefühl der Freude in ihr wachgerufen hatten, nicht allein die Akkorde dieser einen Melodie, sondern die einer ganzen Ära von Liedern, drei oder vier Jahrzehnten voller Lieder, in denen der strahlende Glanz der Liebe besungen wurde, Treue und Freundschaft, Familie und Vaterland und die freie Natur. Und *Frivolous Sal*, das heiße Fegerchen, war sie denn nicht auch ein grundehrliches Ding? Mary war ein echter Schatz, am Weihnachtsmorgen vom Himmel geschickt, und die Liebe zu ihr bleibt unvergänglich. Das frischgemähte Heu, der silbern schimmernde Mond, das Kaminfeuer zu Hause, das waren die Heiligtümer von Helens Seele, diese Art von Liedern hatte sie seit ihren frühesten Jahren gesungen, und sie lebten in ihr fort wie die Klassiker, die sie in ihrer Jugend so gründlich auswendig gelernt hatte, denn sie sprachen zu ihr – nicht auf abstrakte Weise von den ästhetischen Gipfeln der Kunst, die sie einst zu erklimmen gehofft hatte, sondern geradlinig und schlicht von dem tagtäglichen Geltungswert von Herz und Seele. Ein bleicher Mond wird scheinen, wenn unsre Herzen sich vereinen. Du hast mein Herz gestohlen, Geliebter mein, laß mich nie, nie mehr allein! O Liebe, süße Liebe, die mir das Herz entflammt – so erzählten ihr diese Songs –, du bist mein und ich bin dein, wir wollen nie geschieden sein. Du hast die ruiniert, die ich gewesen, die Hoffnung wird nie mehr genesen. Du schickst mich mit einem Lächeln fort; doch vergiß nicht: es macht die Seele mir zu einem düstren, sonnenlosen Ort.

Liebe.

Der Jammer, der in Helen aufstieg, schwoll an wie eine Flut. Oh, Francis, du melancholischer Francis; er war ihre letzte große Liebe, aber er war nicht ihre einzige. Mit ihren Geliebten hat Helen ihr Leben lang Kummer gehabt. Ihre erste große Liebe hielt sie jahrelang in seiner Leidenschaft umschlungen, dann aber lockerte er diese Umarmung und ließ sie heraussinken, tiefer und tiefer, bis alle Hoffnung in ihr erstarb. Eine hoffnungslose Helen – so hatte Francis sie kennengelernt. Und als sie auf der Bühne des *Gilded Cage* ans Mikrofon trat und hinter sich das Klavier hörte, da drohte Helen schier zu explodieren vor unerträglicher Erinnerung und unbezähmbarer Freude.

Und sie war auch kein bißchen nervös, keine Sorge, denn sie war ein Profi, der sich vom Publikum nie bange machen ließ, wenn sie im Kirchenchor sang oder bei Hauskonzerten, auf Hochzeiten oder bei Woolworth's, wo sie Notenblätter verkaufte, und auch abends im Radio nicht, wenn sie die ganze Stadt zum Publikum hatte. Oscar Reo, du bist nicht der einzige, der im Radio für die Amerikaner gesungen hat. Auch Helen hat ihre große Zeit gehabt, und sie ist nicht die Spur nervös.

Aber sie ist ... nun gut, ja, sie ist ... ganz verwirrt über das, was da in ihr rumort, weiß nicht, wie ihr geschieht, weil sie Freude und Trauer zugleich in sich aufsteigen fühlt und nicht sagen kann, ob sie in wenigen Augenblicken vom einen oder vom anderen übermannt werden wird.

«Wie heißt Helen mit Nachnamen?» erkundigte sich Oscar.

«Archer», sagte Francis. «Helen Archer.»

«Hey», sagte Rudy, «und warum erzählst du mir dann, sie hätte keinen Nachnamen?»

«Weil es piepegal ist, was man dir erzählt. Und jetzt halt die Klappe und hör zu!»

«Und nun», sprach Oscar ins Bar-Mikrofon, «ein echtes Exemplar von der alten Garde, das uns zu Ihrer Unterhaltung ein oder zwei Songs präsentieren wird – die reizende Miss Helen Archer!»

Und dann stand Helen, die lieber den schäbigen Lumpen von schwarzem Mantel anbehielt, als die noch zerschlissenere Bluse und das Kleid sehen zu lassen, die sie darunter trug, dort oben mit ihren spindeldürren Beinen und ihrem tumorös geschwollenen Bauch, der an den Mikrofonständer stieß und sie wie eine im fünften Monat Schwangere aussehen ließ, konfrontierte das Publikum ohne jede Scheu mit diesem Abbild einer weiblichen Katastrophe, zupfte schließlich in vollem Bewußtsein der Dimensionen dieses Bildes kokett an ihrer Baskenmütze und schob sie sich keck übers eine Auge. Sie griff mit einer Sicherheit zum Mikrofon, die ihre persönliche Katastrophe zumindest bis ans Ende dieses Lieds verschob, und dann sang sie ‹*He's Me Pal*›, im Grunde ein kurzes, flottes Liedchen, das sie voller Überschwang und Esprit vortrug, den Kopf ein wenig geneigt, mit den Augen rollend, mit einem angewinkelten Handgelenk die stolze Tugend versinnbildlichend. Dieser Bursche, sang sie, ist ein harter Knochen, uff; doch seine Liebe ist kein Bluff. Würd er nicht seinen letzten Dollar mit ihr teilen? Hey, kein Millionär würde Helen je kriegen. Die bleibt lieber bei ihrem Liebsten mit seinen 15 Dollar die Woche. Oh, Francis, wenn du's nur wenigstens auf 15 pro Woche bringen würdest.

Ach, wenn du nur ...

Der starke, anhaltende Applaus, der folgte, machte Helen Mut, mit ‹*My Man*› zu beginnen, jener wundervollen Fanny Brice-Liebesschnulze, die auch Helen Morgan gesungen hatte. Noch eine Helen. Oh, Helen, im Radio hast du gesungen, aber wohin hat es dich geführt? Welches Schicksal hat dich von der glanzvollen Karriere abgehalten, die dir auf Grund deines Talents und deiner Ausbildung zugestanden hätte? Daß du zum Star geboren bist – so viele haben das gesagt. Aber Karriere machten andere, und du bliebst voll Bitterkeit zurück. Wie hast du sie dann beneiden gelernt, jene, die den Aufstieg schafften, während dir's nicht gelang, jene, die es nicht verdient hatten, die weder Schulung noch Talent hatten. Da war Carla aus der High-School, die nicht mal eine Melodie halten konnte, aber in einem Film mit Eddi Cantor mitwirkte; dann die ach so wortkarge Edna von Woolworth's, die in einer Broadway-Show von Cole

Porter singen durfte, weil sie gelernt hatte, wie man mit dem Ärschchen wackelt. Aber ach, Rache ist süß, denn Carla war mit dem Auto von einer Klippe gestürzt, und Edna hatte sich die Pulsadern aufgeschnitten und war in der Badewanne ihres Freundes verblutet; und wer zuletzt lacht, das ist Helen. Denn Helen singt jetzt in diesem Augenblick auf einer Bühne, und hört's euch nur an, welch eine Stimme sie noch hat nach allem, was sie durchgemacht hat. Seht nur, wie die piekfein gekleideten Leute da unten gebannt an ihren Lippen hängen!

Helen schloß die Augen und spürte, wie sich die Tränen Bahn brachen, und sie wußte nicht, ob sie jetzt glückselig oder zu Tode betrübt war. Es gab einen Punkt, an dem sich beides traf, da kam es aufs gleiche raus, denn ob froh oder betrübt, betrübt oder froh, an Helens Leben würde sich nichts ändern. Oh, du, ihr Mann, wie sehr sie dich liebt! Du machst dir gar keine Vorstellung davon. Armes Mädchen, ganz aufgelöst ist sie jetzt. Wenn sie je fortginge, käme sie auf Knien zurück. Eines schönen Tages. Sie ist dein. Auf immer und ewig dein.

Tosender Applaus! Ein wahrer Beifallssturm! Und die feinen Leute haben sich von ihren Plätzen erhoben – wann sind sie das letzte Mal für Helen aufgestanden? Zugabe, rufen sie, Zugabe, Zugabe, und jetzt heult Helen so hemmungslos vor lauter Freude, oder aus Schmerz, daß sie auch Francis und Pee Wee damit ansteckt. Und obwohl die Rufe nach einer Zugabe nicht nachlassen, steigt Helen anmutig die drei Treppenstufen herab und marschiert voller Stolz hinüber zu Francis, erhobenen Hauptes, das Gesicht noch tränennaß, wie peinlich, und sie drückt ihm einen Kuß auf die Wange, damit alle wissen, das ist der Mann, von dem sie eben gesungen hat, falls es euch vorhin entgangen ist, als wir zusammen reinkamen. Das ist der Mann.

Mein Gott, sagt Francis, das war großartig! Du steckst sie alle in die Tasche!

Helen, sagt Oscar, das war erstklassig! Willst du hier 'nen Job als Sängerin, dann komm morgen abend her, und ich sorg dafür, daß der Boss dich einstellt. Du hast eine grandiose Stimme, meine Liebe. Ein grandiose Stimme!

Oh, danke, sagt Helen, ich dank euch allen ganz herzlich. Es tut so gut, wenn man anerkannt wird für das Talent, das Gott einem geschenkt hat, für die exzellente Schulung, die man genossen hat, und die Natürlichkeit, mit der man sich gibt. Oh, habt vielen Dank, und ich werd wiederkommen und für euch singen, ganz bestimmt!

Helen schloß die Augen und spürte, wie sich die Tränen Bahn brachen, und sie wußte nicht, ob sie nun selig war vor Glück oder zutiefst betrübt. Ein paar seltsam aussehende Leute applaudierten höflich, andere starrten sie nur mürrisch an. Wenn sie so unwirsch dreinschauen, Helen, dann haben sie von deiner Darbietung offenbar nicht allzuviel gehalten. Helen steigt anmutig die drei Stufen von der Plattform herunter, geht hinüber zu Francis und steht erhobenen Hauptes neben ihm, als er sich zu ihr hinüberlehnt und ihr ein Küßchen auf die Wange drückt.

«Ganz wunderbar, altes Mädchen», sagt er.

«Wirklich nicht schlecht», sagt Oscar. «Das mußt du bei Gelegenheit wieder tun.»

Helen schloß die Augen, spürte, wie sich die Tränen Bahn brachen, und wußte, daß das Leben sich nicht ändern würde. Wenn sie je fortginge, würde sie auf Knien zurückkommen. Es tut so gut zu wissen, daß man anerkannt wird.

Helen, du bist wie eine Amsel, wenn für ein Weilchen die Sonne hervorkommt. Helen, du bist wie 'ne Amsel, die sich von der Sonne närrisch machen läßt. Aber was ist mit dir, wenn die Sonne wieder untergeht?

Habt vielen Dank.

Und ich werd wiederkommen und für euch singen!

Oh, oh, die närrische Amsel!

Ganz von vorn anfangen . . .

... sich im Überschwang der Jugend in das Leben stürzen, das nur darauf zu warten scheint, erobert zu werden – wer erinnert sich nicht gern an dieses Gefühl!

Später dann, in reiferen Jahren, wenn Bilanz gezogen wird und es gilt, Fehler oder Versäumnisse auszubügeln, dann wird manch einer tatsächlich noch mal von vorn anfangen; sei es im Beruf, in der Partnerschaft oder bei der Planung der Finanzen.

3

Rudy, der etwas Schlagseite hatte von seinen sechs Bieren, trennte sich von ihnen, um irgendwo zu pennen, und Francis, Helen und Pee Wee marschierten die Green Street zurück bis zur Madison und dann nach Westen in Richtung Mission. Erst Pee Wee nach Hause begleiten, und dann ein Zimmer in *Palombo's Hotel* nehmen, sich aufwärmen und die müden Knochen ausstrecken. Denn Francis und Helen hatten Geld: 5 Dollar und 75 Cents. Zwei Dollar hatte Helen noch übrig von dem, was Francis ihr am Vorabend gegeben hatte, dazu kamen 3,75 Dollar von seinem Arbeitslohn vom Friedhof, denn im *Gilded Cage* hatte er nicht viel ausgegeben, da Oscar äußerst spendabel gewesen war.

Jetzt um Mitternacht war es ruhig geworden in der Stadt, und der Mond war so weiß wie der erste Schnee. Auf der Pearl Street waren noch gemächlich ein paar Autos unterwegs, ansonsten war es still in den Straßen. Francis schlug den Kragen seiner Jacke hoch und vergrub die Hände in den Hosentaschen. Neben der Mission schien das Mondlicht auf Sandra hinab, die noch an der gleichen Stelle hockte, wo sie sie hatten sitzen lassen. Sie hielten an, um zu sehen, wie es ihr ging. Francis ging in die Hocke und rüttelte sie.

«Bist du jetzt wieder nüchtern, Lady?»

Sandra antwortete mit tiefem Schweigen. Francis schob die Kapuze beiseite, die ihr ins Gesicht hing, und im hellen Licht des Mondes sah er die Bißspuren an Nase, Wange und Kinn. Er schüttelte den Kopf, um seinen verschwommenen Blick klarzubekommen, und dann entdeckte er, daß einer ihrer Finger und die Haut zwischen Zeigefinger und Daumen zerbissen waren.

«Die Hunde waren an ihr!»

Er blickte über die Straße und sah einen rotäugigen Bastard im Zwielicht an der Ecke einer Seitengasse lauern. Francis rannte los und hob im Laufen einen Stein auf. Der Köter floh die Gasse hinunter, während Francis sich an einem herausragenden Pflasterstein im Trottoir den Knöchel verstauchte und der Länge nach aufs Pflaster schlug. Er rappelte sich wieder auf, nun selbst blutend wegen dieses Köters, und lutschte sich den Schmutz aus den Schürfwunden.

Als er die Straße überquerte, kamen ein paar maskierte und zerlumpte Halloween-Kobolde vom Broadway herauf und tanzten um Helen herum. Pee Wee, der sich gerade über Sandra beugte, richtete sich auf, als der Tanz an Wildheit zunahm.

«Kraut und Lauch, dicker, fetter Bauch», schrien die Kobolde im Chor. Als Helen ihren Bauch einzog, wurde ihr Gesang nur noch lauter.

«Hey, ihr Bengel», rief Francis, «laßt sie in Frieden!»

Aber sie tanzten weiter, und einer, der eine Totenkopfmaske trug, stieß Helen seinen Stock in den Bauch. Als sie mit der Hand nach der Knochenfratze ausholte, entriß ihr ein anderer die Handtasche, und dann rannten alle auf und davon.

«Ihr Bastarde! Ihr kleinen Teufel!» heulte Helen und rannte ihnen nach. Francis und Pee Wee nahmen ebenfalls die Verfolgung auf, rannten stampfend durch die Nacht, nicht mehr ganz sicher, welcher nun der mit der Totenkopfmaske war. Die Kobolde flitzten in Seitengäßchen, verschwanden um irgendwelche Ecken und waren ihrem Zugriff entronnen.

Francis wandte sich zu Helen um, die weit hinter ihm geblieben war. Sie keuchte und schluchzte vor Gram über den Verlust.

«Hurensöhne!» fluchte Francis.

«O je, das Geld», sagte Helen, «unser ganzes Geld!»

«Haben sie dir weh getan mit dem Stock?»

«Ich glaube nicht.»

«Das Geld ist unwichtig. Morgen geh ich neues anschaffen.»

«Ist es nicht!»

«Was heißt, ist es nicht?»

«Da waren noch 15 Dollar drin, außer dem andern Geld!»

«Fünfzehn? Wo hattest du denn 15 Dollar her?»

«Dein Sohn Billy hat sie mir an dem Abend geschenkt, als er uns in der Bar von Spanish George getroffen hat. Du warst völlig weggetreten, und da hat er mir 45 Dollar in die Hand gedrückt, alles, was er eingesteckt hatte. Ich hab dir 30 davon gegeben und die 15 aufgehoben.»

«Ich hab das Ding doch durchsucht! Da war nichts von ihnen zu sehen.»

«Ich hab sie unters Futter gesteckt, damit du sie nicht versäufst. Ich wollte unsern Koffer zurück und unser Zimmer für 'ne Woche mieten, damit ich mich 'n bißchen ausruhen kann.»

«Verdammt noch mal, Frau, und jetzt haben wir keinen Penny mehr! Du und deine verfluchte Heimlichtuerei!»

Auch Pee Wee kehrte mit leeren Händen von der Verfolgungsjagd zurück.

«Ganz schön rabiat, die Kinder hier», sagte er. «Bist du okay, Helen?»

«Alles bestens!»

«Nicht verletzt?»

«Zu sehn ist jedenfalls nichts.»

«Sandra», sagte er dann, «sie ist tot.»

«Und nicht nur das», sagte Francis, «sie ist schon angefressen.»

«Wir bringen sie rein», sagte Pee Wee, «damit sie sie nicht noch mehr anfressen. Ich werd die Polizei anrufen.»

«Meinst du, es geht in Ordnung, sie reinzubringen?» meinte Francis. «Sie hat immer noch das ganze Gift im Körper.»

Pee Wee sagte nichts und schloß die Haustür auf. Francis hob Sandra aus dem Dreck und trug sie hinein. Er lehnte sie auf einer ausgedienten Kirchenbank gegen die Wand und zog ihr die kratzige Decke übers Gesicht, die nun das letzte Geschenk war, das ihr die Welt gemacht hatte.

«Wenn ich meinen Rosenkranz noch hätte, würd ich jetzt einen für sie beten», sagte Helen, die neben der Bank auf einem Stuhl saß und auf den Leichnam herabsah. «Aber der war auch mit in der Tasche. Ich hab diesen Rosenkranz zwanzig Jahre lang mit mir rumgetragen.»

«Ich werd mich morgen früh auf den leeren Grundstücken umsehn und die Mülltonnen abklappern», sagte Francis. «Der taucht wieder auf.»

«Ich wette, Sandra hat darum gebetet, sterben zu dürfen», sagte Helen.

«Na!» sagte Francis.

«Ich an ihrer Stelle hätt's getan. Ihr Leben war nicht mehr menschenwürdig.»

Helen blickte hinauf zur Uhr: zehn nach zwölf. Pee Wee war dabei, die Polizei anzurufen.

«Heut ist 'n kirchlicher Feiertag», sagte Helen. «Allerheiligen.»

«Jawoll», sagte Francis.

«Ich will morgen früh zum Gottesdienst.»

«Na schön, dann geh in die Kirche!»

«Tu ich auch. Ich will in die Messe gehen.»

«Hör sie dir an! Aber das ist morgen früh, und was machen wir heut nacht? Wo zum Teufel soll ich denn jetzt mit dir hin?»

«Du könntest hier bleiben», bot Pee Wee an. «Die Betten sind zwar alle belegt, aber du kannst hier unten auf 'ner Bank pennen.»

«Nee», sagte Helen, «lieber nicht. Wir können zu Jack gehen. Er sagte, ich kann wiederkommen, wann ich will.»

«Hat Jack das gesagt?» fragte Francis.

«Das waren seine Worte.»

«Dann laß uns abhauen. Jack is 'n guter Kerl. Clara hat 'ne Meise, aber Jack mag ich. Hab ich immer schon gemocht. Bist du sicher, daß er das zu dir gesagt hat?»

«‹Du kannst jederzeit wiederkommen›, hat er gesagt, als ich zur Tür rausging.»

«Na gut. Dann werden wir uns mal auf die Socken machen, Alter», sagte Francis zu Pee Wee. «Kommst du mit Sandra klar?»

«Den Rest mach ich schon», sagte Pee Wee.

«Weißt du, wie sie mit Nachnamen hieß?»

«Nee. Nie gehört.»

«Egal. Spielt nun auch keine Rolle mehr.»

«Hat es nie», sagte Pee Wee.

Francis und Helen gingen die Pearl Street hinauf bis zur State Street, seit zweihundert Jahren die Lebensader dieser Stadt. Ein Tramwagen erklomm mühsam die gewaltig ansteigende State Street; ein zweiter kam ihnen entgegen und rumpelte die Pearl Street hinunter Richtung Süden. Aus dem *Waldorf*-Restaurant trat ein Mann ins Freie, schlug seinen Mantelkragen hoch, schauderte kurz und entfernte sich. Francis' Fingerspitzen waren taub und gefühllos vor Kälte, auf den Dächern parkender Autos trieb der Frost eisige Blüten und den nächtlichen Passanten tanzten beim Ausatmen kleine weiße Wölkchen vor dem Mund. Aus einem Kanalschacht in der Mitte der State Street stiegen Dampfschwaden auf und lösten sich in Nichts auf. Francis stellte sich die unterirdischen Sphären vor, in denen sie ihren Ursprung hatten: ein riesenhafter menschlicher Kopf, in dessen Ohren man Rohrleitungen getrieben hatte und an dessen Schädel eine Wunde schwärte, aus der der Dampf entwich.

Aldo Campione, der auf der anderen Seite der North Pearl Street mit Francis und Helen Schritt hielt, hob die Rechte in derselben vieldeutigen Geste, die Francis schon im *Gilded Cage* beobachtet hatte. Während Francis noch über ihre Bedeutung grübelte, trat der Mann, der bei Aldo am Tisch gesessen hatte, aus dem Zwielicht in den Lichtkegel einer Straßenlaterne, und da verstand Francis die Geste: Aldo stellte ihn damit Dick Doolan vor, dem Tramp, der einst versucht hatte, Francis mit einem Fleischermesser die Füße abzuhacken.

«Ich bin heut am Grab des Kleinen gewesen», sagte Francis.

«Von welchem Kleinen?»

«Gerald.»

«Oh, bei ihm!» sagte sie. «Dann war es das erste Mal, nicht wahr? Muß es ja wohl.»

«Richtig.»

«Du denkst oft an ihn in letzter Zeit. Du hast erst letzte Woche von ihm gesprochen.»

«Ich hör nie auf, an ihn zu denken.»

«Was ist nur in dich gefahren?»

Francis sah die Straße hinab, die vor ihm lag: Pearl Street, die Hauptschlagader der Stadt, einst seine Stadt, eine vergessene Stadt. Im Handel schlug sich Wandel längs der Fassaden nieder, soviel neues, es irritierte ihn; längst wieder dichtgemachte Läden, von denen er nie etwas gehört hatte. Einiges war beim alten geblieben: *Whitney's*, *Myer's*, die alte First Church, die über dem Clinton Square aufragte, die Pruyn-Library. Während er so dahinging, verwandelte das Kopfsteinpflaster sich in Granitplatten, Häuser in Ladenfronten, das Leben kam in die Jahre, starb und erneuerte sich, und eine Vision von Gewesenem und dem, was hätte sein können, kreuzte sich in einem Auge, das weder das eine richtig zu erinnern noch das andere zu deuten imstande war. Was würdest du drum geben, nie hier fortgegangen zu sein?

«Ich sagte, was ist nur in dich gefahren?»

«Gar nichts ist in mich gefahren. Ich denk bloß über einen Haufen Kram nach. Diese alte Straße hier. Es gab mal eine Zeit, da hat diese Straße mir gehört.»

«Dann hättest du sie verhökern sollen, solange du die Gelegenheit dazu hattest.»

«Geld. Ich red hier nicht von Geld.»

«Dachte ich auch gar nicht. War bloß ein Witz.»

«War nicht sehr witzig. Ich hab gesagt, ich war an Geralds Grab. Ich hab mit ihm geredet.»

«Geredet? Wie hast du denn mit ihm geredet?»

«Hab dagestanden und das verfluchte Gras angequatscht. Vielleicht werd ich langsam meschugge, so wie Rudy. Der kriegt's nicht mal fertig, seine Hose obenzuhalten. Stolpert dauernd drüber.»

«Du bist nicht meschugge, Francis. Das kommt bloß, weil du hier bist. Wir sollten nicht hier sein. Wir sollten woanders hin.»

«Richtig. Woanders. Genau *dahin*.»

«Trink heut abend nichts mehr!»

«Hör mal, geh mir nicht auf den Wecker!»

«Ich will, daß du nüchtern bleibst. Bitte. Ich will, daß du nüchtern bist.»

«Ich bin das Nüchternste, was du diese Woche zu Gesicht kriegst. Stocknüchtern bin ich. Das Nüchternste, was du die ganze Woche zu Gesicht kriegst. Die Sache, die da auf der andern Straßenseite passiert ist. Die Sache, die passiert ist, war, daß Billy mir einiges von Annie erzählt hat. Davon hab ich dir nichts gesagt. Billy hat mir von Annie erzählt, daß sie nie verraten hat, daß ich den Kleinen fallen lassen hab.»

«Wem nichts verraten, der Polizei?»

«Zu niemandem ein Wort. Keiner Menschenseele. Weder zu Billy noch zu Peg und auch nicht zu ihren Geschwistern. Hast du so was schon mal gehört? Ich kann mir einfach nicht vorstellen, wie 'ne Frau das alles durchmacht und keinem Menschen ein Sterbenswort davon erzählt.»

«Du redest ja viel von diesen Leuten.»

«So, tu ich das?»

«Vielleicht solltest du sie mal besuchen gehen.»

«Nee, das brächte nichts.»

«Dann würdest du das loswerden.»

«Was loswerden?»

«Was immer dir im Magen liegt.»

«Um meinen Magen mach dir mal keine Sorgen. Wieso haste eigentlich nicht in der Mission übernachtet, wenn du schon eingeladen wirst?»

«Deren Barmherzigkeit kann mir gestohlen bleiben!»

«Deren Suppe haste aber gegessen!»

«Hab ich nicht! Ich hab bloß Kaffee getrunken. Auf jeden Fall kann ich Chester nicht ausstehn. Der mag Katholiken nicht.»

«Und Katholiken mögen keine Methodisten. Zum Teufel, damit seid ihr quitt! Ich seh aber keine katholischen Missionen hier in der Gegend. Schon lang keine Katholikensuppe mehr gelöffelt.»

«Ich bleib da nicht, und damit basta!»

«Dann frier dir eben irgendwo den Arsch ab! Deine Blume ist schon erfroren.»

«Soll sie erfrieren!»

«Jedenfalls hast du was vorgesungen.»

«Ja, das hab ich. Ich hab gesungen, während Sandra starb.»

«Sie wäre so oder so gestorben. Ihre Zeit war um.»

«Nee, das glaub ich nicht! Das ist Fatalismus. Ich glaub, wir sterben dann, wenn wir das Leben nicht länger ertragen können. Ich glaub, wir halten so viel aus, wie wir können, und dann sterben wir, wenn wir können. Und Sandra hat beschlossen, daß sie sterben kann.»

«Dagegen will ich nichts einwenden. Stirb, wenn du kannst! Ist so gut wie jeder andere Spruch.»

«Freut mich, daß wir wenigstens da einer Meinung sind», sagte Helen.

«Wir kommen schon miteinander aus. Du bist keine von der üblen Sorte.»

«Ich find dich auch in Ordnung.»

«Wir sind alle beide in Ordnung», sagte Francis, «und wir haben keinen Penny und kein Dach überm Kopf. Wir sind auf der Rolle. Also laß uns zusehn, daß wir zu Jack kommen, bevor er uns das Licht vor der Nase ausmacht.»

Helen hakte sich bei Francis unter. Auf der anderen Straßenseite hielten Aldo Campione und Dick Doolan, in seinen späteren Jahren bekannt als Rowdy Dick, schweigend Schritt.

Helen machte ihren Arm von Francis los und zog sich den Mantelkragen fester um den Hals, dann schlang sie die Arme um den Leib und vergrub die Hände unter den Achseln.

«Ich bin durchgefroren bis auf die Knochen.»

«Hast recht, es ist kalt.»

«Ich meine, wirklich durch und durch. Bis aufs Mark.»

Francis legte den Arm um sie und geleitete sie die Stufen hinauf zu Jacks Haus. Es stand auf der Ostseite der Ten Broeck Street, einer Straße in Arbor Hill, die sich über drei Häuserblocks hinzog, nach einem Helden des Revolutionskrieges benannt und in den siebziger und achtziger Jahren des letzten

Jahrhunderts dafür bekannt war, daß hier gleich ein Dutzend der neureichen Holzbarone Albanys nebeneinander wohnten und einander in Luxus zu überbieten suchten. Als Wohnsitz hatten die betuchten Herren sich solide Sandsteinbauten hinstellen lassen; heutzutage waren die meisten in möblierte Zimmer oder in Mietwohnungen wie die von Jack unterteilt.

Die Haustür war unverschlossen. Helen stieg mit Francis die breite Nußbaumtreppe hinauf, die trotz des zerschlissenen Läufers noch einen Hauch der alten Eleganz bewahrt hatte, und Francis klopfte. Die Tür wurde geöffnet, Jack lugte heraus und machte ein Gesicht wie ein ominöser Schalenkrebs. Mit der einen Hand hielt er die Tür einen Spaltbreit auf, mit der anderen umklammerte er den Türpfosten.

«Hey, Jack», sagte Francis, «wir wollten dich mal besuchen. Wie stehen die Chancen für einen Penner, hier 'nen Drink zu kriegen?»

Jack zog die Tür ein Stück weiter auf, um nachzusehen, wer hinter Francis stand, und als er Helen erkannte, ließ er den Arm sinken und tat einen Schritt zurück in die Wohnung. Kate Smith flötete ihnen von einem kleinen Plattenspieler entgegen, der an den Lautsprecher des Radioapparates angeschlossen war; der Mond von Carolina schien herab auf einen, der auf Kate wartete. Neben dem Plattenspieler saß Clara auf einem Nachttopf, bemüht, nicht die Balance zu verlieren, gestützt von lauter ringsum aufgeschichteten violetten Sofakissen, so daß sie aussah, als säße sie im Sattel eines großen Tieres. Ein roter Bettüberwurf bedeckte ihre Beine, doch an der Seite war ein Stück herabgefallen und enthüllte die Außenseite ihres linken Schenkels, der sichtbar war bis zum Hintern. Auf dem Tisch mit dem Plattenspieler stand ein Glasfläschchen mit einer milchigweißen Flüssigkeit und auf einem kleineren Tischchen an der anderen Seite ein Weinspender, in dessen Kippvorrichtung eine Drei-Liter-Flasche Muskateller hing. Helen ging hinüber zu Clara und blieb neben ihr stehen.

«Meine Güte, ist das kalt für die Jahreszeit. Schon richtiggehendes Schneewetter ist das. Faß mal meine Hände an!»

«Zufällig ist das hier meine Wohnung», sagte Clara heiser,

«und ich werd mich hüten, deine Hände anzufassen, und deinen Kopf sowieso. Ich seh nichts von Schnee.»

«Trink doch was!» sagte Jack, zu Francis gewendet.

«Klar», sagte Francis. «Ich hab heut abend um sechs 'nen Teller Suppe gegessen, aber die ist glatt durch mich durchgelaufen. Ich werd bald mal was essen müssen!»

«Mir doch egal, ob du was ißt oder nicht!» sagte Jack. Er ging zur Küche, und Francis wandte sich Clara zu: «Geht's dir besser?»

«Nee!»

«Sie hat Durchfall», sagte Helen.

«Ich sag den Leuten schon selbst, was ich hab», sagte Clara.

«Sie hat diese Woche ihren Mann verloren», sagte Jack, der mit zwei Wassergläsern aus der Küche kam. Er kippte die Flasche und ließ beide halbvoll laufen.

«Wie hast du das erfahren?» fragte Helen.

«Ich hab's heut in der Zeitung gelesen», sagte Clara.

«Ich bin heut morgen mit ihr zur Beerdigung gefahren», erzählte Jack. «Wir ham uns 'n Taxi genommen und sind rausgefahren zur Leichenhalle. Die haben sie nicht mal angerufen.»

«Er sah genauso aus wie damals, als wir geheiratet haben», sagte sie.

«Ach nee!» sagte Francis.

«Bis auf seine Haarspitzen, die waren schlohweiß. Das war das einzige.»

«Ihre Kinder sind auch dagewesen», sagte Jack.

«Diese Rotznasen!» sagte Clara.

«Ich frag mich manchmal», sagte Francis, «was wäre, wenn ich wegliefe oder tot umfiele. Helen würd wahrscheinlich durchdrehn.»

«Wieso? Wenn du tot umfielst, würde sie dich begraben, bevor du anfängst zu stinken», sagte Jack. «Mehr würde nicht passieren.»

«Wie kaltherzig du bist», sagte Francis.

«Seine Toten muß man beerdigen», sagte Jack.

«Das ist in der katholischen Kirche Vorschrift», ergänzte Helen.

«Ich red hier nicht von der katholischen Kirche.»

«Jedenfalls ist Clara jetzt wieder Junggesellin», sagte Jack. «Ich werd schon rauskriegen, wie sie auf die Sache reagiert.»

«Ich werd ganz normal weiterleben», sagte Clara.

«Normal, da haben wir's», hakte Francis ein. «Was zum Deubel ist denn überhaupt normal, das möcht ich gern mal wissen! Daß es kalt ist ist normal. Verdammich, ist das kalt heut nacht. Ich hab an meinen Fingern rumgerubbelt und mich gefragt, ob ich noch am Leben bin. Weißt du, ich würd dir gern 'ne Frage stellen.»

«Nee», sagte Clara.

«Nee, sagst du. Was soll das heißen, nee?»

«Was will er denn wissen?» fragte Jack. «Hör dir die Frage doch erst mal an!»

Clara wartete stumm.

«Wie geht's euch denn so?» fragte Francis.

Clara hob das Fläschchen mit der milchigweißen Flüssigkeit vom Tisch mit dem Plattenspieler, dessen Nadel in der Endrille der Kate Smith-Platte entlangschrammte, und trank. Beim Runterschlucken schüttelte sie den Kopf, so daß ihre ungekämmten, fettigen Haarsträhnen wie kleine Peitschen hin und her flogen. Ihre Augen hingen wie ein Paar abgestürzte Monde tief in den Höhlen. Sie drehte den Schraubverschluß der Flasche wieder zu und nahm einen ordentlichen Schluck Muskateller, um den Medizingeschmack zu vertreiben. Sie zog an ihrer Zigarette, hustete dann und spie Gallenbitteres in das zusammengeknüllte Taschentuch, das sie in der Faust hielt.

«Clara geht es in letzter Zeit nicht so gut», sagte Jack und schaltete den Plattenspieler ab.

«Ich bin nach wie vor auf den Beinen», sagte Clara.

«Nun, für 'ne Kranke siehst du ziemlich gut aus», sagte Francis. «So gut wie eh und je, finde ich.»

Clara lächelte ihm über den Rand ihres Weinglases hinweg zu.

«Keiner fragt, wie's mir geht», meinte Helen, «aber ich sag's euch trotzdem. Bei mir läuft's einfach wunderbar. Wunderbar, sag ich euch.»

«Sie ist voll wie 'ne Haubitze», sagte Francis.

«Au ja, ich bin voll bis zur Halskrause», kicherte Helen, «ich kann kaum noch richtig laufen.»

«Du hast doch nicht für einen Nickel was gesoffen», sagte Jack. «Franny, *der* ist besoffen. Du bist eben 'n hoffnungsloser Fall, was, Franny?»

«Helen wird nie auf 'n grünen Zweig kommen, wenn sie mit mir zusammenbleibt», sagte Francis.

«Ich hab dich immer für 'n intelligenten Mann gehalten», sagte Jack und trank sein Glas zur Hälfte aus. «Aber das kann nicht stimmen, das kann einfach nicht stimmen!»

«Täusch dich nur nicht!» sagte Helen.

«Halt du dich da raus», sagte Francis und meinte, mit dem Daumen auf sie deutend, zu Jack: «Bei der bist du früher oder später reif für die Klapse. Allein das Theater, wo findest du was zum Wohnen für sie, wo kann sie pennen.»

«Ich finde, du könntest ein reizender Bursche sein, wenn du nur auf den rechten Weg kämst», meinte Jack. «Du könntest ständig deine 20 Dollar in der Tasche rumtragen, 50 oder 70 in der Woche heimbringen, 'ne hübsche Wohnung haben mit allem Drum und Dran, und alles mögliche zu saufen, wenn du mal 'n ordentlicher Mensch wirst.»

«Ich hab heut draußen auf'm Friedhof gearbeitet», sagte Francis.

«'n fester Job?»

«Bloß für heute. Morgen schau ich bei 'nem Burschen vorbei, der jemanden zum Auf- und Abladen sucht. Mein altes Kreuz kann schon noch einiges vertragen.»

«Wenn du das durchhältst mit dem Arbeiten, wirst du bald 50 Piepen in der Tasche haben.»

«Wenn ich 50 auf der Hand hätte, würd ich sie für Helen ausgeben», sagte Francis. «Oder mir 'n Paar neue Schuhe kaufen. Meine letzten waren so durchgelatscht, daß Harry drüben in dem alten Trödelladen mir das Paar hier für 'n Quarter vermacht hat. Sieht mich halb barfuß und sagt: Francis, so kannste nich rumlaufen, und gibt mir diese hier. Aber sie passen nicht richtig, und bloß einer war mit Senkel. In dem andern is 'n Stück Schnur. Ich hab einen Senkel eingesteckt, hab ihn bloß noch nicht reingemacht.»

«Du meinst, du hast 'n Senkel eingesteckt und machst ihn nicht in deinen Schuh?» fragte Clara.

«Ich hab 'n in der Tasche stecken», sagte Francis.

«Dann hol ihn raus und mach ihn rein!»

«Ich glaub, hier in dieser Tasche isser drin. Weißt du, wo er ist, Helen?»

«Frag mich doch nicht!»

«Schau doch selbst nach!» sagte Clara.

«Sie will, daß ich mir 'n Schnürsenkel in den Schuh mache», sagte Francis.

«Genau», sagte Clara.

Francis hörte auf, in seiner Tasche zu kramen und ließ die Hände sinken.

«Ich bin am Schwindeln», sagte er dann.

«Was biste?» fragte Clara.

«Ich bin am Schwindeln, und das kann ich nicht leiden.»

Francis stellte sein Weinglas hin, ging ins Badezimmer, hockte sich auf das zugeklappte Klosett und versuchte zu ergründen, wieso er wegen eines Schnürsenkels gelogen hatte. Er nahm den Geruch wahr, mit dem ihm von unten her sein Zwickel in die Nase stank, erhob sich dann und ließ die Hose fallen. Er stieg heraus, zog dann die Unterhose aus und warf sie ins Waschbecken. Er machte den Klodeckel hoch, setzte sich auf die Brille, nahm Jacks Seife zur Hand schöpfte sich mit der anderen Wasser aus der Schüssel und wusch Geschlechtsteile und Hintern samt aller verkrusteter Öffnungen, Spalten und verdeckter Falten. Er spülte den Schaum fort, seifte sich von neuem ein, spülte nochmals. Er rieb sich mit einem von Jacks Handtüchern trocken, nahm seine Unterhose aus dem Waschbecken und wischte den naßgespritzten Boden auf. Dann ließ er heißes Wasser ins Waschbecken laufen und weichte die Unterhose ein. Als er sie einseifen wollte, zerfiel sie unter den Händen in zwei Teile. Er ließ das Wasser wieder ab, wrang die Unterhose aus und stopfte sie in seine Jackentasche. Er öffnete einen Spaltbreit die Tür, rief nach draußen «Hey, Jack!» und als Jack kam, bedeckte er seine Blöße mit einem Handtuch.

«Jack, alter Kumpel, haste mal 'ne alte Unterhose übrig? Irgendeine, die du nicht mehr brauchst? Meine hat sich grad in Wohlgefallen aufgelöst.»

«Ich geh mal nachsehn.»

«Darf ich mal kurz deinen Rasierer borgen?»

«Bedien dich!»

Jack kam mit einer Unterhose wieder, und Francis zog sie an. Als er gerade seinen Bart einschäumte, betraten Aldo Campione und Rowdy Dick Doolan das Badezimmer. Rowdy Dick, ausgesprochen schmuck in seinem Dreiteiler aus blauem Serge und der perlgrauen Mütze, nahm auf dem Klodeckel Platz. Aldo machte es sich auf dem Rand der Badewanne gemütlich; seiner Gardenie hatte die abendliche Kälte nichts anhaben können. Gegen die drei Tage alten Bartstoppeln kam Jacks Rasierer nicht an, also wusch Francis den Schaum wieder ab, weichte das Kinn abermals mit heißem Wasser ein und schäumte von neuem. Während Francis sich gründlich den Schaum zwischen die Stoppeln massierte, nahm Rowdy Dick ihn genauer in Augenschein, aber nichts in seinem Gesicht kam ihm vertraut vor. Was zu erwarten stand, denn als er es zuletzt gesehen hatte, war es Nacht gewesen, unter einer Brücke unweit der Rangierbahnhöfe Chicagos, an deren Fuße fünf Männer am Überfluß des Jahres 1930, eines mageren Jahres teilhatten. An die Mauer des Gewölbes, das sich über ihren Köpfen spannte, hatte, wie einer aus der Runde den anderen gezeigt hatte, ein früherer Bewohner dieser Stätte ein Gedicht geschrieben:

Armes kleines Lamm
Wird am Morgen wach
Sein Fell ganz klamm

Ihm graust vor diesem Tag
Hör mal, kleines Lamm
Im Sommer gehn wir auf die Walz
Werden im Schatten sitzen
Und gießen uns Limonade in den Hals
Sollen die andern doch schwitzen.

An das Gedicht erinnerte sich Rowdy so gut wie an das Lachen seiner Schwester Mary auf dem Rodelschlitten, bevor sie unter den Kufen eines schweren Pferdeschlittens zermalmt wurde, und so deutlich wie an das klägliche Stirnrunzeln, mit dem sein Bruder Ted schließlich an einem angeborenen Herzfehler gestorben war. Bis dahin waren sie zu dritt gewesen, wohnten bei einem Onkel, denn ihre Eltern waren nacheinander gestorben und hatten sie als Waisen zurückgelassen. Und dann war einzig und allein Dick übrig, der eine harte Jugend verlebte, erst in den Docks arbeitete, dann ein leichteres Auskommen im Vergnügungsviertel fand, wo er renitente Besoffene, aalglatte Taschendiebe und fettleibige Tittengrapscher vermöbelte. Aber auch das hielt er nicht lange durch. Nichts war von Dauer bei Rowdy Dick, und so war er dann zum Tramp geworden und schließlich unter der Brücke gelandet bei Francis Phelan und drei anderen, längst gesichtslosen Männern. An was sich Rowdy Dick bei Francis erinnerte, war die Hand, die jetzt den Rasierer über die eingeseifte Wange zog.

An was sich Francis erinnerte, war, daß er in dieser vermaledeiten Nacht über Baseball schwadroniert hatte. Zu Beginn hatte er unauslöschliche Erinnerungen wiederaufleben lassen, um dieser Runde, in der keiner sonstwo etwas zu verpassen hatte, mit ihrer Hilfe in gemächlichem Erzähltempo zu erklären, was ihm den Antrieb gegeben hatte, Third Baseman zu werden. Er war damals, so erzählte er, ein Junge gewesen, der unter Männern spielte und zum Zeugen ihrer Talente und Eigenheiten wurde, ihrer Fähigkeit, nach einem über den Rasen zischenden *grounder* zu hechten, einen *line drive* aus der Luft zu picken oder einen *flyball* abzugreifen – all dies mit einer Leichtigkeit, mit der andere Leute einen Atemzug tun. Sie hatten auf dem Poloplatz an der Van Woert Street gespielt (Mulvaneys ehemaliger Ziegenweide), heroische anderthalb Dutzend Männer, die sich dort manchmal an zwei oder drei Abenden die Woche nach der Arbeit zum Training trafen; Männer Ende Zwanzig und Anfang Dreißig, die hier das Spiel wiederaufleben ließen, daß sie als Teenager in helle Begeisterung versetzt hatte. Da war Andy Heffern, hochgewachsen und verschlossen, der Lungenkranke, der dann in Saranac starb, der werfen, aber keinen Schritt rennen konnte, und der mit einem langfingrigen Handschuh spielte, dessen Handfläche gänzlich ungepolstert war, nur ein dünner Fetzen Leder trennte Andys unverwüstliche Hand vom rasenden Tempo des Balles. Da war Windy Evans, der mit Mütze, Sackschutz und Spikes auf dem Außenfeld spielte und den Ball hinter seinem Rücken fing, und kam ein hochgeschlagener Ball, war er schon zwanzig Minuten eher am Ziel, und plopp, landete dieser Lahmarsch von *flyball* endlich in seinem Handschuh wie ein Pfirsich im Spankorb. Worauf Windy einen Satz machte und der Welt mit breitem Grinsen kundtat: Von unserer Sorte gibt's nur noch ganz wenige! Und der Fänger, Red Cooley, der Francis' jugendlicher Vorstellungskraft eingeheizt hatte und keine Minute aufhörte zu quasseln, der mit seinem kurzfingrigen Handschuh nach jedem *grounder* hechtete, als sei es der Türklopfer des Himmels, und der sich mit seinem kurzfingrigen Handschuh umsonst danach sehnte, als größter lebender Baseballspieler der Welt zu gelten: wäre da nur nicht die Nachgiebigkeit den Familienbanden gegenüber gewesen, die ihn zeit seines Lebens zum Gefangenen Arbor Hills machte.

Diese Erinnerungen von Francis erweckten bei Rowdy Dick einen maßlosen Neid. Warum sollte ein anderer Mensch so reich beschenkt sein, nicht allein mit einer so amüsanten Lebensgeschichte, sondern obendrein mit einem Erzähltalent, das ein Quintett von Pennern am Lagerfeuer unter einer Brücke wie hypnotisiert in Bann zu schlagen vermochte? Warum gab es keine Worte, die ans Licht hätten bringen können, was im Innersten von Rowdy Dick nagte, der so dringend etwas zur Sprache bringen mußte, von dem er nicht einmal ahnen konnte, daß es der Artikulation bedurfte?

Nun, diese elementare Frage blieb unbeantwortet, und die magischen Worte blieben unentdeckt. Denn Rowdy Dicks rachsüchtiger Blick fiel auf die Schuhe des zungenfertigen Francis, den zwei begehrenswertesten und, abgesehen von den lodernden Zweigen und Brettern im Feuer, am meisten ins Auge fallenden Dingen unter dieser Chicagoer Brücke. Und Rowdy Dick schob die Hand unters Hemd, dorthin, wo er das handliche Schlachtermesser stecken hatte, das er seit Colorado ständig bei sich trug, ließ es aus dem Futteral gleiten, das er sich aus Ölzeug, Pappdeckel und Bindfaden gebastelt hatte, und dann eröffnete er Francis: Ich hack dir deine verdammten Füße ab! Sprach's und stürzte sich auch schon auf Francis, war jedoch selbst dann noch zu voreilig gewesen mit seiner Ankündigung, denn Francis' Reflexe waren zu jenem Zeitpunkt noch nicht so abgeschlafft, wie es jetzt in Jacks Badezimmer vielleicht der Fall sein mochte. Sie waren voller Spannkraft, Rasanz und Energie, und ehe Rowdy Dick – der zuviel von dem hausgemachten Fusel intus hatte, den er irgendwann an diesem Tag fraglos viel zu billig erstanden hatte, als daß er nicht ein ernsthaftes Risiko für Geist und Körper dargestellt hätte – noch seine ungestüme Heftigkeit wiedergutmachen konnte, wehrte Francis das Hackmesser ab, das jetzt nicht mehr auf die Füße, sondern auf seinen Kopf gerichtet war und büßte dabei zwei Drittel seines rechten Zeigefingers und ein millimeterlanges Stück Nase ein, fast genau die Spitze. Das Blut spritzte in weitem Bogen davon, als er Rowdy Dick mit seiner verstümmelten Hand das Messer aus der Faust schlug, ihn dann unter der Achsel und am Hosenbein packte und ihn, o zorniges Lamm, mit dem Kopf voran gegen den Gewölbepfeiler rammte, an dem das Gedicht geschrieben stand, ihn dagegenkrachen ließ wie einen Rammsporn und Rowdy Dicks Schädel so vom linken Schädelbein bis zur Naht des Hinterhauptbeines spaltete, daß der Körper sofort blutend, schlaff, mit herausrinnendem Gehirn und mausetot liegenblieb.

An was Francis sich im Zusammenhang mit dieser prekären Situation erinnerte, war der zwanghafte Drang, die Flucht zu ergreifen, die vertrauteste Neigung, die er neben jener, nichts im

Leben für erstrebenswert zu halten, je gepflegt hatte. Nachdem er die Umgebung so schnell es ging nach seinen abgetrennten Zeigefingergliedern abgesucht hatte und feststellen mußte, daß sie zu weit in den Staub oder ins Gebüsch davongeflogen waren, als daß sie irgendeines Menschen Hand je hätte wiederbringen können, und nachdem er einen Augenblick stehengeblieben war, nicht um herauszubekommen, ob die lädierte Nase reparabel war, sondern um ganz kurz abzuschätzen, was als sichtbare Erinnerung an diese Schnippelei bleiben würde, rannte Francis los und stellte damit einen Zustand wieder her, der seinem Wesen so wohltuend wie natürlich erschien: das Lossprinten von einer Base zur nächsten nach einem Treffer mit dem Schlagholz, das Davonlaufen vor Anklagen, das Davonlaufen vor den Verleumdungen von Männern und Frauen, das Davonlaufen vor Familie und Knechtschaft, vor der Verkümmerung der Lebensgeister durch ritualisiertes Geradebiegen, das Davonlaufen letztendlich auf der Suche nach der reinen Flucht als endgültigen Manierismus des Geistes.

Er gelangte zu einem Rangierbahnhof, fand dort einen leeren Güterwagen mit offener Tür und machte sich wieder einmal auf die Reise, ohne etwas zu Ende gebracht zu haben: die wahre und vollständige Geschichte seines bisherigen Lebens. Erst als der Zug in South Bend einlief, suchte Francis dann ein Spital auf, wo ihn der Internist fragte: Wo ist der Finger? Und Francis sagte: In den Büschen. Und was ist mit der Nase? Wo ist der Schnipsel von der Nase? Wenn Sie mir doch wenigstens den gebracht hätten, dann könnten wir ihn wieder drannähen, und Sie würden hinterher nicht mal mehr merken, daß hier je was gefehlt hat.

Bis dahin hatte alles aufgehört zu bluten, und Francis war wieder einmal diesen bedrohlichen Mächten entronnen, die so oft versuchten, ihm den Lebensfaden zu kappen.

Er hatte die Blutung seiner Wunde gestillt.

Er hatte im Angesicht des launenhaften und widrigen Schicksals standhaft seine Unschlüssigkeit bewahrt.

Er hatte, o wunderbarer Mensch, den Tod in sich selbst gestillt.

Francis trocknete sich mit dem Handtuch das Gesicht ab, knöpfte sein Hemd zu und schlüpfte in Hose und Jacke. Mit einem Kopfnicken entschuldigte er sich bei Rowdy Dick dafür, daß er ihn umgebracht hatte und legte in dieses Nicken auch die Hoffnung, daß Rowdy Dick verstehen würde, daß es nicht mit Vorsatz geschehen war. Rowdy Dick grinste und nahm die Mütze ab; die Kuppel seines Schädels umgab jetzt ein gleißendes Licht. Francis konnte die klaffende Bruchstelle sehen, die sich unter Dicks Haar hinzog wie ein glitzernder Flußlauf, und da begriff er, Rowdy Dick war im Himmel oder so nahe daran, daß er die Eigenschaften von einem Engel Gottes annahm. Dick setzte die Mütze wieder auf, und selbst die Mütze verströmte noch ein Leuchten, wie bei der Sonne, wenn sie eine milchiggraue Wolke zu durchbrechen sucht. «Tja», sagte Francis, «es tut mir leid, daß ich dir so übel den Schädel ramponiert hab, aber du wirst dich hoffentlich erinnern, daß ich meine Gründe hatte», und er hielt Rowdy Dick seinen Fingerstummel hin. «Wenn einem ein Finger fehlt, kann man nämlich kein Priester mehr werden, weißt du. Mit so 'ner Hand kann man keine Messe beten. Und auch keinen Baseball mehr werfen.» Er rieb sich mit dem Fingerstumpf über die Delle an seiner Nasenspitze. «Da ist 'ne kleine Delle, aber was soll's. Der Doc hat 'nen dicken Verband angelegt, aber als es dann anfing zu jucken, hab ich ihn abgerissen. Bin wieder zum Doc, als ich 'ne Infektion bekommen hab, und der Doc meint: Den Verband hätten Sie nicht abreißen dürfen. Jetzt muß ich es namlich ausschaben, und da wird die Delle noch tiefer. Na wennschon. Eine Delle hätt es wohl sowieso gegeben. Herrje, so 'ne kleine Delle sieht doch nicht so schlecht aus, oder? Ich beklag mich auch gar nicht. Wenn ich auf jemand sauer bin, dann nie länger als fünf Jahre.

«Francis! Ist alles in Ordnung bei dir da drin?» rief Helen. «Mit wem redest du denn da?»

Francis winkte Rowdy Dick zu und begriff, daß ein paar der Schulden, in die ihn seine Gewalttätigkeit gestürzt hatte, beglichen waren, doch war er sich nach wie vor voll und ganz des Märtyriums bewußt, das ihn allenthalben umgab: Märtyrer des

Zorns, des Alkohols, des Versagens, des Verlustes, des feindseligen Wetters. Aldo Campione gab ihm mit einer Geste zu verstehen, daß Gebete, auch wenn's nicht immer klappte, doch gelegentlich erhört wurden, eine Offenbarung, die wenig dazu beitrug, Francis' Stimmung zu bessern, denn seit seiner Kindheit war es nicht mehr vorgekommen, daß er gewußt hätte, wofür er beten sollte.

«Hey, Penner», sagte er zu Jack, als er aus dem Badezimmer kam, «wie wär's mit 'nem Drink für 'nen Penner?»

«Jack ist kein Penner», sagte Clara.

«Weiß ich doch, verdammt noch mal», sagte Francis. «Jack ist 'n Musterexemplar. Einer, der seiner geregelten Arbeit nachgeht.»

«Wieso hast du dich denn rasiert?» fragte Helen.

«Hat angefangen zu jucken. Vier Tage nicht rasiert, dann wachsen diese Stoppeln glatt nach innen.»

«Wirkt sich aber auf deine Erscheinung sehr vorteilhaft aus», sagte Clara.

«In der Tat», sagte Jack.

«Daß Francis 'n hübscher Mann ist, hab ich ja gewußt», sagte Clara, «aber heut seh ich dich zum erstenmal frisch rasiert.»

«Hab grad drüber nachgedacht, wie viele von den alten Pennbrüdern, die ich kannte, im Chausseegraben verreckt sind. Wachen auf und sind total zugeschneit, und manche liegen da und sind tot, völlig steifgefroren. Andere stehen einfach auf und marschieren los. Ist mir selber schon so ergangen. Aber für die restlichen Jungs ist der Ofen aus. Hast du jemals einen Burschen namens Rowdy Dick Doolan kennengelernt, als du noch auf Trebe warst?»

«Nee», sagte Jack, «nie.»

«Dann war da ein Bursche namens Pocono Pete, den hat's in Denver erwischt, der war hartgefroren wie ein Stein. Oder Poocher Felton, der ist in Detroit abgekratzt, hat in die Hose gepinkelt und ist auf dem Gehsteig festgefroren. Und ein schräger Vogel, den sie immer Ward Six nannten. Den ham sie mit 'nem roten Eiszapfen gefunden, der ihm aus der Nase wuchs. All die alten Jungs hatten nichts, wußten nichts, klauten wie die

Raben, strohdumm und ewig im Tran. Foxy Phil Tucker, 'n rappeldürrer kleiner Knilch, der ist total zusammengekauert erfroren, die Knie bis unterm Kinn. Anstatt ihn wieder gerade zu biegen, haben sie ihn in 'nem halben Sarg beerdigt. Gott sei gnädig, die alten Knacker. Ich wette, so wie die gestorben sind, kommen die alle in den Himmel, falls es so was wirklich gibt.»

«Ich glaub, wenn du tot bist, kommst du unter die Erde, und damit hat sich's», sagte Jack. «An das Brimborium von wegen Himmel und so hab ich noch nie geglaubt.»

«Du kämst ohnehin nicht rein», sagte Helen. «Für dich haben sie schon woanders reserviert.»

«Dann geh ich mit ihm», sagte Clara. «Wer will denn schon im Himmel bei all den Nonnen landen? Gott, wie langweilig.»

Francis kannte Clara noch keine drei Wochen, doch er konnte sehen, wie es mit ihrem Leben abwärts gegangen war: Knackiges Mädchen steht auf Verdienste, wird Profi, kriegt Torschlußpanik, heiratet und macht Kinder, läßt alles sausen, geht wieder auf 'n Strich, kränkelt, wird dann ernsthaft krank, schließlich alt und häßlich, klammert sich an Jack und wird zum Monster. Aber sie hat fast noch all ihre Zähne, gar nicht übel; und dieses Haar: du bringst sie kurz in einen Schönheitssalon, läßt es ein bißchen ondulieren und es ist wieder fit; verpaßt ihr neue Klamotten, Stöckelschuhe und Seidenstrümpfe, und, hey, schau dir diese Titten an und dieses Bein da: die Haut ist glatt und rein.

Clara merkte, wie Francis sie musterte und zwinkerte ihm zu. «Ich hab mal 'nen Burschen gekannt, der dir ziemlich ähnlich sah. Auf den war ich mächtig scharf.»

«Na klar warst du das», sagte Helen.

«Der wußte, was er an mir hatte.»

«An Männern hat es Clara nie gemangelt», sagte Jack. «Ich bin ein Glückspilz. Aber im Moment ist sie ziemlich krank. Deshalb könnt ihr auch nicht dableiben. Sie hält Diät und ißt nur Toast.»

«Oh, ich kann ja 'n paar Scheiben Toast machen», sagte Helen und stand auf. «Magst du?»

«Wenn mir nach Essen ist, kann ich mir selber Toast machen», sagte Clara. «Und im übrigen bin ich dabei, mich bettfertig zu machen. Macht die Tür hinter euch zu, wenn ihr geht.»

Jack nahm Francis beim Arm und zog ihn mit zur Küche, doch nicht ohne, daß Francis zuvor sein Bild von Clara korrigiert hätte, die dort zwischen den aufgetürmten Kissen auf ihrem Scheißapparat hockte und aus der Kloake ihres ruinierten Verdauungsapparats einen stillen Gestank aufsteigen ließ.

Jack und Francis kamen wieder ins Wohnzimmer; Francis rauchte eine von Jacks Zigaretten. Als er nach seinem Wein griff, ließ er das Glas zu Boden fallen, und Helen gab einen Stoßseufzer von sich.

«Schmeißen alles auf den Boden», sagte Francis. «Ich kann's euch nicht verübeln, daß ihr diese Penner vor die Tür setzt, wenn sie sich nicht manierlich benehmen können.»

«Es is allmählich Zeit für mich», sagte Jack. «Früher bin ich mit zwei, drei Stunden Schlaf ausgekommen, aber heut ist das vorbei.»

«Wie lang hab ich hier jetzt nicht mehr gepennt?» fragte Francis. «Zwei Wochen, oder?»

«Na, jetzt komm aber, Francis», sagte Clara. «Keine vier Tage ist es her, daß du das letzte Mal hier warst. Helen war gestern nacht hier. Und du bist vorigen Sonntag hiergewesen.»

«Am Sonntag sind wir fortgegangen», sagte Helen.

«Zwei Nächte hab ich hier gepennt, oder?» fragte Francis.

«Sechs», sagte Jack. «Also knapp 'ne Woche.»

«Ich bin da leider anderer Meinung», sagte Helen.

«'ne ganze Woche war's», sagte Jack.

«Das seh ich aber anders», sagte Helen.

«Von Montag bis Sonntag!»

«O nein.»

«Hier geht wohl einiges durcheinander», sagte Francis.

«Der schmeißt 'ne ganze Menge durcheinander», sagte Helen. «Hoffentlich bringst du deine Gerichte drunten im Schnellrestaurant nicht auch so durcheinander.»

«Nee», sagte Jack.

«Na weißt du, das war aber ziemlich unverschämt», sagte Francis zu ihr.

«Es war 'ne Woche», wiederholte Jack.

«Du bist 'n Lügner», sagte Helen.

«Nenn mich nicht Lügner, ich weiß es nämlich genau.»

«Hast du überhaupt kein Hirn im Schädel?» sagte Francis. «Du willst am College gewesen sein? Alles mögliche willst du angeblich gemacht haben!»

«Und ob ich am College war.»

«Weißt du, Franny», sagte Jack, «ich habe mir gedacht, du könntest so lange hier pennen, bis du Arbeit findest, bis du ein bißchen Geld in der Tasche hast. Umsonst, du bräuchtest mir nichts dafür zu geben.»

«Sofort per Handschlag besiegeln», sagte Helen.

«Aber mittlerweile», fuhr Jack fort, «bin ich mir da nicht mehr so sicher.»

«Weil ich 'n Penner bin», sagte Francis.

«Nee, so würde ich es nicht sagen.» Jack schenkte ihm Wein nach.

«Hab gleich gewußt, daß der das nicht ernst meint», sagte Helen.

«Ich will dir mal was sagen», sagte Francis. «Von Clara hab ich immer schon 'ne Menge gehalten.»

«Du bist besoffen, Francis!» kreischte Helen und fuhr erneut von ihrem Stuhl hoch. «Von mir aus bleib besoffen bis an dein Lebensende! Ich verlaß dich jedenfalls, Francis. Du bist ja meschugge. Alles, was du willst, ist Wein bechern. Du hast sie nicht mehr alle.»

«Was hab ich denn gesagt? Ich habe doch nur gesagt, daß ich Clara mag.»

«Daran ist doch nichts verkehrt», sagte Jack.

«Das macht mir nichts aus», sagte Helen.

«Ich weiß nicht, was ich mit dieser Frau machen soll», sagte Francis.

«Weißt du wenigstens, ob du heute nacht hierbleiben willst?» fragte Helen.

«Nee, wird er nicht», antwortete Jack. «Du wirst ihn nämlich mitnehmen, wenn du gehst.»

«Wir gehen», sagte Helen.

«Clara ist einfach zu krank, Francis», sagte Jack.

Francis trank von seinem Wein, stellte das Glas auf den Tisch und nahm eine Steptänzerpose ein.

«Wie gefallen dir überhaupt meine neuen Klamotten, Clara? Du hast mir noch gar nicht gesagt, wie schick ich aussehe, wenn ich so mächtig in Schale bin?»

«Blendend siehst du aus.»

«Francis macht euch allen was vor.»

«Du verschwendest bloß deine Zeit, Francis», sagte Helen.

«Merkst du eigentlich, wie bissig du bist? Du willst wohl heut nacht mit mir im Freien schlafen, wie?»

«Ich hab noch nie im Freien geschlafen», sagte Helen.

«Noch nie?» fragte Clara.

«Nein, nie.»

«Oh, doch», sagte Francis, «sie hat schon mit mir in Autowracks gepennt und draußen auf dem Feld.»

«Niemals. Das hast du erfunden, Francis.»

«Wir haben schon in den letzten Rattenlöchern gepennt», sagte Francis.

«Du vielleicht», sagte Helen. «So tief bin *ich* nie gesunken, und ich hab auch nicht vor, so tief zu sinken.»

«So weit bist du nicht mehr davon entfernt. Vorletzte Nacht hat sie in Finnys Auto gepennt.»

«Das war auch das letzte Mal. Bevor's soweit käme, würd ich mich eher an meine Familie wenden.»

«Das solltest du wirklich, Schätzchen», sagte Clara.

«Meine Familie, das sind hochgestellte Leute. Mein Bruder ist ein ziemlich wohlhabender Rechtsanwalt, aber mir geht's gegen den Strich, ihn um irgendwas zu bitten.»

«Manchmal bleibt einem halt nichts anderes übrig», sagte Jack. «Wieso quartierst du dich nicht bei dem ein?»

«Dann wär Francis allein. Nee, ich hab doch Francis. Wir

würden gleich morgen heiraten, wenn er sich bloß scheiden lassen könnte. Stimmt doch, Francis, oder?»

«Stimmt, Schatz.»

«Wir zanken uns zwar hin und wieder, aber nur, wenn er säuft. Dann spielt er regelmäßig verrückt.»

«Du solltest dir das Saufen abgewöhnen und 'n ordentliches Leben führen, Franny», sagte Jack. «Du könntest ständig deine 20 Piepen in der Tasche haben. Die suchen Männer wie dich. Du könntest alles haben, was du willst. Könntest dir sogar 'nen neuen Plattenspieler leisten wie die Victrola hier. Ist 'n tolles Ding.»

«Diesen ganzen Scheiß hab ich doch gehabt», sagte Francis.

«Es ist schon spät», sagte Clara.

«Tja, Leute», meinte Jack, «ich muß jetzt in die Falle.»

«Komm, machste mir noch ein Sandwich?» fragte Francis. «Zum Mitnehmen.»

«Nein», sagte Clara.

Helen fuhr mit einem Aufschrei von ihrem Stuhl hoch und ging auf Clara los. «Du vergißt, daß du selber mal Kohldampf hattest!»

«Setz dich hin und halt die Klappe», sagte Francis.

«Ich werd nicht die Klappe halten. Ich weiß noch, wie sie vor Jahren bei mir zu Hause auftauchte und um was zu essen bettelte. Ich kenne sie schon lange. Und ich hab's nicht nötig, irgendwas zu erfinden.»

«Ich habe noch nie gebettelt», sagte Clara.

«Er hat ja nur um ein Sandwich gebeten», lenkte Helen ein.

«Ich geb ihm eins», sagte Jack.

«Jack will nicht mehr, daß du hierherkommst», sagte Francis zu Helen.

«Hier komm *ich* nie wieder her», erwiderte sie.

«Er hat mich um ein Sandwich gebeten», sagte Jack, «also geb ich ihm eins.»

«Wußt ich doch, daß du mir eins machst», sagte Francis.

«Klar. Und ob du ein Sandwich von mir kriegst.»

«Genau», sagte Francis, «ich hab's doch gewußt.»

«Hauptsache, ihr laßt mich damit in Ruhe», sagte Clara.

«Hartkäse. Magst du Hartkäse?»

«Den mag ich am liebsten», sagte Francis.

Jack verschwand in die Küche, kehrte dann mit einem in Wachspapier eingewickelten Sandwich zurück ins Zimmer, in dem Schweigen herrschte. Francis nahm das Sandwich in Empfang und verstaute es in seiner Jackentasche. Helen wartete im Flur.

«Gute Nacht, Kumpel», sagte Francis zu Jack.

«Hals- und Beinbruch», sagte Jack.

«Bis bald», rief Francis zu Clara hin.

«Schubidu», sagte Clara.

Auf der Straße überkam Francis der Drang loszurennen. In der Richtung, in der sie gingen, fiel die Ten Broeck Street ab zur Clinton Avenue, und er spürte, wie die Schwerkraft ihn nach vorn zog und in einen Trab fallen ließ, mit dem er Helen hinter sich gelassen hätte, auf sich selbst gestellt. Die Nacht erschien ihm kälter als zuvor, auch klarer jetzt, der Mond noch höher in seiner sterilen Einsamkeit. Die North Pearl Street lag verlassen da, kein Auto und kein Mensch mehr unterwegs jetzt um diese Zeit; Viertel vor zwei war es auf der Turmuhr der First Church. Sie waren drei Häuserblöcke weit gelaufen, ohne miteinander zu sprechen, und schlugen jetzt den Weg dorthin ein, wo sie hergekommen waren, Richtung South End, Richtung Mission, Richtung Büsche.

«Wo zum Teufel willste denn jetzt schlafen?» fragte Francis.

«Weiß noch nicht. Aber bei denen würd ich nicht bleiben, selbst wenn sie mir 'n Bett mit Seidenlaken und Nerzkissen gäben. Ich weiß noch, wie sie auf 'n Strich gegangen ist und ständig pleite war. Und jetzt tönt sie von oben herab, als wär sie Gott weiß was. Da konnte ich nicht still sein.»

«Damit hast du überhaupt nichts erreicht.»

«Hat Jack wirklich gesagt, daß sie mich nicht mehr sehen wollen?»

«Genau. Aber mich haben sie eingeladen dazubleiben.

Clara denkt, du würdest Jack in Versuchung führen. Aber ich schätze, wenn ich ihr ein bißchen um den Bart ginge, hätte sie nichts dagegen, daß du dableibst. Aber du mußt ja andauernd dein Lästermaul aufreißen. Hier, iß mal 'n Stück Sandwich.»

«Es würde mir im Hals stecken bleiben.»

«Ach was. Schmecken wird es dir.»

«Ich bin keine Schauspielerin», sagte sie.

«Das bin ich genausowenig.»

«Bist du nicht, aha?»

«Weißt du, was ich mit dir mache?» Er packte sie im Genick am Mantelkragen und schrie ihr ins Gesicht: «Ich knall dir eine, daß du rüberfliegst bis auf die andere Straßenseite! Von dir laß ich mich nicht zum Narren halten. Benimm dich wie 'ne Frau, verflucht noch mal! Das ist auch der Grund, wieso dich keiner bei sich pennen läßt. Ich könnte jetzt bei denen reinmarschieren und mich gemütlich aufs Ohr hauen. Jack hat gesagt, ich kann bleiben.»

«Hat er nicht.»

«Und ob er das zu mir gesagt hat. Aber dich wollen sie nicht. Ich hab ihn um 'n Sandwich gebeten – und hab ich es gekriegt, oder nicht?»

«Du bist wirklich erstaunlich. Einfach enorm!»

«Hör zu –» er hielt sie noch immer am Kragen – «guck mich nicht so schief an, du, sonst knall ich dir eine, daß du quer über das Auto da segelst. Du gehst mir jetzt schon neun Jahre lang auf die Nerven. Die wollen dich nicht im Haus haben, weil du 'ne Nervensäge bist!»

Auf der Pearl Street näherten sich von Süden her die Scheinwerfer eines Autos, und Francis ließ sie los. Sie blieb reglos stehen, starrte ihn bloß an.

«Du hast 'n Paar verdammt schöne Augen, weißte das?» Er brüllte. «Und ich werd dir zwei wunderhübsche Veilchen verpassen! Du Rindvieh! Weißt du, was ich mache? Ich reiß dir deinen verfluchten Mantel runter und reiß ihn in Fetzen!»

Sie rührte sich nicht, starrte ihn unverwandt an.

«Das Sandwich werd ich ganz alleine essen. Da ist 'ne dicke Scheibe Käse drauf.»

«Ich will nix davon.»

«Aber ich, und wie. Ich werd Hunger haben, morgen früh. Mir wird es nicht im Hals steckenbleiben. Ich bin dankbar für alles.»

«Du bist ein perfekter Heiliger.»

«Hör zu, benimm dich, oder ich bring dich um.»

«Ich eß jedenfalls nichts von diesem Rattenfutter.»

«Ich bring dich um!» kreischte Francis. «Hast du mich verstanden, verdammt? Mach mich nicht wahnsinnig! Benimm dich wie 'ne gottverdammte Frau und verschwinde irgendwo im Bett!»

Sie gingen, nicht gerade gemeinsam, weiter auf der Pearl Street Richtung Süden und näherten sich der Madison Avenue. Im Laufen berührte Francis Helens Arm, und sie entfernte sich ein Stück von ihm.

«Willst du bei Pee Wee in der Mission übernachten?»

«Nein.»

«Dann bleibst du also bei mir?»

«Ich werd meinen Bruder anrufen.»

«Gut. Dann ruf deinen Bruder an. Meinetwegen kannste ihn hundertmal anrufen.»

«Ich werd einen Treffpunkt mit ihm ausmachen.»

«Und woher willst du den Nickel fürs Telefon nehmen?»

«Das ist meine Sache. Mein Gott, Francis, du warst wirklich in Ordnung, bevor du wieder mit dem Saufen angefangen hast. Wein, immerzu Wein.»

«Ich besorg uns 'n Stück Pappdeckel. Wir gehn dort vorn in das alte Haus.»

«Da macht die Polizei regelmäßig Razzien. Ich hab keine Lust, im Gefängnis zu landen. Ich kapier nicht, wieso du nicht bei Jack und Clara geblieben bist, wenn du dort so willkommen bist.»

«Du bist 'ne Frau, die man einfach mißhandeln muß.»

Sie bogen nach rechts in die Madison. Als sie an der Mission vorüberkamen, machte Helen keine Anstalten zu klingeln. Sie erreichten die Green Street. Helen blieb stehen.

«Ich geh jetzt da runter», sagte sie.

«Willst du mich veräppeln? Du weißt doch gar nicht, wo du hinsollst. Du wirst eins über den Kopf kriegen.»

«Mir ist schon Schlimmeres passiert im Leben.»

«Wir müssen irgendwas finden. Bei so 'nem Wetter jagt man keinen Hund auf die Straße.»

«Da siehst du mal, was diese zwei für Leute sind.»

«Bleib doch bei mir.»

«Nein, Francis. Du bist übergeschnappt.»

Er griff ihr hinten ins Haar und hielt ihren Kopf mit beiden Händen fest.

«Du willst mich schlagen.»

«Ich schlag dich nicht, Baby. Ich hab dich doch gern. Frierst du sehr?»

«Ich glaub nicht, daß mir die letzten zwei Tage auch nur einmal warm gewesen ist.»

Francis ließ ihren Kopf los, zog seine Jacke aus und legte sie ihr um die Schultern.

«Nein, dann ist es dir zu kalt», sagte sie. «Ich hab doch einen Mantel an. Du kannst doch nicht im Hemd rumlaufen.»

«Kommt so gut wie aufs gleiche raus. Die Jacke ist auch kein großer Schutz vor dieser Kälte.»

Sie gab ihm die Jacke zurück. «Ich gehe jetzt.»

«Geh nicht weg von mir», sagte Francis. «Allein bist du verloren auf der Welt.»

Doch sie ging davon. Und Francis lehnte sich an den Laternenpfahl an der Ecke, steckte Jacks Zigarette an, befühlte die Dollarnote, die Jack ihm in der Küche zugesteckt hatte, aß den Rest des Käsesandwichs auf und warf dann seine alte Unterhose in den Gully.

Helen lief die Green Street entlang, bis sie auf einem leeren Grundstück gegenüber ein Feuer in einer Mülltonne brennen sah. Von ihrer Straßenseite aus konnte sie fünf Farbige erkennen, die sich ums Feuer scharten, Männer und Frauen. Auf einem ausrangierten Sofa, gleich hinter der Tonne im Unkraut, sah sie eine weiße Frau unter einem farbigen Mann liegen. Sie kehrte um und lief zurück zu der Ecke, wo Francis wartete.

«Ich kann heute nacht nicht draußen schlafen», sagte sie. «Das wär mein Tod.»

Francis nickte, und sie machten sich auf den Weg zu Finnys Auto, einem schwarzen Oldsmobile, Baujahr 1930, der ohne Räder und Motor in einer Seitengasse der John Street stand. Zwei Männer schliefen im Innern; Finny lag auf dem Vordersitz.

«Den hinten drin kenn ich nicht», sagte Helen.

«Klar, kennst du den», sagte Francis. «Das ist Little Red aus der Mission. Der wird dich in Ruhe lassen. Falls nicht, reiß ich ihm die Zunge raus.»

«Ich will nicht da rein, Francis.»

«Da drin ist es wenigstens warm. Draußen im Gebüsch isses eiskalt, meine Liebe, kalt wie Eis. Und wenn du alleine auf der Straße rummarschierst, ham dich die Bullen schneller kassiert, als du denkst.»

«Steig du hinten rein.»

«Nee, für jemand wie mich ist das zu eng. Ich hab zu lange Beine.»

«Wo willst du hin?»

«Ich such mir ein windgeschütztes Plätzchen im Gebüsch.»

«Kommst du wieder?»

«Klar, komm ich wieder. Schlaf dich jetzt mal aus, und ich treffe dich dann morgen früh hier oder oben in der Mission.»

«Ich will hier aber nicht bleiben.»

«Du mußt, Baby. Es gibt nichts anderes.»

Francis öffnete die Wagentür auf der Beifahrerseite und rüttelte Finny wach.

«Hey, Penner. Rück mal 'n Stück. Du kriegst Besuch.»

Finny machte die Augen auf, seine Lider waren schwer vom Wein. Little Red schnarchte.

«Wer ist da, zum Teufel?» fragte Finny.

«Francis. Rutsch rüber und laß Helen rein.»

«Francis!» Finny hob den Kopf.

«Kriegst morgen dafür 'ne Pulle von mir, alter Kumpel»,

sagte Francis. «Helen muß irgendwo rein und aus dieser Kälte raus.»

«Tja», sagte Finny.

«Jetzt mach hier nicht lang rum, sondern rutsch rüber und laß sie sich reinsetzen. Hinterm Steuer kann sie nicht schlafen, so wie ihr Bauch aussieht.»

«Mhhhhnnnggg», machte Finny, und er rutschte hinters Steuer.

Helen hockte sich auf den Beifahrersitz und ließ die Beine herauspendeln. Francis strich ihr mit den drei Fingerkuppen seiner Rechten über die Wange. Dann ließ er die Hand sinken. Sie hievte ihre Beine in den Wagen.

«Du brauchst keine Angst zu haben», sagte Francis.

«Angst hab ich keine», erwiderte sie. «Das nicht.»

«Finny wird aufpassen, daß dir nichts passiert. Wenn nicht, brech ich ihm sämtliche Knochen.»

«Das weiß sie», sagte Finny. «Sie ist ja nicht zum erstenmal hier.»

«Klar», sagte Francis. «Dir kann nichts passieren.»

«Nein.»

«Dann bis morgen früh.»

«Sicher.»

«Kopf hoch», sagte Francis.

Dann machte er die Autotür zu.

Mit leergebrannter Seele lief er auf den Polarstern zu, wie magnetisiert von dem Impuls, seinem Schicksal eine neue Wende zu geben. Zu häufig schon hatte er im Gestrüpp eines leeren Grundstücks im South End genächtigt. Damit war jetzt Schluß. Weil er morgen früh beim Lumpensammler vorsprechen mußte, würde er nicht das Risiko einer Festnahme in Kauf nehmen und sich in einer Ecke der leerstehenden Häuser am unteren Broadway verkriechen, die regelmäßig von den stumpfsinnigen Razzien der Cops heimgesucht wurden. Was spielte es denn für eine Rolle, ob vier, sechs oder acht heimatlose Männer hier schliefen, wo sie ein Dach über dem Kopf hatten und kein Wind sie mehr zauste, in einem Haus mit halb eingestürzter Treppe und Löchern im Fußboden, durch die man sich zu Tode stürzen konnte, einem Haus, das seit fünf oder vielleicht zehn Jahren nur von Tauben bewohnt wurde? Was spielte das für eine Rolle?

Er hielt sich auf dem Broadway gen Norden, kam am Steamboat Square vorüber, wo er früher als Kind bei Ausflügen nach Troy oder Kingston oder zum Picknick auf Lagoon Island immer an Bord der Flußdampfer gegangen war. Er kam am D & H Building vorüber und am Gebäude von Billy Barnes' *Evening Journal*, bei dessen Bau im Jahre 1913 sein geistig zurückgebliebener Bruder Tommy mitgeholfen hatte. Er überquerte die Maiden Lane; hier an der Ecke hatte einst *Keeler's Hotel* gestanden, in dem sein Bruder Peter hin und wieder eine Nacht verbrachte, wenn er sich mit Mama überworfen hatte. Aber das Hotel war ein Jahr nach Francis' Flucht niedergebrannt; heute befand sich hier eine Reihe von Geschäften. 1913 war Francis mit dem kleinen Billy hier über den Broadway zum Hotel gerudert, als der verdammte Hudson immer höher gestiegen war, über die Ufer trat und die halbe Innenstadt überschwemmte. Dem Kleinen hatte das einen Riesenspaß gemacht. Dies hier fände er noch besser als Schlittenfahren, sagte er. Vergangen und vorbei. Was in drei Teufels Namen ist denn überhaupt noch da? Na ja, ich. Tja, ich. So verdammt viel ist zwar nicht mehr von mir übrig, aber ganz weg bin ich noch nicht. Will doch ver-di-di-dammt sein, wenn ich mich einfach so auf die andere Seite dreh und abnibbel.

Von der Innenstadt aus war Francis eine halbe Stunde lang nach Norden gewandert, bis nach North Albany hinein. An der Main Street bog er jetzt rechts ab und wanderte den kurzen, abschüssigen Hang hinunter, der Richtung Hudson führte, kam am Haus der McGraws vorbei, dann an dem der Greenes, der einzigen Schwarzen-Familie damals in North Albany, vorbei am Haus der Daughertys, wo Martin wohnte, die Fenster waren alle dunkel, und weiter, am *Wheelbarrow* vorüber, der alten Kneipe von Iron Joe Farrell, heute mit Brettern vernagelt, wo Francis das Trinken gelernt hatte, wo er im Hinterzimmer den Hahnenkämpfen zugeschaut hatte, und wo er auch Annie Farrell zum erstenmal angesprochen hatte.

Er marschierte weiter auf das Schwemmland zu, durch das einst der Erie Canal geführt hatte, von dem nichts mehr zu sehen war, sein Bett hatte man längst aufgefüllt. Die Schleuse war verschwunden und mit ihr das Schleusenwärterhäuschen, der alte Uferpfad von Gestrüpp überwuchert. Dann aber, kaum zu fassen, als er sich der North Street näherte, fiel sein Blick auf einen Bau, den er wiedererkannte. Heilandsack. Die Scheune vom alten Blech-Welt stand noch. Wer hätte das gedacht? War es gar möglich, daß der alte Blech-Welt noch lebte? Nee, unwahrscheinlich. Der war viel zu belämmert, um so lang zu leben. Ob das Ding wohl noch benutzt wurde? Als Scheune? Sah ganz nach 'ner Scheune aus. Aber wer hält sich heutzutage noch Pferde?

Innendrin war alles kahl und leer. Am anderen Ende gähnte ein Riesenloch im Dach, das Mondlicht fiel herein und lag wie kaltes Feuer auf dem uralten schrundigen Holzboden. Draußen um die Laterne, die letzte hier am Ende der North Street, kreiste ein Fledermausballett, und die Geister von Maultieren und Pferden entboten Francis schnaubend und stampfend ihren Gruß. Er stapfte zur Probe selber mit dem Fuß auf die Dielenbretter und stellte fest, daß der Boden stabil war. Er bückte sich, fuhr mit der Hand darüber; es war trocken. Ein Flügel des Scheunentors hing nur noch an einer Angel. Wenn er es schaffte, das Ding ein paar Fuß weiter zu bewegen, überlegte er, könnte er sich dahinter aufs Ohr hauen und wäre auf drei Seiten vom Wind geschützt. Kein Mondlicht leckte über dieser Ecke durchs Dach, derselben Ecke, in der der Blech-Welt früher immer seine Rechen und Heugabeln hängen hatte, säuberlich nebeneinander aufgereiht an in die Wand geschlagenen Nägeln.

Francis würde diese Scheunenecke zurückverlangen, würde sämtliche Rechen und Heugabeln wieder aufhängen, würde das Antlitz des alten Blech-Welt von einst wiederkehren lassen, heute nacht, sich die Erinnerungen einer längst vergessenen Ära wieder einverleiben, über die er hier gestolpert war. Auf einem Regal auf der anderen Seite sah er im Schein des Mondes einen

Stapel alte Zeitungen und einen Pappkarton liegen. Er breitete die Zeitungen am Boden seiner auserwählten Ecke aus, legte den an den Falzen auseinandergerissenen Karton darüber und streckte sich darauf aus.

Keine fünfundsiebzig Fuß weit von dem Platz entfernt, an dem er jetzt lag, hatte er einst gewohnt.

Fünfundsiebzig Fuß von hier entfernt war Gerald Phelan am 26. April 1916 gestorben.

In Finnys Auto würde Helen nun wahrscheinlich gerade dabeisein, Finny einen runterzuholen, vielleicht schob sie sich sein Ding auch in den Mund. Den Anforderungen eines Geschlechtsverkehrs war Finny nicht gewachsen, und Helen war zu fett für eine schnelle Nummer auf dem engen Vordersitz. Aber ansonsten wäre sie jeglichen Anforderungen dieser Art gewachsen. Francis wußte, auch wenn sie ihm selbst nie ein Wort davon erzählt hatte, daß sie irgendwann mal zwei fremde Kerle hatte vögeln müssen, um anschließend in Ruhe schlafen zu können. Sich derart zum Hahnrei zu machen, akzeptierte Francis so bereitwillig, wie er in Kauf genommen hätte, Clara die Decke wegzuziehen und die ganze Bandbreite von Gestank zu penetrieren, wenn das nötig gewesen wäre, um ein warmes Bett für die Nacht zu ergattern. Hurerei war doch überall die Standardwährung im Kampf ums Überleben, oder?

Vielleicht werd ich diese Nacht heut doch nicht überleben, dachte sich Francis, als er die Hände zwischen seinen Schenkeln faltete. Er zog die Knie hoch an die Brust, nicht ganz so weit wie Foxy Phil Tooker, und dachte darüber nach, wie viele Tode er in seinem Leben schon verursacht hatte und vielleicht auch weiterhin verursachen würde. Helen war sterbenskrank, und er, Francis, war vielleicht derjenige, der am meisten dazu beitrug, ihr Ableben zu beschleunigen, selbst wenn sich heute abend sein ganzes Dasein darauf konzentriert hat, Helen davor zu bewahren, wie Sandra jämmerlich auf dem nackten Erdboden zu erfrieren. Und er dachte: Ich will nicht vor dir sterben, Helen. Ohne mich bist du auf dieser Welt so hilflos wie 'n kleines Kind.

Er dachte daran, wie sein Vater durch die Luft geschleudert

worden war und wußte, daß der alte Mann im Himmel war. Die Guten gehen von uns; was uns bleibt, ist, über ihre Taten nachzudenken. Seine Mutter würde im Fegefeuer sein, vielleicht – verdammt noch mal – auf ewig. Für die Hölle war sie nicht verrucht genug, die zänkischste aller Xanthippen, diese Feindin alles Lebendigen. Jedenfalls konnte er sich nicht vorstellen, daß sie je einen Fuß in den Himmel setzen würde, sofern es so was wirklich gab.

Die frische, eisige Novemberluft senkte sich auf ihn herab wie ein Laken aus Glas. Ihre Schwere ließ ihn in Bewegungslosigkeit verharren und gab seinem Körper Frieden, und die Stille brachte die quälenden Gedanken in seinem Hirn zur Ruhe. In einem Traum, in den er eben erst hineinzugleiten begann, wuchsen Hörner und Gebirge aus der Erde, und die Hörner, ätherische Gebilde und Trompeten ähnelnd, ertönten mit einer Virtuosität, die der Gefährlichkeit der Felsvorsprünge und Schneewächten auf den Gebirgspfaden in nichts nachstand. Francis erkannte das Lied, das die Trompeten spielten, und er trieb dahin auf seiner Melodie. Dann, als er nicht ohne Zagen ihrem verschlüsselten Drängen nachgab, stieg er körperlich empor in die erhabenen Sphären, in der diese Melodie vor so langer Zeit komponiert worden war. Und er schlief.

4

Francis stand in der Einfahrt zum Schrottplatz und hielt Ausschau nach dem alten Rosskam. Eine graue Wolkenformation, die aussah wie zwei dahinschwebende Haufen dreckiger Sokken, trieb in flottem Tempo an der aufsteigenden Morgensonne vorbei, die Welt blitzte auf in einem grellweißen Schimmer, und Francis mußte blinzeln. Seine Augen schweiften über einen Friedhof voller toten Geräts: durchgerostete Gasherde, rissig gewordene Holzöfen, ausrangierte Kühlschränke und Fahrräder mit verbogenen Felgen. Ein Berg abgefahrener Autoreifen warf seinen Schatten auf eine weite Landschaft aus verrosteten Rohren, Kinderwagen, Toastern und Autokotflügeln. Ein nach einer Seite offener Schuppen von der Länge eines halben Häuserblocks verbarg eine ganze Bergkette aus Kartonagen, Altpapier und Lumpen.

Francis trat ein in diese Wegwerfwelt und steuerte auf einen kleinen, windschiefen Holzschuppen zu, vor dem ein Gaul mit hohlem Kreuz an einen vierrädrigen, hölzernen Wagen geschirrt stand. Hinter dem Fuhrwerk türmte sich ein kleiner Berg aus Wagenrädern, seitlich schloß sich ein weitverstreutes Durcheinander aus Bratpfannen, Konservendosen, gußeisernen Bügeleisen, Kochtöpfen und Kesseln an, und ein Meer metallener Kleinteile, die keinen Namen mehr hatten.

Hinter dem einzigen Fenster der Hütte sah Francis einen Mann, offenbar Rosskam, der sein Näherkommen beobachtete. Francis drückte die Tür auf und stand vor ihm: ein gedrungener Mann von schmuddeliger Erscheinung, um die Sechzig, mit rundem Mondgesicht und kahlem Schädel, breitschultrig, von sichtlich kräftiger Statur, mit Fingern wie die Wurzeln eines Eichenbaumes.

«Tach», sagte Francis.

«Nun», sagte Rosskam.

«Der Prediger meinte, Sie könnten 'nen kräftigen Burschen gebrauchen.»

«Schon möglich. Du bist wohl einer?»

«Es gibt Schwächere.»

«Kannst du 'nen Amboß heben?»

«Sie sammeln also Ambosse, wie?»

«Ich sammle alles.»

«Dann zeigen Sie mir Ihren Amboß.»

«Hab keinen da.»

«Dann kann ich auch keinen stemmen.»

«Wie wär's mit dem Faß dort. Packst du das?»

Rosskam zeigte auf eine Öltonne, halbvoll mit Holzabfällen und Schrott-Teilen. Francis legte die Arme um die Tonne und wuchtete sie hoch, wenn auch mit Mühe.

«Wo soll ich sie hinstellen?»

«Genau dahin, wo du sie aufgehoben hast.»

«Kriegen Sie selbst so 'n Ding hoch?» fragte Francis.

Rosskam baute sich vor der Tonne auf und hob sie ohne erkennbare Anstrengung empor; dann hielt er sie vor sich in der Luft.

«Sie müssen ja ziemlich in Form sein, wenn Sie dies Ding stemmen», sagte Francis. «Das ist 'n schwerer Brocken.»

«Das nennst du schwer?» sagte Rosskam, stemmte die Tonne hoch und hievte sie mit der Unterkante auf die rechte Schulter. Dann ließ er sie wieder auf Brusthöhe herabrutschen, umschlang sie mit den Armen und setzte sie ab.

«Hab mein Lebtag schwere Brocken gestemmt», sagte er.

«Das seh ich, ohne Zweifel. Gehört Ihnen dieser ganze Plunder hier?»

«Alles. Willst du den Job immer noch?»

«Was zahlen Sie denn?»

«Sieben Dollar. Gearbeitet wird, bis es dunkel ist.»

«Sieben? Das ist nicht viel für so 'ne Knochenarbeit.»

«Andre würden sich die Finger danach lecken.»

«Acht oder neun wären aber angemessen.»

«Wenn du was Besseres findest, greif zu! Manche füttern von sieben Dollar 'ne ganze Woche lang ihre Familie durch.»

«Sieben fuffzig.»

«Sieben.»

«Also gut, das ist dann auch schon egal.»

«Dann steig auf den Wagen.»

Zwei Minuten auf dem rollenden Wagen machten Francis klar, daß sein Steißbein bei Tagesende höllisch weh tun würde, falls es überhaupt so lange mitmachte. Das Fuhrwerk holperte über das Granitpflaster und die Trambahnschienen, und die beiden Männer fuhren Seite an Seite schweigend durch die strahlendhellen morgendlichen Straßen. Francis freute sich über den Sonnenschein, und es vermittelte ihm ein erhebendes Gefühl, den Menschen in seiner alten Stadt zuzusehen, wie sie ihr Tagewerk begannen, Geschäfte aufmachten und Marktstände aufbauten, wie sie aus den Häusern traten in einen ausgefüllten und einträglichen Arbeitstag. Wenn er einen klaren Kopf hatte, kam bei Francis Optimismus auf; eine lange Fahrt im Güterwagen etwa, wenn nichts zu trinken da war, schuf Platz für neue Vorstellungen, wie sich das Überleben gestalten ließe, und manchmal war er dann aus dem Güterwagen geklettert und hatte sich einen Job gesucht. Doch trotz des erhebenden Gefühls kam er sich innerlich wie tot vor. Er hatte Helen nicht finden können, und er mußte sie finden. Wieder mal war sie verschwunden. Diese Frau hatte es sich offenbar zur Lebensaufgabe gemacht, die Verschwundene zu spielen. Wahrscheinlich war sie irgendwo zur Frühmesse gegangen. Aber warum war sie dann danach nicht in der Mission, um Kaffee zu trinken – und um Francis zu treffen? Warum zum Teufel mußte Helen ihn immer dazu bringen, daß er sich innerlich wie tot vorkam?

Dann fiel ihm der Zeitungsartikel über Billy ein, und das heiterte ihn auf. Pee Wee hatte ihn zuerst gelesen und ihm dann gezeigt. Es war ein Artikel über Francis' Sohn Billy, verfaßt von Martin Daugherty, dem Journalisten, der vor vielen Jahren im

Nachbarhaus der Phelans in der Colonie Street gewohnt hatte. Die Geschichte drehte sich um Billys Verwicklung in die Entführung des Neffen von Patsy McCall, dem Boss des politischen Machtapparats von Albany. Den Neffen hatte die Familie unversehrt zurückbekommen, aber Billy war zwischen die Fronten geraten, weil er es abgelehnt hatte, eine als Kidnapper verdächtigte Person zu bespitzeln. Und in seiner Kolumne nun verteidigte Martin Billy und bezichtigte Patsy McCall einer «Überheblichkeit, die zum Himmel stinkt wie ein Sack sehr kleiner und sehr fauler Kartoffeln».

«Und wie machst du's denn gern?» fragte Rosskam.

«Gern machen? Was denn?» erwiderte Francis.

«Sex und so», sagte Rosskam. «Mit den Weibern.»

«Darüber mach ich mir keine großen Gedanken mehr.»

«Ihr Pennbrüder, ihr macht's euch gern von hinten, hab ich recht?»

«Manche stehn auf so was. Mein Fall isses nicht.»

«Wie machst du's denn gern?»

«Ich mach's überhaupt nicht mehr gern, um die Wahrheit zu sagen. Bin über das Alter raus.»

«Ein Mann wie du? Wie alt – fünfundfünfzig? Zwoundsechzig?»

«Achtundfünfzig.»

«Schau mich an – einundsiebzig», sagte Rosskam. «Übers Alter raus, so was gibt's bei mir nicht. Vier- oder fünfmal die Nacht ist die Regel, zu Haus mit der Alten. Und tagsüber, da weiß man nie.»

«Was ist denn tagsüber?»

«Na, mit den Weibern. Die gieren danach. Du gehst von Haus zu Haus, also kriegst du Angebote. Das ist nichts Neues, das ist so alt wie die Welt.»

«Ich bin noch nie von Haus zu Haus gegangen», sagte Francis.

«Ich mein halbes Leben lang», fuhr Rosskam fort, «und ich weiß, wie's läuft. Du kriegst Angebote.»

«Wahrscheinlich auch oft genug 'n Tripper.»

«Ist mir ganze zweimal passiert im Leben. Du nimmst deine

Medizin, und schon bist du ihn los. Diese Ladies ham gar keine Gelegenheit, sich was einzufangen. Ausgehungert sind die, Tripper haben die keinen.»

«Und die lotsen Sie in Ihren alten Klamotten hoch ins Schlafzimmer?»

«In den Keller. Sie mögen's gern unten im Keller. Auf'm Holzstoß. In den Eierbriketts. Auf den alten Zeitungen. Sie folgen mir die Kellertreppe runter, beugen sich über die alten Zeitungen und zeigen mir ihre Möpse, oder sie heben vor mir auf der Treppe den Rock und zeigen mir noch ganz andre Sachen. Das beste, was ich in letzter Zeit erlebt hab, war 'ne Nummer auf vier Mülltonnen. 'n Heidenlärm zwar, aber ein Klasseweib. Und was die dabei von sich gegeben hat, kann man gar nicht wiederholen. Meine Güte, war die heiß. Wir fahren sie besuchen heute morgen, wohnt oben in Arbor Hill. Du wartest solange auf'm Wagen, es dauert nicht lang. Wenn es dir nichts ausmacht.»

«Was sollte mir das ausmachen? Ist schließlich Ihr Laden, Sie sind der Boss.»

«Richtig. Ich bin der Boss.»

Sie fuhren hinauf zum Northern Boulevard und begannen dann ihre Tour durch die Third Street; bergab, um das Pferd zu schonen. Sie klapperten Haus um Haus ab, trugen alte Uhren heraus und heruntergefallene Radios, alte Zeitungen bei jeder Gelegenheit, zwei Kisten voller Gartenbücher mit aufgebrochener Bindung, ein Banjo mit abgebrochenem Hals, leere Konservendosen, abgelegte Hüte, Lumpen.

«Hier ist es», sagte der alte Rosskam, als sie vor dem Haus der heißen Alten hielten. «Wenn du willst, kannst du durchs Kellerfenster zusehn. Sie hat gern Publikum, und mir selber isses schnurz.»

Francis schüttelte den Kopf, blieb allein auf dem Wagen sitzen und starrte die Third Street hinunter. Diese Straße hätte er aus dem Gedächtnis rekonstruieren können. Kindheit und frühe Mannesjahre, all das hatte sich auf diesen Straßen Arbor Hills abgespielt; Mädchen entdeckten, daß sie Triebe hatten, Jungen wußten daraus Kapital zu schlagen. Die Bande lurte in dunklen Seitengassen, sah Frauen beim Ausziehen zu, und eines Nachts hatten sie Mr. und Mrs. Ryan nackt beim Vorspiel beobachtet, bis sie das Licht ausmachten, und Joey Kilmartin hatte sich während der Darbietung einen runtergeholt. Die Erinnerung an damals erregte Francis. War es das Verlangen nach einer Frau? Nein. Helen? Nee, nee. Den Ryans wollte er wieder zuschauen, wie sie sich auf ihre Nummer einstimmten. Er stieg vom Wagen und schlenderte in die Seitengasse neben dem Haus. Er ging leise, lauschte und vernahm Gestöhne, unverständliche Worte und dazwischen das Knirschen von strapaziertem Metall. Er ging in die Hocke, peilte durch ein Kellerfenster an der Rückseite des Hauses, und da unten waren sie zugange, quer über den Aschetonnen, Rosskam baumelte die Hose um die Schuhe, die Dame unter ihm hatte ihr Kleid hochgeschlagen bis zum Hals. Als Francis genauer hinsah, verstand er auch, was sie sagten.

«Oh, Mannomann», sagte Rosskam, «oh, Mannomann.»

«Hey, so mag ich's gern», sagte die Alte. «Mag ich das? Mag ich das? Sag's mir.»

«Ja, ja, das magst du», sagte Rosskam, «oh, Mannomann.»

«Gib mir deinen Steifen», sagte sie. «Gib's mir, los, gib's mir, gib ihn mir.»

«Da hast du ihn», sagte Rosskam, «da hast du ihn.»

«Gib's mir», sagte die Alte. «Ich bin 'n heißes Flittchen, gib's mir!»

«Oh, Mannomann», schnaufte Rosskam.

Die Frau entdeckte Francis am Fenster und winkte ihm zu. Francis stand auf, und auf dem Rückweg zum Wagen stiegen Erinnerungen in ihm auf. Penner, die es im Güterwagen trieben, Frauen im Gebüsch, über die sie der Reihe nach drüberstiegen, die Vergewaltigung einer Achtjährigen, und wie der Täter hinterher von anderen Pennern halb totgetreten und aus dem fahrenden Zug geworfen wurde. Er sah das Heer der Frauen vor sich, mit denen er Bekanntschaft gemacht hatte: Frauen in Rückenlage, splitternackte Frauen, Frauen mit hochgeschlagenem Rock, gespreizten Beinen und aufgesperrten Mündern, Frauen in wollüstiger Ekstase, schwitzend und keuchend unter und auf ihm, Frauen, die ihm ihre Liebe gestanden, ihre Sehnsucht, ihre Freude, ihren Schmerz, ihr Verlangen. Helen.

Er war Helen in einer Bar in New York begegnet, und als sie feststellten, daß sie beide aus Albany stammten, beflügelte diese Gemeinsamkeit ihr Herz. Er küßte sie, und sie ließ ihn ihre Zunge spüren. Er streichelte ihren Körper, der schon damals alt gewesen war, aber vital und füllig, noch ohne den Tumor, und die zwei gestanden einander ihr wildes Verlangen. Francis zögerte, es umgehend in die Tat umzusetzen, denn er hatte seit acht Monaten nichts mehr mit Frauen gehabt, nachdem es ihm endlich unter großen Unannehmlichkeiten gelungen war, seine Läuse und einen hartnäckigen, eitrigen Ausfluß loszuwerden. Doch die Anwesenheit von Helens entflammtem Körper verdrängte seine Angst vor Krankheiten mehr und mehr, und schließlich, als er erkannte, daß sie länger zusammenbleiben würden als nur für eine Liebesnacht, da sagte er zu ihr: Ich werd dich nicht anrühren, Baby. Nicht bevor ich mich beim Doc hab untersuchen lassen. Sie meinte, er solle einen Überzieher nehmen, doch er sagte, die verflixten Dinger könne er nicht ausstehen. 'nen Bluttest machen lassen, sagte er, das werden wir tun, worauf sie ihre Barschaft zusammenlegten, sich im Spital untersuchen ließen, beide mit negativem Befund, sich anschließend ein Zimmer nahmen und vögelten bis zur Erschöpfung. Liebe, du bist mein wundgescheuerter Schwanz. Liebe, du bist ein unbezähmbares Feuer. Liebe, du verbrennst mich. Ich bin versengt, schwarz versengt. Liebe, ich bin Asche.

Der Wagen rollte weiter, und Francis merkte, daß sie auf die Colonie Street zusteuerten, in der er geboren und aufgewachsen war und in der seine Brüder und Schwestern heute noch wohnten. Die Wagenräder quietschten beim Fahren, und hinten auf dem Wagen klapperte und schepperte das Gerümpel, die Heimkehr des verlorenen Sohnes verkündend. Francis sah das Haus, in dem er aufgewachsen war, noch in den gleichen

Farben, ocker und braun und daneben das leere, hoch mit dichtem Unkraut überwucherte Grundstück, wo einst das Haus der Daughertys und die Christian Brother's School standen, bevor sie niedergebrannt waren.

Er sah seine Mutter und seinen Vater vor dem Haus der Hochzeitskutsche entsteigen und, einander umschlungen haltend, die Vortreppe hinaufgehen. Michael Phelan, der seinen Eisenbahner-Blaumann trug, sah aus wie in dem Augenblick, bevor ihn der heranbrausende Zug erfaßt hatte. Kathryn Phelan trug ihr Hochzeitskleid und sah aus wie damals, als sie ausholte und Francis eine Ohrfeige verpaßte, daß er rückwärts getaumelt und im Geschirrschrank gelandet war.

«Halten Sie doch mal einen Moment, ja?» sagte Francis zu Rosskam, der kein Wort von sich gegeben hatte, seit er aus seinem Keller der Leidenschaft heraufgestiegen war.

«Anhalten?» fragte Rosskam und zügelte das Pferd.

Die Frischvermählten setzten den Fuß über die Schwelle und betraten ihr Heim. Sie stiegen die Treppe hinauf zu dem Schlafzimmer, das sie all die Jahre ihrer Ehe teilen würden, dem Raum, der jetzt auch ihr gemeinsames Grab war, eine räumliche Dualität, die Francis so plausibel erschien wie die Übereinstimmung dieses Augenblicks in der unmittelbaren Gegenwart seines achtundfünfzigsten Lebensjahres mit dem Jahr vor seiner Geburt: 1879, jenes Jahr des heiligen Vollzugs der Ehe. Das Zimmer strahlte die Vertrautheit seiner ersten Lebensjahre aus. Das Eichenbett und die zwei Eichenkommoden standen in diesem Raum so fest an ihrem Platz verwurzelt wie die Bäume, die ihren Schatten über den Rand des Phelanschen Familiengrabs warfen. Der Raum atmete das Gemisch mütterlicher und väterlicher Düfte, die sich voneinander schieden, sobald Francis sein Gesicht in eines der beiden Kopfkissen drückte oder eine der getrennten Wäscheschubladen aufzog, wenn er aus einer kalten Pfeife das Aroma verbrannten Tabaks inhalierte oder etwa den Duft von einem Stück Pear's Seife, das in einer Schublade als Duftkissen diente.

Im ehelichen Schlafzimmer umarmte Michael Phelan seine neue Frau, mit der er seither 59 Jahre Bett und Grab teilte, fuhr ihr mit seinem Finger den Spalt zwischen den Brüsten hinab, und Francis sah, wie seine zukünftige Mutter unter der, wie er vermutete, ersten Berührung mit der ihr so verhaßten Körperliebe erschauderte. Weil er das erste Kind war, bekam Francis das Zimmer gleich neben ihrem, und so hatte er jahrelang ihr nächtliches Rumoren gehört; und er bekam sehr wohl mit, wie sie sich ihrem Gatten fortwährend verweigerte. Und hatte Michael Phelan sie endlich soweit, sei es durch beharrlichen Willen oder durch die Androhung, den Fall dem Priester vorzutragen, dann hörte Francis ihre gurgelnden Unmutslaute, ihr gequältes Stöhnen, ihre ewigen Einwände über die Sündhaftigkeit jeden Beischlafs, der nicht der Fortpflanzung diene. Denn ihr war schon die Tatsache ein Greuel, daß die Leute wußten, daß sie um des Nachwuchses willen den Geschlechtsverkehr ausgeübt hatte, ein Verdruß, der Francis sein Leben lang mit tiefster Genugtuung erfüllte.

Als ihr Mann ihr jetzt das Nachthemd über den Kopf zog, schreckte die jungfräuliche Mutter von sechs Kindern zurück, und Francis erkannte darin erstmals den religiös induzierten Schrecken, der ihr 1879 so deutlich in den Augen stand wie im Grab. Ihre Haut war so frisch und rosa wie die Taftpolsterung ihres Sarges, doch in ihrer jugendlich blühenden Frische war sie so leblos wie die Seidenfäden ihres magentaroten Totenkleides. Die ist schon ihr Leben lang tot gewesen, dachte Francis, und seit Jahren empfand er zum erstenmal Mitgefühl für diese Frau, die von geschlechtsneutralen Nonnen und selbstkastrierten Priestern sterilisiert worden war. Als sie dem frisch angetrauten Gatten in ehelicher Pflichterfüllung ihren unberührten Leib darbot, spürte Francis, wie die Eiserne Jungfrau eingeimpfter Keuschheit ihr überall ins Fleisch stach und sich dann, im Laufe der Jahre, immer enger um sie schloß, bis jedes sinnliche Empfinden erstickt und ihr Körper so blutleer und kalt war wie ein Granitengel.

Sie schloß die Augen, fiel auf dem Hochzeitsbett zurück wie eine Leiche, bereit, den Ansturm zu empfangen, und das sündenlose Blut des alten Herrn schoß mit einer leidenschaftlichen Explosion in ihr gealtertes Gefäß, daß sie sich mit der Lebendigkeit des neu empfangenen Todes wand und krümmte. Francis sah den Zellkern, der seinen beseelten Körper barg, sich schlängelnd in Plasma bohren, das keimte, sich verwandelte und mit Lichtgeschwindigkeit wuchs, bis es die Größe eines Säuglings hatte, sah, wie er dann derb aus der mütterlichen Höhle hervorgezerrt wurde von seinem Vater, der ihn an den Beinen hochhob, mit einem Klaps ins Leben brachte und im Nu zu einem bestialischen Unkraut formte. Der Körper sproß empor zu wild ausgewachsener Größe und stand schlußendlich in genau den gleichen Kleidern, die Francis gerade trug, vollständig bekleidet da. Er erkannte den zahnlosen Mund, den Fingerstummel und die Delle an der Nase, das sieche Schlurfen dieses neugeborenen Schattens, und da wußte Francis, daß dies verblühte Ego, zu dem er in so langer Zeit geworden war, er selbst war und immer sein würde durch all die endlosen Jahre seines Todes.

«Hüh», rief Rosskam seinem Pferd zu, und die alte Mähre trottete weiter die abschüssige Colonie Street hinunter.

«Luuuum-peeeen», schrie Rosskam, «Luuuum-peeeen.» Sein Ruf war ein Singsang aus zwei Noten, C und b, mitunter klang es auch wie F und es. Und gegenüber vom Haus der Phelans streckte eine Frau den Kopf aus dem Fenster.

«Huuu-huuu», rief sie, seine Melodie wiederholend, «Lumpenmaaann!»

An der Gasse neben dem Haus brachte Rosskam das Fuhrwerk zum Stehen.

«Hinten, auf der Veranda», rief die Frau. «Altpapier, 'n Waschtrog und ein paar alte Kleider!»

Rosskam zog die Bremse an und kletterte vom Wagen.

«Nun?» sagte er.

«Ich möchte da lieber nicht reingehen», sagte Francis. «Ich kenn die Frau.»

«Und was soll das?»

«Ich will nicht, daß sie mich sieht. Das ist Mrs. Dillon. Ihr Mann ist bei der Eisenbahn. Die kenn ich schon zeit meines

Lebens. Ich bin nämlich in der Straße hier geboren, und meine Familie wohnt in dem Haus da drüben. Ich will nicht, daß mich die Leute hier in der Straße in diesem Penneraufzug zu Gesicht kriegen.»

«Aber du bist doch 'n Penner», erwiderte Rosskam.

«Wir beide wissen das, die aber nicht. Ich schlepp Ihnen auf den Wagen, was Sie wollen, ich trag beim nächsten Halt alles ganz allein raus. Bloß nicht in dieser Straße. Verstehen Sie?»

«Schau an, ein empfindsamer Penner arbeitet für mich.»

Während Rosskam allein den Trödel holen ging, starrte Francis über die Straße und sah seine Mutter im Hauskittel, mit umgebundener Küchenschürze, verstohlen Salz auf die Wurzeln des jungen Ahornbaumes streuen, der auf dem Grundstück der Daughertys wuchs, jedoch die Tollkühnheit besaß, seine abgestorbenen Zweige, welken Blätter und Samenhülsen auf die Tomatenpflanzen und Blumenbeete der Phelans zu werfen. Kathryn Phelan hatte ihre Beinahe-Namensvetterin Katrina Daugherty darauf aufmerksam gemacht, daß der Schatten und alles übrige, was der Baum in ihren Garten warf, bei den Phelans unerwünscht war. Katrina hatte daraufhin die unteren Äste gestutzt, so weit sie herankam, und Francis, den handwerklich so geschickten Siebzehnjährigen von nebenan, darum gebeten, ihr beim Beschneiden der höher gelegenen Äste behilflich zu sein, und das hatte er getan: er war hinaufgeklettert und hatte dem jungen, strotzenden Baum die lebendigen Arme abgesägt. Doch für jeden abgesägten Ast sproß an anderer Stelle neues Leben, und der Baum gedieh zu einer üppigen Blattfülle wie keiner sonst in Arbor Hill. Die erzürnte Kathryn Phelan erhöhte ihre Salzdosis auf die Wurzeln, die sich zunehmend unter dem Bretterzaun hindurchdrängten, drüben weiterwuchsen und sich immer unverschämter auf Phelanschem Grund und Boden breitmachten.

Warum willst du denn, daß dieser Baum eingeht, Mama? hatte Francis seine Mutter gefragt.

Weil, so hatte sie geantwortet, dieser Baum kein Recht hat, sich heimlich auf fremder Leute Grundstück einzumogeln. Wenn wir einen Baum im Garten haben wollen, hatte sie gesagt, dann können wir den selber pflanzen, und noch eine Handvoll Salz hingeworfen. Ein paar Blätter am Baum verwelkten, ein Ast starb gänzlich ab. Den ersehnten Erfolg jedoch hatte das Salz nicht gebracht, denn Francis sah ihn jetzt vor sich, doppelt so groß wie früher, ein wahres Ungetüm, das sich drüben an der Stelle, an der sich einst der Hof der Daughertys befunden hatte, zwischen dem wuchernden Unkraut hoch zur Sonne hinaufreckte.

An diesem strahlend hellen Mittag des Jahres 1938 schrumpfte der Baum um einundvierzig Jahre zurück auf seine halbe Größe, stand wieder da wie an jenem Julimorgen 1897, als Francis in mittlerer Höhe auf einem seiner Äste saß und dabei war, daß Endstück eines Astes über ihm abzusägen. Er hörte, wie die Hintertür des neu erbauten Daugherty-Hauses auf- und zuging, lugte von seinem luftigen Sitz herunter und erblickte Katrina Daugherty, die ihre kleine Einkaufstasche in der Hand hielt, auf dem Kopf einen grauen Sonnenhut trug; an den Füßen graue Satinslipper und sonst nichts. Sie kam die fünf Stufen von der Veranda herunter und schritt auf die neue Scheune zu, in der der Landauer und das Pferd der Daughertys standen.

«Mrs. Daugherty?» rief Francis, und er sprang vom Baum herab. «Sind Sie in Ordnung?»

«Ich fahr runter in die Stadt, Francis», sagte sie.

«Sollten Sie nicht was anziehen? Ich meine, ein paar Kleider?»

«Kleider?» Sie sah an ihrer Blöße herab, warf dann den Kopf in den Nacken, die Augen weiteten sich, der Blick wurde eigentümlich starr.

«Mrs. Daugherty», sagte Francis, doch sie antwortete nicht und rührte sich nicht von der Stelle. Francis nahm ein Stück grüne Leinwand, das später als Markise eines Seitenfensters Verwendung finden sollte, von dem Geländer, das er gerade um die Veranda baute, hüllte die Nackte damit ein, hob sie hoch und trug sie auf den Armen ins Haus. Er setzte sie auf das Sofa im hinteren Salon, machte sich, während ihr die Leinwand immer weiter über die Schultern herabrutschte, auf die Suche nach einem Kleidungsstück und fand eine Kittelschürze, die hinter der Speisekammertür hing. Er stellte Katrina auf die Füße, bugsierte ihre Arme in die Ärmel des Kittels, band ihn vorn zu, und ihre Blöße war bedeckt. Er zog die Schleife unterm Kinn auf, die ihren Hut hielt, dann setzte er sie wieder aufs Sofa.

In einem Wandschränkchen fand er eine Flasche Scotch, nahm ein Kelchglas aus dem Geschirrschrank und schenkte ihr zwei Fingerbreit Whisky ein, setzte ihr das Glas an die Lippen und überredete sie, davon zu kosten. Whisky ist Magie, der heilt jedes Wehwehchen. Katrina nippte daran, lächelte und sagte: «Danke, Francis. Du bist sehr aufmerksam.» Ihre Augen waren nicht länger geweitet, der Schleier war aus ihnen gewichen, ihre Erstarrung gebannt, Gesicht und Körper hatten ihre alte Sanftheit zurückgewonnen.

«Geht's Ihnen besser?»

«Mir geht's gut, ganz wunderbar», sagte sie. «Und wie geht es *dir*, Francis?»

«Möchten Sie, daß ich Ihren Mann hole?»

«Meinen Mann? Mein Mann ist in New York City und dort ziemlich schwer zu erreichen, fürchte ich. Was wolltest du denn von meinem Mann?»

«Vielleicht möchten Sie, daß ich jemand anderen aus Ihrer Familie hole? Scheinbar haben Sie etwas wie einen Anfall.»

«Anfall? Was meinst du mit Anfall?»

«Das vorhin, hinterm Haus.»

«Hinterm Haus?»

«Sie kamen raus und hatten überhaupt nichts an, und dann wurden Sie ganz steif.»

«Also, Francis, glaubst du wirklich, daß du so vertraulich sein solltest?»

«Ich hab Ihnen diesen Kittel angezogen. Erst mal hab ich Sie natürlich reingetragen.»

«Du hast mich getragen?»

«Eingehüllt in 'ne Plane. Die dort.» Er wies auf das Stück Leinwand, das vorm Sofa auf dem Boden lag. Katrina starrte auf das Stück Leinwand, schob sich eine Hand unter den Kittelaufschlag und befühlte ihre nackte Brust. In dem Gesicht, mit dem sie dann wieder zu ihm aufblickte, sah Francis die majestätische Erhabenheit eines Mondes, eine Verschmelzung von Schönheit und Einsamkeit, die ihn frösteln ließ. Und am anderen Ende des vorderen Salons sah Francis auch die Stirn und das Augenpaar von Katrina Daughertys neunjährigem Sohn Martin, der hinter einem Sessel stand und alles beobachtete.

Ein Monat verging, und als Francis eines Tages gerade letzte Hand an dem neuen Tor anlegte, daß er am Wagenschuppen der Daughertys angebracht hatte, rief Katrina ihn von der hinteren Veranda aus, winkte ihn erst ins Haus und dann in den hinteren Salon, wo sie sich wieder auf dem gleichen Sofa niederließ wie letztes Mal. Wie ein Sonnenstrahl wirkte sie auf Francis, als sie in dem langen gelben Kleid mit dem weichen Kragen vor ihm saß und ihn mit einer Geste aufforderte, im Sessel gegenüber Platz zu nehmen.

«Darf ich dir einen Tee machen, Francis?»

«Nein, Ma'am.»

«Möchtest du eine von den Zigarren meines Mannes?»

«Nein, Ma'am, ich rauche keine Zigarren.»

«Hast du denn überhaupt kein Laster? Trinkst du Whisky?»

«Hab ich schon mal, aber meistens halte ich mich an Bier.»

«Findest du, daß ich verrückt bin, Francis?»

«Verrückt? Wie meinen Sie das?»

«Verrückt eben. Verrückt wie die Rote Königin. Sonderbar. Durchgedreht, wenn du so willst. Findest du, ich bin durchgedreht?»

«Nein, Ma'am.»

«Auch nicht nach meinem Anfall?»

«Für mich war das nur so ein Anfall. Ein Anfall muß nicht gleich heißen, daß man durchgedreht ist.»

«Da hast du natürlich recht, Francis. Ich bin nicht durchgedreht. Mit wem hast du denn über den Vorfall gesprochen?»

«Mit niemand, Ma'am.»

«Niemand? Nicht mal mit irgendwem zu Hause?»

«Nein, Ma'am. Mit niemand.»

«Das hab ich mir gedacht. Darf ich fragen, warum nicht?»

Francis schlug die Augen nieder, als rede er mit seinem Schoß. «Könnte sein, daß es da Mißverständnisse gibt bei den Leuten. Daß sie das falsch auslegen.»

«Inwiefern falsch?»

«Daß sie denken, da würde sich wer weiß was abspielen. Weil das ja nicht mit rechten Dingen zugehn kann, wenn jemand ohne Kleider rumläuft.»

«Du meinst, die Leute würden irgendwas erfinden? Uns irgendein eingebildetes Verhältnis andichten?»

«Wär ihnen zuzutrauen. Meist genügt ihnen schon viel weniger, um sich das Maul zu zerreißen.»

«Also hast du uns mit deiner Verschwiegenheit vor einem Skandal bewahrt.»

«Jawohl, Ma'am.»

«Würdest du mich bitte nicht mehr Ma'am nennen. Du hörst dich ja an wie ein Hausdiener. Sag Katrina zu mir.»

«Das könnt ich nicht.»

«Wieso könntest du das nicht?»

«Weil es vertraulicher ist, als es sich für mich gehört.»

«Aber so heiße ich. Hunderte von Leuten nennen mich Katrina!»

Francis nickte und ließ sich das Wort über die Zunge gehen. Er machte einen tonlosen Versuch, dann schüttelte er den Kopf. «Ich krieg's nicht raus», sagte er und mußte grinsen.

«Sag es. Sag: Katrina.»

«Katrina.»

«Na bitte, du hast es rausgekriegt. Sag es noch mal.»

«Katrina.»

«Gut! Und jetzt sag: Kann ich dir helfen, Katrina?»

«Kann ich dir helfen, Katrina?»

«Wunderbar! Und von jetzt an will ich nie wieder anders genannt werden. Darauf bestehe ich. Und ich werde dich Francis nennen. Das ist uns von Geburt an bestimmt und in unserem

Taufschein bestätigt. Unter Freunden sollte man Förmlichkeiten beiseite lassen, und du, Francis, der du mich vor einem Skandal bewahrt hast, du bist ganz gewiß mein Freund.»

Aus dem Blickwinkel seines erhöhten Sitzes dort oben auf dem Wagen des Lumpensammlers schien Katrina Francis nicht nur der seltenste Vogel zu sein, dem er je im Leben begegnet war, sondern sehr wahrscheinlich auch der seltenste Vogel, der je in der Colonie Street genistet hatte. Mit der eleganten Haltung, die sie in diese von der Arbeiterklasse angehörenden Iren bewohnte Straße mitbrachte, hatte sie sofort die neidisch glotzenden und feindseligen Blicke der Nachbarschaft auf sich gezogen. Aber schon nach einem Jahr in ihrem neuen Haus (einer verkleinerten Kopie des herrschaftlichen Hauses in der Elk Street, in dem sie geboren und aufgepäppelt worden war wie eine tropische Orchidee, und in dem sie bis zu ihrer Heirat mit dem Schriftsteller Edward Daugherty gewohnt hatte, dessen Werk und Worte, dessen Rede und Rasse ihrem Vater verhaßt waren wie die Erbsünde, und der ihr dann, als Konzession an die Braut, diese Nachbildung baute, die sie in ihrem Kokon beließ, sie jedoch in einem Viertel baute, in dem er niemals als Fremdling gelten würde, und dabei verschwenderisch zu Werke ging, bis sein Kapital aufgezehrt war und er sich genötigt sah, Helfer aus der Nachbarschaft anzuheuern, Helfer wie Francis, um das Haus zu vollenden) hatten ihr Charme, ihr Großmut, ihr Mangel an Überheblichkeit und ihr Reichtum an menschlichen Tugenden die nachbarliche Feindseligkeit zum überwiegenden Teil in liebenswürdige Aufmerksamkeit und Bewunderung verwandelt.

Ihre Erscheinung hatte Francis schon überwältigt, als sie das Haus nebenan zum erstenmal betrat; ihr blondes Haar war hochgesteckt zu einem lose geflochtenen Kranz, die Farbe ihrer Augen war ein tiefes, glänzendes Braun, die stattlichen Kurven und die weiche Fülle ihres Körpers hatten etwas so Prunkvolles an sich, und das große, unregelmäßige Gebiß machte ihre

Schönheit nur noch einzigartiger. Diese Göttin also, die nackt durch sein Leben gewandelt war und die er auf seinen Armen getragen hatte, saß ihm jetzt auf dem Sofa gegenüber, und während sie ihn mit großen Augen ansah, beugte sie sich vor und stellte die Frage: «Bist du in irgendwen verliebt?»

«Nein, M –, nein. Für so was bin ich noch zu jung.»

Katrina mußte lachen, und Francis wurde rot.

«Du bist so ein hübscher Junge. Es gibt bestimmt viele Mädchen, die dich anhimmeln.»

«Nee», sagte Francis, «mit Mädchen bin ich noch nie gut ausgekommen.»

«Aber wieso denn nicht?»

«Ich sag ihnen nicht, was sie hören wollen. Dieses Süßholzgeraspel ist nicht meine Stärke.»

«Nicht alle Mädchen wollen, daß du immerzu Süßholz raspelst.»

«Die ich kenne, schon. Magst du mich? Wie gern? Magst du mich lieber als Joan? Solche Sachen halt. Für so was hab ich keine Zeit.»

«Träumst du von Frauen?»

«Ab und zu.»

«Hast du schon mal von mir geträumt?»

«Einmal, ja.»

«War's ein angenehmer Traum?»

«Gar nicht so angenehm.»

«O je, was war denn?»

«Du konntest die Augen nicht mehr zumachen. Hast nicht mal geblinzelt, bloß immerzu gestarrt. Da wurde einem richtig mulmig.»

«Ich verstehe diesen Traum vollkommen. Weißt du, ein großer Dichter hat einmal gesagt, die Liebe tritt ein durch das Auge. Man muß acht geben, daß man nicht zu tief blickt. Man muß seine Triebe im Zaum halten. Für die meisten von uns ist die Welt viel zu schön, denn sie kann uns zugrunde richten mit ihrer Schönheit. Hast du schon mal jemand in Ohnmacht fallen sehen?»

«In Ohnmacht fallen? Nein.»

«Nein was?»

«Nein, Katrina.»

«Dann werd ich für dich in Ohnmacht fallen, lieber Francis.»

Sie stand auf, ging zur Mitte des Zimmers, sah Francis in die Augen, schloß die Lider und fiel prompt auf den Teppich. Die rechte Hüfte schlug zuerst auf, dann kippte ihr Oberkörper nach hinten, der rechte Arm kam hoch über den Kopf gestreckt zu liegen, das Gesicht war zur Ostwand des Salons hin gewendet. Francis stand auf und sah auf sie herab.

«Das hast du ziemlich gut hingekriegt», sagte er.

Sie rührte sich nicht.

«Du kannst jetzt wieder aufstehen», sagte er.

Sie rührte sich immer noch nicht. Er bückte sich, umfaßte ihre linke Hand und zog sie sanft am Arm. Sie rührte sich nicht. Er nahm sie an beiden Händen und zog. Weder rührte sie sich freiwillig vom Fleck, noch machte sie die Augen auf. Er zerrte sie hoch in eine sitzende Stellung, doch ihre Glieder blieben schlaff, die Augen geschlossen. Er umfaßte sie mit beiden Armen, hob sie vom Boden auf und trug sie zum Sofa. Als er sie dort absetzte, schlug sie die Augen auf und saß kerzengerade da. Francis hatte noch einen Arm auf ihrem Rücken.

«Das hat mir meine Mutter beigebracht», sagte sie. «Sie meinte, es sei ganz nützlich in belastenden gesellschaftlichen Situationen. Ich hab es mal bei einem Festzug vorgeführt und viel Beifall dafür bekommen.»

«Du hast es wirklich gut gemacht», sagte Francis.

«Ich kann auch ganz gut einen kataleptischen Anfall simulieren.»

«Ich weiß nicht, was das ist.»

«Das ist, wenn du plötzlich in einer bestimmten Haltung verharrst und dich nicht mehr rührst. Etwa so.»

Und plötzlich war sie stocksteif, hatte riesengroße Augen und zuckte mit keiner Wimper.

In der Woche darauf war Katrina bei Mulvaneys Weide an der Van-Woert Street vorbeigekommen, wo Francis mit einer Truppe, die sich hier hin und wieder zum Match traf, Baseball spielte. Sie stand am Rand der Wiese, während Francis in der schräg gegenüberliegenden Ecke des Spielfelds als Third Baseman wie entfesselt herumturnte und in einem fort schnatterte. Als er sie dort stehen sah, verstummte er. In diesem Inning hatte er keine Chance, sich als Feldspieler hervorzutun. Und im nächsten war er auch nicht als Schlagmann an der Reihe. Sie verfolgte das Spiel über drei Innings, bis sie Zeuge wurde, wie Francis einen schnurgeraden Tiefflieger fing und mit dem Ball auf einen Läufer zusauste, wobei er zwei Gegenspieler auf einmal mattsetzte, sah ihn außerdem als Schlagmann einen Ball davonschlagen, der weit genug ins Außenfeld hinausschwirrte, um zur First Base und wieder zur Second zu flitzen. Als er das zweite Malkissen erreichte, drehte sie um und machte sich auf den Heimweg in die Colonie Street.

Am Tag, als er die neuen Markisen anbrachte, rief sie ihn zum Lunch herein. Seit ihrer ersten Unterhaltung damals wählte sie nun stets einen Zeitpunkt, an dem ihr Mann auswärts und ihr Sohn in der Schule war. Sie servierte Hummer gratiné, Spargel mit Sauce hollandaise und Blanc de Blancs. Nur den Spargel – ohne die Sauce – hatte Francis schon einmal gegessen. Sie deckte wortlos den Tisch im Eßzimmer, dann setzte sie sich ihm gegenüber, begann schweigend zu essen, und er tat es ihr nach.

«Schmeckt mir», sagte er schließlich.

«Ja? Magst du den Wein?»

«Den nicht so sehr.»

«Du wirst ihn schätzenlernen. Er ist vorzüglich.»

«Wenn du meinst.»

«Hast du wieder von mir geträumt, Francis?»

«Einmal. Den kann ich aber nicht erzählen.»

«Mußt du aber.»

«Er ist ein verrückter Traum.»

«Träume müssen das sein. Katrina ist es nicht. Sag: Kann ich dir helfen, Katrina?»

«Kann ich dir helfen, Katrina?»

«Du kannst mir helfen, indem du mir deinen Traum erzählst.»

«Nun, es war so. Du bist 'n kleiner Vogel, gleichzeitig aber auch so, wie du immer bist, und dann kommt 'ne Krähe angeflogen und frißt dich auf.»

«Wer ist die Krähe?»

«'ne Krähe halt. Die fressen nämlich kleine Vögel.»

«Du bist sehr besorgt um mich, Francis.»

«Ich weiß nicht.»

«Was weiß eigentlich deine Mutter über mich? Weiß sie, daß du und ich uns wie Freunde unterhalten?»

«Der würde ich nichts sagen. Der würd ich nie etwas erzählen.»

«Gut. Erzähl deiner Mutter nie etwas von mir. Sie ist deine Mutter, und ich bin Katrina. Ich werde immer Katrina bleiben in deinem Leben. Weißt du das? So eine wie mich lernst du nie wieder kennen. Eine wie mich kann es nicht zweimal geben.»

«Da hast du ganz bestimmt recht.»

«Hast du je den Wunsch verspürt, mich zu küssen?»

«Ständig.»

«Was möchtest du noch mit mir machen?»

«Das könnt ich nie sagen.»

«Du darfst es ruhig sagen.»

«Nee. Ich würde sterben, wenn ich 's täte.»

Nach dem Essen füllte Katrina ihr Glas und das von Francis, stellte beide auf den achteckigen Marmortisch vor dem Sofa, auf dem sie immer zu sitzen pflegte, und er nahm Platz in dem Sessel, der jetzt sein Sessel geworden war. Er trank sein Glas leer, und sie schenkte es wieder voll, während sie über Spargel und Hummer sprachen und sie ihm beibrachte, was *gratiné* hieß, und weshalb man ein französisches Wort gebrauchte, um ein in Albany aus einem in Maine gefangenen Hummer zubereitetes Gericht zu benennen.

«Aus Frankreich kommen erstaunliche Dinge», erzählte sie,

und inzwischen fühlte er sich wie zu Hause bei dieser Überflutung mit köstlichem Wein, unbekannten Wonnen und Möglichkeiten, und er schenkte ihr allergrößte Aufmerksamkeit. «Francis, kennst du den heiligen Antonius von Ägypten? Er bekannte sich zu dem gleichen Glauben wie du, einem Glauben, den ich respektiere, ohne ihm selbst anzugehören. Ich erwähne ihn wegen der Art und Weise, wie ihn das Fleisch in Versuchung führte, und hierzu fällt mir auch mein Dichter ein, der mir angst macht, weil er etwas sieht, das Männer nicht in Frauen sehen sollten. Er ist seit dreißig Jahren tot, mein Dichter, doch mit seinem Bild von einer Frau hinter Käfiggittern, die mit bloßen Zähnen ein lebendiges Kaninchen in Stücke reißt, schaut er mir immer noch bis auf den Grund. Genug, sagt ihr Wärter, du sollst nicht alles, was du kriegst, gleich an einem Tag verbrauchen, und er entreißt ihr das Kaninchen, daß ein paar Fetzen seiner Gedärme zwischen ihren Zähnen hängenbleiben. Sie ist nach wie vor hungrig, hat nur einen Vorgeschmack von dem, was sie nähren könnte. Oh, kleiner Francis, mein Kaninchen, du mußt keine Angst vor mir haben. Ich werd dich nicht in Stücke reißen, daß mir deine lieben Därme zwischen den Zähnen runterhängen. Wunderschöner Francis, der so viele reizende Vorzüge hat, du schöner junger Mann, den ich begehre, bitte sprich nicht schlecht von mir. Sag nicht, Katrina sei dazu bestimmt, sich im Feuer der *luxuria* zu verzehren, denn du mußt verstehen, daß ich Antonius bin und vom Teufel versucht werde bei deiner Anmut, mit der du mir in meinem Haus begegnest, in meiner Küche, in meinem Garten, in meinem Baum der Bäume, o süßer Francis, der mich nackt auf seinen Arm trug.»

«Ich konnte dich doch nicht ohne Kleider auf die Straße lassen», sagte Francis. «Die Polizei hätte dich abgeführt.»

«Ich weiß, daß du das nicht konntest», sagte Katrina. «Und genau deswegen hab ich es getan. Aber was ich nun wirklich gar nicht weiß, ist, welche Folgen das haben könnte. Ich weiß nicht, was für Kräfte ich aufbringe, um vor den Versuchungen zu bestehen, denen ich mich so vorsätzlich aussetze. Ich weiß nur, meine Liebe geht in zehntausend Richtungen, und darf es nicht; denn dies ist das Los der Hure. Mein Dichter sagt, die eingesperrte Frau mit dem Kaninchen zwischen ihren Zähnen sei das wahre und schreckliche Abbild dieses Lebens und nicht jene Frau, die laut jammernd ihr Klagelied unerfüllbarer Hoffnungen anstimmt... tot und erloschen, wie traurig. Du mußt natürlich wissen, daß ich keineswegs erloschen bin. Ich bin lediglich eine Frau in der selbstauferlegten Verpflichtung gegenüber einem großartigen Mann, gegenüber einem Manierismus des Lebens, den er als Sakrament bezeichnet und ich ein pompöses Gefängnis nenne. Der heilige Antonius hat ein Einsiedlerdasein geführt, und auch ich habe das in Betracht gezogen als Methode, dem Feind einen Strich durch die Rechnung zu machen. Aber mein Mann verehrt mich und ich ihn, und gleichermaßen verehren wir unseren einzigartigen Sohn. Weißt du, eine großartigere Beziehung zwischen zwei Menschen, wie sie in diesem Haus existiert, hat es nie gegeben. Wir sind eine achtbare Familie, haben es zu etwas gebracht, die Wunden sind verheilt. Wir sehnen uns nach des anderen Berührung, seiner Gegenwart. Ohne diese Dinge können wir nicht leben. Und doch bist du hier und ich träume von dir, und es verlangt mich nach den Wonnen, von denen du mir gegenüber nicht zu sprechen wagst, den Freuden, die die Vorstellungskraft deines jungen Geistes übersteigen. Mich verlangt nach den Wonnen der Mademoiselle Lancet, die den Doktoren nachstellte wie ich meinem Jüngling mit dem süßen Atem, meinem wunderschönen Adonis von Arbor Hill. Die Mademoiselle hielt alles in Ehren, was ihre Doktoren taten und wofür sie standen. Das Blut auf ihren Schürzen war die Verdienstmedaille für die Taten, die sie im Operationssaal vollbrachten, und die hat sie sich ans Herz gedrückt, so wie ich deinen Schwanenhals mit seinem dünnen Halsbändchen aus Schmutz umfange, und die Pein junger Ahnungslosigkeit in deinen Augen betrachte, die mich so verfolgt. Glaubst du, daß es einen Gott gibt, Francis? Natürlich glaubst du es, und ich ebenso, und ich glaube daran, daß er mich liebt und mir im Himmel zugetan sein wird, so wie ich ihm zugetan sein werde. Wir werden einander Liebhaber sein. Gott schuf mich nach seinem Bilde, weshalb sollte ich also nicht glauben, daß Gott ebenfalls ein unschuldiges Monster ist, das eine wie mich liebt, diese Kinderverführerin, diese eingesperrte Bestie mit den blutigen Gedärmefetzen zwischen ihren Zähnen, die sich ihre eigenen blutverschmierten Schürzen an die Brust drückt und dann niederkniet vor dem Altar all dessen, was jedem Heuchler in bußfertiger Pose heilig ist. Als ich dich herunterrief von unserem Baum, Francis, hättest du dir da je träumen lassen, Eingang zu finden in eine Welt wie die, in der ich lebe? Würdest du mich küssen, wenn ich die Augen schlösse? Und sänke ich ohnmächtig nieder, würdest du die obersten Knöpfe an meinem Kleid öffnen, um mir das Atmen zu erleichtern?»

Katrina kam 1912 bei einem Brand um, der in der Christian Brothers School ausbrach und dann auf das Haus der Daughertys übergriff. Francis war nicht in Albany, als sie starb, erfuhr die Nachricht jedoch aus der Zeitung und kam zu ihrer Beerdigung nach Albany. Der Blick in den Sarg war ihm verwehrt; sein Deckel blieb für die Trauergäste geschlossen. Der Rauch hatte ihren Tod verursacht, nicht das Feuer, so wie es die Asche war und nicht die Flamme ihrer Sinnlichkeit, die letztendlich ihr Verlangen erstickt hatte; das jedenfalls glaubte Francis.

In den Jahren unmittelbar nach ihrem Tod wurde Katrinas Grab auf dem Rural Cemetery, auf dem die Protestanten Albanys die Reise ins Totenreich antraten, gänzlich von wildem Löwenzahn überwuchert, ein Kuriosum für die Gärtner, die die Blütenteppiche des Friedhofs pflegten. In genau derselben Weise, wie Katrina und Francis den Ahornbaum gestutzt hatten und mit ansehen mußten, wie er nur um so üppiger austrieb, führte auch das Unkrautjäten auf diesem Grab nur zu verstärktem Wachstum – als entstünden aus jeder durchtrennten Wurzel gleichsam hundert neue Schößlinge. So üppig wucherte es dort, daß ihr Grab in dem Jahrzehnt nach ihrem Tod zu einer Sehenswürdigkeit für Friedhofsbesucher wurde, die erstaunt vor dem gelben Blütenteppich standen, der sich im späten Frühling über Katrinas letzte Residenz auf Erden wob. Es kam dann aus der Mode, obwohl es dort noch blüht wie einst; nun ist es ein historisches Wunder, das nur noch in der Erinnerung der ganz Alten existiert oder von einem einsamen Spaziergänger entdeckt wird, wenn er zwischen den Gräbern umherstreift, und das allgemein einem absonderlichen Überschwang der Natur zuzuschreiben ist.

«Na», sagte Rosskam, «hat dir die Ruhepause gutgetan?»

«Ruhepause würd ich's nicht grad nennen», erwiderte Francis. «Ham Sie den ganzen Kram rausgeholt dort hinten?»

«Hab ich», sagte Rosskam und warf einen Armvoll alter Kleidungsstücke auf den Wagen. Francis ließ seinen Blick darübergleiten, und ein sauberes blütenweißes Hemd, dem ein halber Ärmel fehlte, stach ihm ins Auge.

«Das Hemd da», sagte er, «das möcht ich kaufen.» Er lehnte sich auf dem Sitz zurück und zog es aus dem Haufen. «Ist das für einen Quarter zu haben?»

Rosskam sah Francis an, als studiere er eine blau-weiß gestreifte Kröte.

«Sie können's mir dann von meinem Lohn abziehen», meinte Francis. «Abgemacht?»

«Wozu braucht 'n Penner denn ein sauberes Hemd?»

«Das, was ich anhab, stinkt wie 'ne tote Katze.»

«Ein reinlicher Penner, aha. 'nen empfindsamen, reinlichen Penner hab ich da auf meinem Wagen sitzen.»

Katrina wickelte das Päckchen auf dem Eßzimmertisch aus, nahm Francis an der Hand und zog ihn vom Sessel hoch. Sie öffnete die Knöpfe an seinem blauen Arbeitshemd.

«Zieh das alte Ding aus», sagte sie und hielt das Geschenk hoch, ein blütenweißes Seidenhemd, das für Francis nicht minder Seltenheitswert besaß als die *fruits de mer* und der Château Pontet-Canet, die er gerade genossen hatte.

Als er seinen Oberkörper entblößt hatte, verblüffte sie ihn mit einem Kuß und ihren forschenden Fingerkuppen, die über seinen ganzen Rücken fuhren. Er hielt sie, wie er eine Kristallvase gehalten hätte, nicht allein um ihre Zerbrechlichkeit bangend, sondern auch um seine. Als er wieder ihre Augen und ihre Lippen vor sich sah, dieses geheiligte Tal ihres Mundes, während sie nur wenige Zentimeter vor ihm stand und mit den Händen seinen nackten Rücken umfaßt hielt, führte er seine Finger behutsam an ihren Hals und an ihr Gesicht heran. Ihr nacheifernd, erkundete er die bloßliegenden Stellen an Schultern und Kehle, bis ihn die natürliche Rundung ihres Kragenausschnitts zum obersten Blusenknopf führte. Und dann, als folge ihrer beider Finger Tanz einer Choreographie, krochen Katrinas Finger langsam an ihrem Oberkörper hinauf, streiften unterwegs die seinen, die sich mit aller Sorgfalt der behutsamsten Aufgabe widmeten, die sie je zu bewältigen hatten, und sie schob den hinderlichen Träger ihres Unterhemds über die linke Schulter herab. Dann wiederholten seine Finger diesen Akt auf der rechten Seite, und er bebte vor Entzücken, vor sündigem Gefühl und vor dem Gedanken an die noch immer – selbst heute noch – undenkbaren Möglichkeiten, die hinter und unterhalb dieser Demarkationslinie lagen, die die herabgefallene Kleidung bildete.

«Magst du meine Narbe?» fragte sie und tippte sacht auf die ovale weiße Narbe mit dem gezackten rosigen Rand knapp über dem hoch hinaufreichenden Ansatz ihrer linken Brust.

«Ich weiß nicht», sagte Francis. «Ich weiß nicht so recht, ob ich Narben mag.»

«Du bist der einzige, der sie außer meinem Mann und Dr. Fitzroy je gesehen hat. Ich kann nie wieder ein Kleid mit Ausschnitt tragen. Es ist ein so häßliches Ding, daß ich überzeugt bin, mein Dichter würde es anbeten. Findest du sie abstoßend?»

«Sie ist nun mal da. Ein Teil von dir. Mir soll's recht sein. Mir ist alles recht, was du tust oder hast.»

«Mein bewundernswerter Francis.»

«Wo hast du dir denn dieses Ding geholt?»

«Bei einem Brand ist eine brennende Holzlatte herabgefallen und hat sich ins Fleisch gebohrt. Beim Brand des *Delavan Hotel*.»

«Aha. Ich hab schon davon gehört, daß du den miterlebt hast. Du kannst von Glück sagen, daß dich das Ding nicht am Hals erwischt hat.»

«Oh, ich hab wirklich sehr viel Glück», sagte Katrina, schmiegte sich an ihn und nahm ihn von neuem in die Arme. Und wieder küßten sie sich.

Er befahl seine Hände zu ihren Brüsten hin, doch sie wollten ihm nicht gehorchen. Stur hielten sie Katrinas nackte Arme umklammert. Erst als Katrina ihre Hände von seinen nackten Schulterblättern löste und nach vorn unter seine Achseln gleiten ließ, wagten es seine eigenen, sich zu ihren Achseln hochzuarbeiten. Und erst als Katrina wieder ein paar Zentimeter vor ihm zurückgewichen war, um seine frühreife Brustbehaarung zu zupfen und zu kosen, gestattete er seinen Händen, den Verlauf der üppigen Rundungen auszukosten, über das weiße Fleisch und die vollblütige Fülle ihrer wohlgeformten Brüste zu fahren und seine Erkundung vorn an den rosaroten Spitzen gipfeln zu lassen, die ruckzuck ihr Talent unter Beweis stellten und einen kataleptischen Starrkrampf bekamen.

Als Francis in sein neues Hemd schlüpfte und das alte hinter sich auf den Wagen warf, sah er Katrina schräg gegenüber auf der Vortreppe ihres Hauses stehen und ihn zu sich herwinken. Sie führte ihn in ein Schlafzimmer, das er noch nie gesehen hatte, wo eine Flammenwand sie einhüllte, ohne auch nur den Saum ihres Kleides zu versengen; es war das gleiche, das sie an jenem Sommertag des Jahres 1897 getragen hatte, als sie gekommen war, um ihm beim Baseballspiel zuzusehen. Er stand ihr auf der anderen Seite des Ehebetts gegenüber, mit ihr verbunden durch eine Brücke aus Jahren der Liebe und Epochen von Träumen.

Nie war eine wie Katrina: die ihn bestürmt hatte, in dem Hemd vor ihr zu posieren und es anschließend mit nach Hause zu nehmen, damit er ihr eines Tages damit auf der Straße begegnete und die Erinnerung an diesen Tag wiederaufleben ließ; die ihn dazu gezwungen hatte, sich erst ein Versteck außerhalb des Hauses zu suchen, während er sich eine Ausrede zurechtlegte, wie ein siebzehnjähriger Junge aus der Arbeiterschicht in den Besitz eines Hemdes kommen sollte, das sich nur feinfühlige Poeten, Bühnenschauspieler oder die unvorstellbar reichen Holzbarone leisten konnten. Er kam auf den Dreh mit der Wette: daß er in einem Spielerclub mit einem Mann gepokert hätte, dem die Dollars ausgingen, worauf er als Ersatz sein Hemd als Bürgschaft angeboten hätte; Francis hätte sich das Hemd angesehen, Gefallen an ihm gefunden, es als Einsatz akzeptiert und bei diesem Blatt prompt mit einem Full House gewonnen.

Zu glauben schien ihm seine Mutter die Geschichte nicht. Doch ebensowenig wäre sie darauf gekommen, das Hemd mit Katrina in Verbindung zu bringen. Trotzdem gefiel es ihr, in Francis' Gegenwart über Katrina herzuziehen, denn sie wußte, daß er eine gewisse Anhänglichkeit, wenn nicht gar Zuneigung zu ihr entwickelt hatte, und nicht bloß zu ihr als Frau, sondern obendrein als der Besitzerin des verhaßten Ahornbaums.

Sie ist unverschämt und arrogant. (Falsch, sagte Francis.)

Eine Schluderliese und unfähig, einen Haushalt zu führen. (Geh rüber und sieh nach, sagte Francis.)

Tut groß damit, daß sie sich mit einem Buch in der Hand ans Fenster hockt. (Francis, der nicht wußte, wie er das Lesen hätte verteidigen sollen, kochte innerlich vor Wut und lief aus dem Zimmer.)

In den züngelnden Flammenfenstern, die Katrina und ihr Bett umschlossen, sah Francis nackte, im Liebesakt vereinte Körper, die sich in wollüstigen Umarmungen wanden, in süßer Verzückung küßten. Er sah sich und Katrina bei einem heißhungrigen Ausfall, zu dem sie sich nie hatten hinreißen lassen, dann einander glückselig streichelnd, wozu es hätte kommen können, und schließlich in jener hehren Verschmelzung ihrer Sehnsucht, die immer bleiben würde.

Ob sie geliebt hatten? Nein, sie hatten nie geliebt. Sie liebten ununterbrochen. Sie hatten eine Liebe gekannt, die Katrinas Dichter geschmäht und in den Schmutz gezogen hätte. Und sie beschmutzten ihre Phantasien mit einer Spielart von Liebe, die Katrinas Dichter gepriesen und abgesegnet hätte. Liebe ist immer unzulänglich, immer eine Lüge. Liebe, du bist das reine Hemd meiner Seele. Dumme Liebe, törichte Liebe.

Francis schloß Katrina in die Arme und schoß das unfehlbare Blut seiner allerersten Liebe in sie hinein. Und was sie daraufhin gebar, war kein Wesen, sondern ein Wort: Nachsicht. Und das Wort schwoll an wie die Gnade seines schwellenden Glieds, das sich aufrichtete, um ihr, prall und gerötet, das Geschenk ausgleichender Sünde darzubringen. Und dann verewigte sich diese Frau in seinem Leben, indem sie sich mitten im Zentrum der Flammen verbarg und ihm mit der ganzen Lüsternheit ihrer Träume zulächelte; und sie erweckte in ihm das Verlangen nach einer Liebe, die ganz allein ihm gehörte und keinem sonst, einer Liebe, die er niemals mit irgendeinem Mann würde teilen müssen – oder mit einem Jungen wie ihm.

«Hüh!» rief Rosskam.

Der Wagen rumpelte den Hügel hinab, während die Sonne sich ihrem höchsten Stand näherte, und das Pferd bog von der Colonie Street ab nach Norden.

5

Sag an, hübsche Maid, sind zu Haus noch mehr wie du? Viele nicht, lieber Herr, und dum-di-de-lei dum- dum-du.

So wohlerzogen und so drollig.

Helen summte vor sich hin und starrte gegen die Wand, die im Licht der Nachmittagssonne lag. War im Kimono (nur Billigseide, leider, doch er entbehrte nicht einer gewissen Eleganz, sah ganz aus wie ein echter, doch es kriegte ihn ja keiner zu sehen; kein Mensch außer Francis hatte oder würde sie je darin zu sehen bekommen; und keiner hatte sie gesehen, als sie ihn gewieft bei Woolworth's von der Stange stibitzt hatte), in ihrem Kimono, und darunter nackt, sank immer tiefer in den alten Sessel, aus dem die Füllung quoll, und starrte hinauf zu dem Schwan auf dem verstaubten Druck hinter gesprungenem Glas, dem Schwan mit seinem herrlichen weißen Hals und seinem reizenden weißen Rücken: Schwan, der du gewesen.

Dah dah-dah,
Dah dah-de-dah-dah,
Dah dah-de-dah-dah,
Dah dah dah,

Sang sie. Und die Welt veränderte sich.

Oh, die berauschende Kraft der Musik, wie ein Jungbrunnen wirkte sie auf Helen. Die Melodie versetzte sie zurück in die Zeit, in der alles wie aus Porzellan schien und in der sie so beschwingt eine Karriere in der klassischen Musik angestrebt hatte. Ihr Plan, schon der Plan ihres Vaters, bevor sie ihn sich zu eigen machte, war es gewesen, in die Fußstapfen der Großmutter zu treten, den Stolz der Familie von erhabenen Zinnen wehen zu lassen: Zuerst nach Vassar, danach aufs Konservatorium in Paris, falls sie wirklich so begabt war, wie es den Anschein hatte, dann die Welt der Konzertsäle und schließlich die ganze Welt. Wenn du etwas genug liebst, hatte Großmutter Archer zu ihr gesagt, als schon die Schwäche an ihr zehrte, dann wirst du auch bereit sein, dafür zu sterben; denn wenn wir mit all unserer Macht lieben, dann ist unser kleines dummes Selbst bereits tot, und wir haben keine Angst mehr vor dem Sterben. Helen hatte sie gefragt: Würdest du für deine Musik sterben? Und ihre Großmutter hatte geantwortet: Ich glaube, das habe ich bereits getan. Einen Monat später hatte es sie auf unsanfte Weise für immer dahingerafft.

Schwan, der du gewesen.

Helens erster Tod.

Ihr zweiter hatte sie im Mathematikunterricht in Vassar ereilt, als sie gerade zwei Monate am College war. Mrs. Carmichael, ein hübsches junges Ding in Stöckelschuhen, das beim Laufen hinkte, kam Helen holen und führte sie ins Sekretariat. Besuch für dich, sagte Mrs. Carmichael, dein Onkel Andrew. Der Onkel teilte Helen mit, ihr Vater sei erkrankt.

Und im Zug hinter Poughkeepsie wurde der Krankheitsfall zum Todesfall.

Und in der Kutsche, mit der sie dann die State Street hinauffuhren, setzte er ergänzend hinzu, der Mann habe sich,

Nicht zu fassen,

Vom Hawk Street-Viadukt gestürzt.

Helen, Angst und Trauerschmerz verwechselnd, hatte alle Tränen unterdrückt bis zwei Tage nach der Beerdigung, als ihre Mutter ihr eröffnete, jetzt ist es vorbei mit Vassar, Kind; sie sagte, daß Brian Archer sich das Leben genommen hatte, weil er sein Vermögen verpulvert hatte, und daß man den verbliebenen Rest des Geldes nicht darauf verschwenden wolle, einem törichten Gör wie Helen Bildung beizubringen, sondern damit das Abschlußjahr ihres Bruders Patrick zu finanzieren gedenke; denn ein Anwalt kann die Familie vor Schaden bewahren. Und womit konnte ihr schon eine klassische Pianistin dienen?

Stundenlang, so kam es Helen vor, saß sie nun schon in diesem

Sessel, doch sie besaß keine Uhr, an der sie das hätte ablesen können. Aber es schien schon mindestens eine Stunde her zu sein, daß der invalide alte Donovan an ihre Tür gekommen war und gefragt hatte: Helen, alles in Ordnung bei dir? Du hockst nun schon den ganzen Tag in deinem Zimmer. Willste denn nichts essen? Ich mach mir grad Kaffee, magst du welchen? Oh, danke, alter Krüppel, hatte Helen da entgegnet, daß du mich daran erinnerst, daß ich noch einen Körper hab, wo ich es schon fast vergessen hatte. Und danke, nein, Kaffee mag ich keinen, lieber Herr. Sind zu Hause noch mehr wie du?

Freude, schöner Götterfunken,
Tochter aus Elysium!

Der Tag hatte sozusagen mit Musik begonnen. Sie war aus Finnys Auto gestiegen und hatte dabei das *‹Te Deum›* gesummt, ohne zu wissen warum. Doch früh um sechs, als es draußen noch dunkel war und Finny und der Kerl auf dem Rücksitz beide schnarchten, wurde es zum Leitmotiv auf ihrem morgendlichen Pfad. Unterwegs überlegte sie, wie sich ihre unmittelbare Zukunft gestalten sollte mit den 12 Dollar, den letzten 12, die von ihrem Vermögen geblieben waren, Geld, von dessen Existenz sie Francis nie etwas verraten hätte; es steckte sicher verwahrt in ihrem Büstenhalter.

Faß mir nicht an die Brüste, Finny, die sind zu entzündet, hatte sie ihn immer wieder gemahnt, aus Angst, er könne dabei die Scheine fühlen. Finny hatte sich daran gehalten und war es dann zufrieden, zwischen Helens Schenkeln herumzufummeln, während er sich mit aller Macht abmühte, zu ejakulieren, wobei sie ihm, Gott sei ihr gnädig, behilflich zu sein versuchte. Aber Finny konnte nicht ejakulieren und hatte sich, ermattet und apathisch geworden, im Sitz zurücksinken lassen. Kurz darauf war er dann eingeschlafen – was Helen nicht gelingen wollte, denn Schlaf schien etwas zu sein, das der Vergangenheit angehörte.

Alles, was sie seit Wochen in den Stunden der Ruhe zustande brachte, war eine bebilderte Schlaflosigkeit, ein Schwebezustand an der Schwelle zum Traum: da frohlockten Engel, und die Völkerscharen knieten vor dem Lamm, Würmer allesamt, deren engelsgleiches Haar sich verwob zu einem einzigen großen Schmetterling, eine Vision, die Helen mit Freude erfüllte.

Wie kam es, daß Helen in ihrer Schlaflosigkeit mit Freude erfüllt war? Weil sie die Fähigkeit besaß, sich unglückseliger Liebe und blutsaugenden Spinnen zu entziehen. Weil sie den Trick beherrschte, ins Reich der Musik, in die Seligkeit der Erinnerung zu entfliehen. Sie hatte also ihren Schlüpfer hochgezogen und sich seitlich zur Autotür hinausgedrückt, war hinausgelaufen in den aufdämmernden Tag, und hoch droben am Nachthimmel, der sich zusehends lichtete, war noch der Morgenstern zu sehen. Venus, du bist mein Glücksstern.

Gesenkten Hauptes und einen Fuß vor den anderen setzend, hatte sie sich der Kirche genähert, als ihr der Engel erschien (und sie noch immer im Kimono!) und ihr zurief:

Wir betreten feuertrunken,
Himmlische, dein Heiligtum.

Wie schön.

Ihr Ziel war die St. Anthony's Church gewesen, dem heiligen Antonius von Padua geweiht, einem wundertätigen Heiligen, Erzfeind aller Häretiker, Bewahrer des Testaments, Entdecker der verlorenen Artikel, Schutzpatron der Armen sowie der schwangeren und unfruchtbaren Frauen. In diese Kirche kamen die Italiener und suchten seelischen Beistand in einer Stadt, wo Italiener als die Nigger und Iren von heute galten. Sonst ging Helen immer in die Kathedrale der Unbefleckten Empfängnis, die ein paar Straßen weiter oben am Hügel stand, doch ihr Tumor machte ihr zu schaffen, wog schwer wie ein Pflasterstein in ihrem Bauch, so daß sie, angesichts des beschwerlichen Wegs hügelan, sich für St. Anthony's entschieden hatte, auch wenn ihr Italiener Angst einjagten. Die sahen so düster und gefährlich aus. Und für ihre Küche hatte sie auch nicht viel übrig, für diesen Knoblauch schon gar nicht. Und steinalt schienen diese Italiener zu werden. Die essen immerzu Olivenöl, hatte ihre Mutter sie belehrt, daher kommt das. Oder hast du etwa schon jemals einen kranken Italiener gesehen?

Aus der Kirche drang das Orgelvorspiel der Messe, und Helen draußen auf dem Gehsteig wußte, daß der Tag gut zu werden versprach, wenn sie bei seinem Anbruch von so geheiligter Musik begrüßt wurde. In der Kirche saßen etwa drei Dutzend Leute, nicht viel für einen kirchlichen Feiertag. Nicht jeder nimmt die Pflicht zum Besuch der Messe so ernst wie Helen, aber andererseits ist es ja auch erst zehn vor sieben.

Helen ging bis ganz nach vorn und setzte sich in die dritte Bank rechts vom Mittelgang, hinter einen Mann, der wie Walter Damrosch aussah. Ihr Blick fiel auf den Kerzenständer, und sie stand auf, ging hinüber, holte die beiden Pennies aus der Manteltasche und warf sie in den Opferstock; ihr allerletztes Kleingeld. Der Organist spielte freihändig Melodien aus gregorianischen Hymnen, während Helen eine Kerze für Francis entzündete und ein Ave Maria betete, auf daß ihm bei seinem Problem göttliche Führung zuteil werde. Er trug so schwer an seiner Schuld, der arme Mann.

Helen half Francis jetzt auf ihre Art: indem sie sich von ihm fernhielt. Den Entschluß hatte sie gefaßt, während sie Finnys kurzen, unbeschnittenen Stummelpenis in der Hand hielt. Sie würde nicht in die Mission gehen, würde Francis nicht wie verabredet an diesem Morgen treffen. Sie würde sich aus seinem Leben heraushalten, denn sie begriff, daß Francis, indem er sie im vollen Wissen, was das für sie bedeutete, wiederum bei Finny abgeliefert hatte, sich bewußt zum Hahnrei machte, daß er sie ganz bewußt herabwürdigte und damit den letzten Rest von dem zerstörte, was sie noch an gegenseitiger Zuneigung und Wertschätzung verband.

Weshalb ließ Helen zu, daß Francis ihnen beiden das antat?

Nun, sie ordnet sich Francis unter, das hat sie immer schon getan. Sie war es, die mit eben dieser Unterwürfigkeit den größten Teil der neun Jahre über, die sie zusammen waren, seine Beziehung zu ihr aufrechterhielt. Wie oft sie ihn schon verlassen hatte? Dutzende und aber Dutzende Male. Und wie oft war sie, ständig informiert darüber, wo er sich gerade befand, zu ihm zurückgekehrt? Ebenso viele Male. Minus dieses eine.

Der Doppelgänger von Walter Damrosch beobachtete, wie sie am Kerzenständer hantierte, und sein Blick erinnerte sie an den des echten Damrosch, wie er in der Harmanus Bleecker Hall die Partituren der Neunten Symphonie studiert hatte, als sie sechzehn war. Hör genau hin, hatte ihr Vater zu ihr gesagt. Es ist, wie Debussy gesagt hat: das magische Ausschlagen eines Baumes, bei dem alle Knospen zugleich aufspringen und erblühen. Es war das erste Mal gewesen, erklärte ihr Vater, daß die menschliche Stimme Eingang fand in eine symphonische Schöpfung. Vielleicht wirst auch du, meine Helen, eines Tages ein großes musikalisches Kunstwerk schaffen. Man weiß nie, welches Potential in der Brust eines Menschen schlummert.

Ein Glöckchen klingelte, der Priester trat mit zwei Ministranten aus der Sakristei, und die Messe begann. Helen, die keinen Rosenkranz mehr besaß, den sie hätte beten können, suchte etwas zum Lesen und schlug die Broschüre mit der Aufschrift *Leitfaden zur Messe* auf, die vor ihr auf der Bank lag. Sie las das Ordinarium mit, bis sie zu der Lektion kam, in der Johannes den Engel Gottes aus der aufgehenden Sonne emporsteigen sieht, und der Engel Gottes erblickt vier weitere Engel, denen es gegeben ist, der Erde und den Meeren Schaden zuzufügen, und der Engel Gottes befiehlt den vier Bösen: Füget der Erde keinen Schaden zu, den Meeren nicht und nicht den Bäumen...

Helen schlug die Broschüre zu.

Weshalb sollten denn Engel geschickt werden, um der Erde und den Meeren Schaden zuzufügen? Sie konnte sich nicht erinnern, diesen Abschnitt zuvor schon einmal gelesen zu haben, aber der war ja furchtbar. Erdbebenengel, vor denen sich Spalten in der Erde auftun. Der Sargassoengel, der das Meer mit Tang erstickt.

Solche Gedanken fand Helen unerträglich, deshalb hob sie den Blick und schaute auf die anderen Gläubigen, die die Messe hörten, und sie erblickte einen Jungen von vielleicht neun Jahren, der ihr und Francis' Sohn hätte sein können, hätte sie damals bei der einzigen Befruchtung, die ihr Leib je akzeptiert hatte, keine Fehlgeburt erlitten. Vor dem Jungen kniete ein altes, vor Gicht gebeugtes Mütterchen, das in einem fort zitterte und sich mit ihren verkrümmten Händen an der Brüstung ihrer Bank festhalten mußte. Lindere ihr Zittern, o Herr, betete Helen, und mach ihre krummen Knochen wieder gerade. Dann las der Priester das Evangelium. Gesegnet seien die Trauernden, denn ihnen wird Trost zuteil werden. Gesegnet seid, wenn sie euch schmähen, euch verfolgen und fälschlich Böses von euch reden um meinetwillen. Freuet euch und jubilieret, denn euer Lohn im Himmel wird außerordentlich sein.

Jubilieret. Ja.

Seid umschlungen, Millionen!
Diesen Kuß der ganzen Welt!

Bis zum Ende des Evangeliums hielt Helen nicht durch. Ein Schwächeanfall überkam sie, und sie mußte sich auf die Bank setzen. Nachher, wenn die Messe vorbei wäre, würde sie versuchen, etwas in den Magen zu kriegen. Eine Tasse Kaffee und einen Bissen Toast.

Helen wandte den Kopf und zählte die Gemeinde, die Kirche war jetzt zu über einem Drittel besetzt, ungefähr hundertfünfzig Leute. Das konnten nicht alles Italiener sein; eine von den Frauen sah eher aus wie Helens Mutter, wie die imposante Mrs. Mary Josephine Nurney Archer mit ihrem eleganten schwarzen Hut. Das hatte Helen mit Francis gemein: beide waren von ihren Müttern verachtet worden.

Einundzwanzig Jahre hatte es gedauert, bis Helen in einem verschlossenen Tagebuch ein zusammengefaltetes Blatt Papier entdeckte, auf dem das Testament ihres Vaters stand, von dessen Existenz sie nie etwas gewußt hatte. Er hatte es geschrieben, als sein Entschluß feststand, daß er aus dem Leben scheiden würde, und darin die Hälfte von dem bescheidenen Rest des einstigen Vermögens Helen vererbt; die andere Hälfte sollte zu gleichen Teilen zwischen Mutter und Bruder aufgeteilt werden.

Helen las das Schriftstück laut ihrer Mutter vor, die, inzwischen gelähmt, seit zehn Jahren am Rande des Grabes dahinvegetierte und von Helen ganz allein gepflegt wurde, und erntete dafür ein triumphierendes Lächeln von seiten der Mutter, der es gelungen war, Helen ihrer Zukunft zu berauben, sie um ihr Erbe zu prellen, damit Mutter und Sohn wie eine Henne mit ihrem Pfau leben konnten. Aus dem Sohn war ein Anwalt für Politikfragen geworden, der auch bekannt war für sein Geschick, Witwen ihr Erbe abzujagen, und der immer gleich auflegt, wenn Helen anruft.

Dir, Patrick, hat deine Schwester nie heimzahlen können, was du ihr, ohne es zu begreifen, angetan hast. Nicht einmal du, der am meisten davon profitierte, hast begriffen, welch heimtückischen Diebstahl deine Mutter da begangen hat. Der Mutter indessen konnte es Helen heimzahlen: Sie hatte sie noch am gleichen Tag verlassen, war nach New York City gezogen und hatte es dem lieben Bruder überlassen, weiter für die Pflegebedürftige zu sorgen, was er bewerkstelligte, indem er die alte Hexe in das einweisen ließ, was Helen heute gern als Armenhaus bezeichnet, in Wirklichkeit das staatliche Pflegeheim, und es der Fürsorge des Albany County anheim stellte, während ihrer letzten Tage für die kranke Frau zu sorgen.

Abgeschoben und ungeliebt im Armenhaus.

Wo ist dein stolzer Federputz geblieben, Pfauenmutter?

Aber Helen. Wie kannst du es wagen, so rachsüchtig zu sein? Hast du dich einst nicht selbst gern mit deinen Federn geschmückt, wenn auch nur kurze Zeit, wenn es auch lange her ist? Schau doch dich selber an, wie du hier hockst und auf das Bett mit seinen schmuddeligen Laken starrst, das dich zum Hinlegen verlockt. Dein zartfühlendes Wesen sträubt sich vor diesen Laken, ist es nicht so? Nicht allein, weil sie so schmutzig sind, nein, sondern weil es dir auch widerstrebt, auf dem Rükken zu liegen und nichts Schönes im Blickfeld zu haben, auf das man ansprechen könnte, nur den rissigen Stuck und den abblätternden Anstrich der Decke; wohingegen du hier von deinem Sessel aus wenigstens auf Großmutter Schwan schauen kannst oder gar auf die blaue Pappdeckelscheibe mit der aufgedruckten Uhr, die innen an der Zimmertür hängt und mit deren Hilfe man sein Leben einteilen könnte: BITTE WECKEN UM, heißt es darauf, als ob je ein Gast in diesem Etablissement so ein Ding benutzt hätte oder es je zu tun gedächte, als ob der alte Donovan es je zur Kenntnis nähme, falls es wirklich mal einer tat, oder sich daran hielte, wenn er es draußen vor der Tür hängen sähe. Die verstellbaren Zeiger auf der Uhr standen auf zehn vor elf. Pure Augenwischerei.

Wenn man in einem Zimmer wie diesem auf der Bettkante sitzt, sich an der stumpfen, blinden Messingstrebe des Bettgestells festhält und herabsieht auf diese schmuddeligen Laken und die dicken, weichen Staubfusseln in der Zimmerecke, drängt es einen mit aller Macht, ins Bad zu gehen, in dem man erst vorhin eine halbe Stunde zugebracht hat, als einem speiübel war, und sich zu waschen. Nein. Es drängt einen, das große Badezimmer ein Stück weiter unten am Flur aufzusuchen, das mit der Badewanne, in der man schon so oft erst die Kakerlaken totgeklatscht und ersäuft und dann die Wanne saubergeschrubbt hat, geschrubbt und geschrubbt. Man würde in seinem japanischen Kimono den Flur hinuntergehen zum Bad, die Mandelseife in das rosa Badetuch gewickelt, und die Teppiche würden sich dick und flauschig anfühlen unter den weichen Sohlen der Pantoffeln, die man als Kind unterm Bett stehen hatte; die Pantoffeln mit der braunen Wollbommel vornedrauf und dem weichen gelben Futter, zart wie ein Glacéhandschuh, die man unterm Weihnachtsbaum in der Schuhschachtel von *Whitney's* gefunden hat. Schau an, der Weihnachtsmann kauft bei *Whitney's*.

Wenn *Whitney's* und Weihnachtsmann und Schuhe und Füße und selbst Francis einem dann wirklich völlig einerlei sind, wenn das, von dem man angenommen hat, es werde so lange währen wie der Atem selbst, sich erschöpft hat und man eine Frau ist wie Helen, dann hält man sich an der Messingstange fest, so gewiß, wie man barfuß den Flur hinuntertappen würde oder in Schuhen, bei denen am einen das Riemchen gerissen ist, über einen durchgetretenen Läufer, der vor Schmutz starrt, um sich mit dem Waschlappen unter den Achseln und zwischen den ausgelaugten Brüsten zu waschen, damit der Körpergeruch nicht überhandnimmt, sofern man überhaupt einen Menschen hat, dem zuliebe diese Rücksicht zu nehmen sich lohnt.

Bei diesem Gedanken tut Helen natürlich so etepetete wie einst ihre Mutter, denn sie wäscht den Waschlappen gründlich unterm kalten Wasser aus, warmes gibt es keins, und erst nachdem sie ihn zweimal ausgewaschen hat, wagt sie, ihn fürs Gesicht zu benutzen. Und anschließend hatte sie sich dann immer (jawohl, das hatte sie, stell dir vor! Weißt du noch?) überall mit Madame Pompadour-Körperpuder eingepudert, sich einen Tupfer Violet de Paris hinters Ohr getan, das Haar sechzigmal nach der einen und sechzigmal nach der anderen Seite ausgebürstet und zu ihrem Spiegelbild gesagt, daß hübsch ist, wer sich hübsch macht. Arthur liebte es, wenn Helen sich hübsch machte.

Als Helen nach der Messe aus der St. Anthony's Church kam, war sie einem Mann begegnet, der ein wenig aussah wie Arthur, seinen Glatzkopf ohne Hut spazierentrug wie er. Es war aber nicht Arthur, denn Arthur war tot, und er hatte es nicht besser verdient. Als sie neunzehn war, im Jahre 1906, hatte sie in Arthurs Pianogeschäft als Verkäuferin angefangen, anfangs nur in der Notenabteilung gearbeitet und später dann demonstriert, wie elegant Arthurs Klaviere klingen konnten, wenn man sie richtig zu spielen verstand.

Schaut nur, wie kerzengerade sie da am Chickering-Klavier sitzt und ‹*Won't You Come Over to My House?*› für das vornehme Pärchen ohne jeden musikalischen Geschmack spielt. Und seht, wie sie am Steinway-Flügel eine Bach-Suite spielt für die schöne Dame, die mit dieser Musik vertraut ist. Und sieh an: beide kaufen sie bei Arthur ein Klavier, dank der bezaubernden Helen.

Doch dann, eines Tages, als sie siebenundzwanzig und ihr Leben vorbei ist, als sie schließlich weiß, daß sie niemals heiraten und mit ihrer Musik wohl nie über die Grenzen des Klaviergeschäfts hinausgelangen wird, fällt ihr Schubert ein, der einfache Schullehrer, der nie den Ehrgeiz entwickelt hatte, nach Höherem zu streben, ein armer und kränkelnder Mann, der für seine Lieder kaum mehr als 15 oder 20 Cents bekommen hatte und nicht älter geworden war als einunddreißig, und an jenem verhängnisvollen Tag setzt sich Helen an Arthurs Flügel und spielt ‹*An Silvia*›, und danach spielt sie alles, was ihr vom Flug der Krähe aus der ‹*Winterreise*› im Gedächtnis geblieben ist.

Die Blüte Schubert,
Geboren, im stillen zu erblühen,
Wie Helen.
War das Arthurs Schuld?

Nun, dienstags und donnerstags, wenn er seinen Laden früher schloß, sowie an den Freitagabenden, an denen er seiner Frau weismachte, er probe mit dem Mendelssohn-Club, hatte Arthur sie zur Gefangenen seiner Liebe gemacht. Dort ist Helen jetzt; in dem kleinen Zimmerchen in der High Street, hinter vorgezogenen Vorhängen, sitzt nackt im Bett, während Arthur aufsteht und in seinen Morgenrock schlüpft, um sie nicht länger in Sachen Sex, sondern in der ‹*Missa Solemnis*› zu unterweisen, oder waren es Schuberts Lieder? Oder etwa die glorreiche Neunte, von der Berlioz behauptet hat, sie sei wie die ersten Strahlen der aufgehenden Sonne im Mai?

Fürwahr, es waren alle drei, und noch viel, viel mehr, und Helen lauschte in andächtiger Bewunderung dem erstaunlichen Arthur, während sein Samen aus ihr heraussickerte, und sie sehnte sich inbrünstig danach, sich alle Musik zu eigen zu machen, die jemals gespielt, gesungen oder erdacht worden war.

In ihrer Nacktheit an diesen stets gleichen Dienstagen, Donnerstagen und Freitagen erkennt Helen jetzt das verdorbene Samenkorn des unfruchtbaren Traumes einer Frau: ein Same, der keimt und zu einer ungestalten, windzerzausten Unkrautblüte heranwächst, einem völlig nutzlosen Ding, wertlos selbst für die eigene Spezies, denn sie ist unfähig zur Samenbildung; eine Mutation, die einfach in den sonnigen Tag hineinwächst wie alles Wilde, dann welkt und vergeht, umfällt und zu Staub wird.

Die Blüte Helen.

Man weiß nie, welches Potential in der Brust eines Menschen schlummert.

Man hätte sich auch nie träumen lassen, daß Arthur seine Helen einmal fallenlassen würde zugunsten einer Jüngeren, einer Sekretärin ohne jedes musikalische Gehör, einer musikalischen Analphabetin mit breitem, fettem Hintern.

Bleib, so lange du möchtest, meine Liebe, hatte Arthur zu Helen gesagt; nie gab es eine bessere Verkäuferin als dich.

Ach, arme Helen, er hat dich wegen des falschen Talents geliebt, dieser engelsgleiche Arthur, dem es gegeben war, Helen Leid zuzufügen: der ihren Körper und ihre Seele gleichermaßen bildete, und dann beides zum Teufel schickte.

Von der Saint Anthony's Church lief Helen zur South Pearl Street und folgte ihr auf der Suche nach einem Restaurant nach Norden. Sie malte sich aus, wie es wäre, an einem der kleinen Cafétische im *Primrose Tea Room* in der State Street zu sitzen, wo sie kleine Wasserkresse-Sandwiches mit weggeschnittener Kruste servierten, Tee in japanischen Täßchen mit zierlichen Untertellerchen, dazu winzige Zuckerwürfelchen in einer silbernen Schale mit einer äußerst kunstvoll gearbeiteten Silberzange.

Doch sie begnügte sich mit der *Waldorf Cafeteria*, wo die Tasse Kaffee einen Nickel kostete, der Buttertoast einen Dime. Unauffällig zog sie einen der Dollarscheine aus ihrem Büstenhalter und hielt ihn in der linken Manteltasche mit der Faust umklammert. Sie ließ ihn nur los, um Kaffee und Toast zu einem Tisch zu tragen, schloß dann erneut die Finger um den Schein, der jetzt 15 Cents weniger wert war. Damit betrug ihr Vermögen noch ganze 11 Dollar und 85 Cents. Sie rührte Milch und Zucker in den Kaffee und nippte daran. Sie aß eine halbe Scheibe Toast, einen Bissen von der zweiten und ließ den Rest stehen. Den Kaffee trank sie aus, aber was Festes wollte einfach nicht runtergehen.

Sie ging mit ihrem Bon zur Kasse, bezahlte und trat wieder auf die North Pearl Street hinaus, hielt in der Manteltasche ihr Wechselgeld umklammert und fragte sich, wo Francis wohl stecken mochte und was sie jetzt tun sollte. Die Luft war schneidend kalt, trotz der wärmenden Sonne. Da war es angebracht, in geheizten Räumen Zuflucht zu suchen, und so machte sie sich auf den Weg zur Pruyn Library. Dort angekommen, setzte sie sich an einen Tisch im Lesesaal, bibbernd vor

Kälte, die Arme um den Leib geschlungen, nach und nach auftauend, aber innerlich zutiefst ausgekühlt. Sie beschloß einzudösen, entfloh an die Sonnenküste, über der die weißen Vögel kreisen, bis eine weißhaarige Bibliothekarin sie weckte und sagte: «Madam, laut Hausordnung ist es hier nicht erlaubt zu schlafen», ihr dann ein altes *Life* hinlegte, von einem Nebentisch die Morgenausgabe der *Times-Union* an der Lesestange nahm und hinzusetzte: «Aber wenn Sie gern was lesen möchten, können Sie bleiben, so lange Sie wollen.» Die Frau lächelte Helen hinter ihrem Kneifer zu, und Helen lächelte zurück. Es gibt auch freundliche Menschen auf der Welt, und hin und wieder trifft man einen. Hin und wieder.

Helen blätterte in *Life* und sah ein Bild mit einer Warteschlange, die sich über zwei Häuserblocks hinzog, lauter Männer und Frauen in dunkelfarbenen Mänteln und Hüten, die Hände in den Taschen vergraben, die an diesem kalten Tag in St. Louis anstanden, um ihre Stütze bei der Fürsorge zu kassieren. Sie sah das Foto von Millie Smalls, der lächelnden schwarzen Waschfrau, die für einen Wochenlohn von 15 Dollar arbeitete und mit ihrem Los bei den Irish Sweepstakes gerade 150000 Dollar gewonnen hatte.

Helen schlug die Illustrierte wieder zu und schaute in die Zeitung. Beständig und tagsüber wärmer, verhieß der Meteorologe. Dieser Schwindler. Tagestemperaturen heute bis zehn Grad; dabei waren es gestern null Grad gewesen. Frost. Helen erschauderte und trug sich mit dem Gedanken, ein Zimmer zu nehmen. Laut Crosley-Umfrage rangiert Dewey vor Lehman. Dr. Benjamin Ross vom Dudley-Observatorium in Albany erklärt, ein Angriff von Marsmenschen auf die Erde sei undenkbar, und fügt hinzu: «Es fällt schwer, sich vorzustellen, wie eine Rakete oder ein Raumschiff die Erde überhaupt erreichen soll. Die Erde ist ein verschwindend kleines Zielobjekt, und aller Wahrscheinlichkeit nach würde ein Raumschiff vom Mars sie vollkommen verfehlen.» Albanys Bürgermeister Thacher dementiert unzulässige Registrierung von 5000 Wählern im Jahre 1936. Mutter vergiftet sich, nachdem Sohn beim Versuch, auf fahrenden Güterzug aufzuspringen, tödlich verunglückte.

Helen blätterte um und fand Martin Daughertys Artikel über Billy Phelan und die Entführung. Sie las und begann zu weinen, nicht über das, was in diesen Spalten stand, sondern weil sie ahnte, daß die Familie ihr Francis wegnehmen würde. Hätten Francis und sie noch ein Häuschen zusammen, dann würde er sie nie verlassen. Nie. Aber ein Haus für sich, das hatten sie schon seit über acht Jahren nicht mehr gehabt. Francis hatte damals in einer Firma unten im South End gearbeitet, die Reparaturen im Haushalt ausführte, hatte sich Bill Benson genannt und einen Vollbart getragen, damit ihn niemand erkannte. Dann hatte der Laden pleite gemacht, und Francis fing wieder an zu trinken. Nach ein paar Monaten ohne Job und ohne Hoffnung, einen zu finden, ließ er Helen allein. «Ich taug nicht für dich, und auch sonst für keinen», hatte er in seinem Heulkrampf zu ihr gesagt, kurz bevor er wegging. «Ich hab es nie zu was gebracht und werde es auch nie tun.»

Welch ein Scharfblick, Francis. Wie prophetisch, deine Erkenntnis, daß du es zu nichts bringen würdest, nicht mal in Helens Augen. Jetzt treibt sich Francis irgendwo herum, ist allein, und selbst Helen liebt ihn nicht mehr. Nein, tut sie auch nicht. Denn mit der Liebe, da ist jetzt alles tot und erloschen, aufgezehrt von Überdruß. Nichts mehr da von der romantischen Liebe, das ist vor Jahren schon verblaßt, eine Rose, die ein einziges Mal erblühte und dann für immer starb. Und Helen liebt Francis auch nicht als Gefährten, denn er schreit sie immerzu an und läßt sie allein, damit andere Männer sie abfummeln. Und ganz gewiß nicht als Liebhaber, denn auf die Art kann er nicht mehr lieben. Das hat er so oft und so angestrengt versucht, länger und zäher, als du dir je vorstellen könntest, Finny, doch alles, was dabei herauskam war, daß es Helen weh tat, das mitanzusehen. Physischen Schmerz hatte es ihr nicht verursacht, denn dieser Teil ihres Körpers hat sich mit dem Alter so weit gedehnt, daß ihr dort gar nichts mehr weh tun kann.

Selbst als Francis noch über seine ungebrochene Manneskraft verfügte, hatte er sie nicht voll und ganz ausfüllen können, denn sie war tiefer. Was sie brauchte, war einer von außergewöhnlicher Größe, größer als der von Francis. Aufgefallen war ihr dies zum erstenmal, als sie sich nach Arthur, der so stark gebaut war, mit anderen Männern zu amüsieren begann, doch sie hatte nie das gekriegt, was sie brauchte. Nun, einmal vielleicht doch. Wer war das gewesen? An das Gesicht, das zu jenem einen Mal gehörte, kann sie sich nicht mehr erinnern. Sie weiß nur, wie in jener Nacht, bei jenem einen Mal, etwas in ihr drinnen berührt wurde: ein Zentrum tief in ihrem Innern, das keiner je zuvor oder danach wieder berührt hatte. Damals hatte Helen sich gesagt: Das ist der Grund, weshalb manche Mädchen dann Profis werden, weil es so gut ist, und immer wieder ein neuer, ein anderer da ist, der einem dazu verhilft.

Aber ein Mädchen wie Helen würde so etwas nie fertigbringen. Die konnte nicht einfach jedem x-beliebigen Kerl ihre Schenkel öffnen, der ihr dafür das Geld zusteckte, das sie über den nächsten Tag brachte. Meint etwa jemand, Helen wäre je eine von der Sorte gewesen?

An die Freude, bitte:

Freude, schöner Götterfunken,
Tochter aus Elysium!

Helens Magen knurrte, sie verließ die Bibliothek und atmete tief durch in der therapeutischen Morgenluft. Als sie die Clinton Avenue hinunterging und dann am Broadway nach Süden einbog, spürte sie, wie sich ein leichter Brechreiz bemerkbar machte. Sie hielt sich zwischen zwei geparkten Autos am Randstein an einem Telefonmast fest und wartete, bereit, sich zu übergeben. Doch der Brechreiz legte sich wieder, und sie marschierte weiter den Broadway hinab, am Bahnhof vorbei, bis die Musikinstrumente im Schaufenster des Modern Music Shop ihre Aufmerksamkeit auf sich zogen. Sie ließ ihren Blick über Banjos und Ukulelen schweifen, über Snare Drum und Posaune, Trompete und Violine. Darüber, auf einem Regal, waren Schallplatten ausgestellt: Benny Goodman, die Dorsey Brothers, Bing Crosby, John McCormack singt Lieder von Schubert, Beethovens ‹*Apassionata*›.

Sie betrat das Geschäft, besah sich die Instrumente und ließ ihre Finger über die Oberfläche gleiten. Sie betrachtete die neuen Notenblätter, die im Ständer steckten: ‹*The Flat Foot Boogie*›, ‹*My Heart Belongs to Daddy*›, ‹*You Must Have Been a Beautiful Baby*›. Sie trat an die Theke und fragte den jungen Mann mit dem glattfrisierten braunen Haar: «Haben Sie Beethovens Neunte Symphonie?» Sie machte eine Pause. «Und darf ich mal die Schubert-Platte sehen, die im Fenster steht?»

«Wir haben, und Sie dürfen», antwortete der junge Mann, holte die gewünschten Platten, reichte sie ihr und deutete auf die Kabine, wo sie sich die Musik ungestört anhören konnte.

Sie legte die Schubert-Platte zuerst auf und hörte John McCormack fragen: Was ist Silvia, saget an, daß sie die weite Flur preist? ... Ist sie schön und gut dazu? Dann jedoch legte sie, obwohl sie Schubert verehrte und McCormack über alles liebte, beide beiseite, um dem vierten Satz der Chorsymphonie zu lauschen.

Freude, schöner Götterfunken,
Tochter aus Elysium!

Es waren deutsche Worte, die Helen ans Ohr schlugen.

Wer ein holdes Weib errungen,
Mische seinen Jubel ein!

Oh, welch ein Entzücken sie da überkam. Schwindlig wurde ihr bei den Klängen der Oboen und Fagotte, bei diesen Stimmen und dem grandios voranschreitenden Thema der Fuge. Scherzo. Molto vivace.

Helen schwanden die Sinne.

Eine junge Kundin, die gerade vor der Theke stand, sah sie fallen und war im nächsten Augenblick bei ihr. Helen kam zu sich, den Kopf im Schoß der jungen Frau, während ihr der junge Verkäufer mit einer grünen Plattenhülle Kühlung zufächelte. Beethoven, einst so lebendig wie das leuchtendfrische Grün einer Waldlichtung. Die Nadel knisterte in der Endlosrille. Die Musik hatte aufgehört, doch nicht in Helens Kopf. Dort erscholl sie weiter, wie die ersten Strahlen der aufgehenden Sonne im Mai.

«Wie fühlen Sie sich, Ma'am?» fragte der Verkäufer.

Helen lächelte. Sie hörte Flöten und Bratschen.

«Ich glaube, ich bin wieder in Ordnung. Helfen Sie mir mal auf die Beine?»

«Ruhen Sie sich eine Minute aus», sagte die junge Frau. «Kommen Sie erst mal zu sich. Wollen Sie einen Arzt?»

«Nein, danke. Ich weiß, woher das kommt. In ein, zwei Minuten bin ich wieder auf dem Damm.»

Aber nun wußte sie, daß sie sich ein Zimmer nehmen mußte, und zwar gleich. Sie hatte keine Lust, plötzlich umzukippen, wenn sie gerade die Straße überquerte. Sie brauchte ein warmes und trockenes Plätzchen, wo sie für sich war und ihre Habseligkeiten in Reichweite hatte. Der Verkäufer und die junge Frau halfen ihr auf die Füße und hielten sich in ihrer Nähe, als sie sich wieder auf der Sitzbank in der Kabine niederließ. Als die jungen Leute sich vergewissert hatten, daß Helen wieder auf dem Posten war und nicht den Eindruck machte, als würde sie noch mal umkippen, ließen sie sie allein. Und diesen Augenblick nutzte sie, ihren Mantel aufzumachen und sich die Beethoven-Platte unter die Bluse zu schieben, wo sie auf der vorspringenden Wölbung ihres Tumors ruhte, von dem der Arzt behauptet hatte, er sei gutartig. Aber wie konnte so ein großes Ding gutartig sein? Sie zog den Mantel so fest um sich, wie es ging, ohne die Platte zu zerbrechen, bedankte sich bei ihren beiden Wohltätern und spazierte ohne Hast aus dem Laden.

Ihr Koffer stand in *Palombo's Hotel*, und dorthin machte sie sich auf den Weg, über die ganze Madison Avenue; ein ziemliches Stück. Ob sie es bis zum Hotel schaffte, ohne ein zweites Mal abzubauen? Nun, sie schaffte es. Sie war erschöpft, aber dann stand sie auf dem Treppenabsatz zwischen erstem Stock und Erdgeschoß, der in diesem Etablissement als Foyer herhalten mußte, vor dem alten, invaliden Donovan, der in seinem gebrechlichen Schaukelstuhl saß, den Spucknapf zu seinen

Füßen. Sie sagte, sie wolle ihren Koffer auslösen und ein Zimmer mieten, das gleiche, das sie und Francis immer nahmen, wenn es frei war. Es war frei.

Macht sechs Dollar für das Pfand, erklärte der alte Donovan, und anderthalb Dollar für eine Nacht oder zwofuffzig für zwo. Bloß für eine, erwiderte Helen, dann aber dachte sie: Und wenn ich diese Nacht doch überlebe? Dann werd ich es auch morgen brauchen. Also entschied sie sich für die verbilligte Rate, womit ihre Barschaft auf 3 Dollar und 35 Cents schrumpfte.

Der alte Donovan händigte ihr den Schlüssel für das Zimmer im ersten Stock aus und ging hinunter in den Keller, ihren Koffer holen.

«Lang nicht mehr gesehn», meinte er, als er ihr den Koffer aufs Zimmer brachte.

«Wir hatten einiges zu erledigen», sagte Helen. «Francis hat einen Job.»

«Einen Job? Was du nicht sagst.»

«Wir haben jetzt alles ganz gut im Griff, könnte man wohl sagen. Ist gut möglich, daß wir uns in der Hamilton Street 'ne Wohnung mieten.»

«Dann habt ihr also wieder Zaster. Na wunderbar. Kommt Francis auch heut abend?»

«Vielleicht, vielleicht auch nicht», erwiderte Helen. «Das hängt ganz von seinem Job ab, ob er da viel zu tun hat oder nicht.»

«Verstehe», sagte Donovan.

Sie klappte den Koffer auf, fand den Kimono und zog ihn an. Dann ging sie ins Bad, um sich zu waschen, doch ehe sie dazu kam, mußte sie sich übergeben; sie saß vor der Toilettenschüssel auf dem Boden und erbrach, bis nichts mehr im Magen war, was sie hätte erbrechen können. Sie würgte noch fünf Minuten trocken weiter und nahm schließlich in kleinen Schlucken Wasser zu sich, damit irgend etwas mit hochkommen konnte. Und Francis hatte geglaubt, sie wäre bloß trotzig, als sie Jacks Käsesandwich ablehnte.

Schließlich war es überstanden, sie spülte sich den Mund aus und die brennenden Augen; und dann, o ja, dann hatte sie sich gewaschen und war über den zerschlissenen Läufer zurückgetappt in ihr Zimmer, wo sie in dem Sessel am Fußende des Bettes Platz nahm, den Schwan anstarrte und an die Nächte zurückdachte, die sie mit Francis in diesem Zimmer verbracht hatte.

Clara, dieses billige Flittchen, hatte mal einen netten jungen Mann in braunem Anzug ausgemistet und war dann hier hereingekommen, um sich zu verstecken. Wenn du mit einem Mann schlafen willst, dann schlafe mit ihm, hatte Francis zu ihr gesagt. Benimm dich, wie sich's für 'ne Frau gehört, verdammt noch mal. Und wenn du einem die Brieftasche klauen willst, dann klau ihm meinetwegen seine Brieftasche. Aber man schläft nicht mit 'nem Kerl, um ihm anschließend die Brieftasche zu klauen. Francis, der hatte so tolle moralische Grundsätze. Oh, Clara, wieso um Himmels willen kommst du ausgerechnet zu uns hier mit deinem Schlamassel? Haben wir denn nicht ohne dich schon Probleme genug? Ganze 14 Dollar hatte Clara damals erbeutet. Aber das ist 'ne ganze Menge.

Helen placierte die Beethoven-Platte mitten auf dem Bett, aufrecht ans Kissen gelehnt, und studierte eine Weile lang ihre Vollkommenheit. Dann stöberte sie im Koffer, nahm jedes Ding, das drinlag, in die Hand, und betrachtete es: ihr zweites Paar Unterhosen, ihr Schmetterling aus Bernstein, ihr blaues Kleid mit dem langen Riß, Francis' Rasierapparat und sein Federmesser, die alten Zeitungsausschnitte aus seiner Baseball-Zeit, sein rotes Hemd, sein linker brauner Schuh, den rechten hatte er verloren; aber ein Schuh, so argumentierte Francis, war immer noch besser als gar keiner, oder? Sandra hatte einen Schuh verloren, aber Francis hatte ihn ausfindig gemacht und zurückgebracht. Francis war sehr bedacht. Er war alles sehr. Sehr katholisch, auch wenn er vorgab, es nicht zu sein. Das war auch der Grund, weshalb Francis und Helen niemals heiraten konnten.

War das nicht reizend, wie sie sich mit ihrer Religion die Heirat verbauten?

War diese Idee nicht hervorragend?

Denn Helen bestand im Grunde genauso wie Francis darauf, frei und ungebunden zu bleiben. Nach Arthur wußte sie, daß sie immer würde frei sein wollen, auch wenn sie dafür leiden mußte.

Ach, Arthur, Arthur, Helen trägt dir nichts mehr nach. Sie weiß, du warst auf eine Weise anhänglich, wie Francis es nie gewesen ist; sie weiß auch, daß sie selbst zugelassen hat, daß du ihr weh tatest.

Helen erinnert sich an Arthurs Gesicht, an die Erleichterung in seiner Miene und daran, wie er damals an jenem Tag gelächelt und ihr Glück gewünscht hatte, als sie erklärte, sie kündige und wolle nun als Pianistin in Stummfilmkinos und bei Vaudeville-Gastspielen arbeiten. Sich eigenwillig durch die Welt bewegt, das hatte Helen damals getan (und tat es bis heute). Ein Wille, Gnade zu erhalten, wenn man es so nennen wollte, so unzuverlässig sich diese Gnade auch gezeigt haben mochte.

War das mit der Eigenwilligkeit nicht eine kleine Selbsttäuschung, der Helen hier aufsaß?

Ließ sie sich nicht statt dessen von Impulsen leiten, die aus diesem tief in ihr drin sitzenden Zentrum kamen?

Woher kam es eigentlich, daß nie etwas richtig hinzuhauen schien?

Wieso verdruckte sich ihr Leben immerzu in irgendeine Seitengasse wie eine streunende Katze?

Was ist Helen?

Wer ist Silvia, bitteschön?

Helen steht auf und hält sich an der Messingstange fest. Ihre Füße schimmern und glänzen wie blankpoliertes Messing. Sie hat nichts gemein mit dem stumpfen, schmierigen Messing dieses Bettes. Es ist ein makelloses, unbeflecktes menschliches Wesen, das hier am Fußende dieses letzten Bettes im letzten Zimmer des letzten Hotels vorm Ende steht.

Und nähert sich ein Mensch wie Helen irgendeinem Ende, dann wird er nostalgisch und sentimental. Sie hat stets die schönen Dinge im Leben zu schätzen gewußt: Musik, freundliche Worte, das Vornehme, Blumen, Sonnenschein und redliche

Männer. Die Leute wären erschüttert, wüßten sie, wie Helens Leben hätte aussehen können, wenn es eine andere Richtung eingeschlagen hätte statt jener, die sie in dieses Zimmer geführt hat.

Vielleicht würden den Leuten sogar die Tränen kommen, aus einer Hoffnung heraus, daß Frauen wie Helen möglicherweise weiterleben konnten, bis sie zu sich selbst fanden, sich aufrichteten und entdeckten, wie das Glück sich stets von neuem zu entfalten vermag, statt immerzu in Sackgassen zu landen. Vielleicht spürten sie, daß hier irgendwo etwas ganz Bestimmtes verkehrt gelaufen war und daß Helen, wäre dies nicht vorgekommen, niemals so tief gesunken wäre.

Aber das ist ein Trugschluß, denn Helen ist mit anderen Frauen nicht zu vergleichen.

Sie ist keine Symbolfigur für die vom Verlust Geschlagenen, die Hätt-ich-doch-nur-Typen oder die Wenn-sie-nur-wüßten-Variante.

Bei Helen ist es kein fehlgeleiteter nackter Instinkt, kein monomanes Sehnen aus diesem Zentrum da unten drin, das nach allem giert, einschließlich der Macht zur Selbstzerstörung.

Helen ist keine streunende Katze am Ende ihres neunten Lebens.

Denn seit ihrer Geburt, seit sie von ihrem Vater so vornehm erzogen wurde und sich in so hervorragender Weise selbst entwickelte, hat sie ihre eigenen Entscheidungen getroffen, die auf rationalem Denken, leidlichem Überblick übers aktuelle Geschehen, Intuition hinsichtlich eigener Grenzen und den allgemein üblichen Ratschlägen von Freunden, Geliebten, Feinden und anderen Personen gründeten. Sie hat nie eine Kopfverletzung gehabt und leidet auch nicht, im Gegensatz zu dem, was manche meinen, an Hirnerweichung durch übermäßigen Alkoholgenuß. Sie hat nie versäumt, die Zeitung zu lesen, auch wenn sie die letzten Jahre mehr und mehr davon abkam, denn heutzutage scheint es bloß noch schlechte Nachrichten zu geben. Sie hat stets Radio gehört und sich über die neuesten Entwicklungen in der Musikwelt auf dem laufenden gehalten. Und im Winter hat sie in der Bibliothek gesessen und Romane über

Frauen und Liebe gelesen: Helen weiß alles über Lily Bart und Daisy Miller. Sie hat auf ihr Äußeres geachtet und immer auf einen reinlichen Körper gehalten. Sie hat regelmäßig ihr Unterzeug gewaschen, hat sich anständig gekleidet und Ohrringe getragen und stets ihren Rosenkranz bei sich gehabt, bis er ihr gestohlen wurde. Sie hat nicht geschlafen, wenn Schlaf nicht erforderlich war. Sie hat ihr Leben gelebt und gedacht: Ich bin überzeugt, daß ich mehr oder minder das richtige tue. Ich glaube an Gott. Ich hab Respekt vor der Fahne. Ich wasch mich unter den Armen und zwischen den Beinen, und was ist schon dabei, wenn ich hin und wieder mal einen über den Durst trinke? Wen geht das etwas an? Wieso fragt kein Mensch, wieviel ich *nicht* trinke?

An so was denken die natürlich nie, wenn sie eine Frau wie Helen eine besoffene alte Zwitscherliese nennen. Wie kam jemand (wie der widerliche Little Red hinten in Finnys Auto) dazu, so abfällige Bemerkungen über sie fallenzulassen? Wenn sie hört, wie jemand eine derartige Bemerkung über sie macht, läßt Helen sich nichts anmerken. Sie simuliert. Das Wort kennt sie noch, auch wenn Francis meint, sie habe ihre Bildung längst vergessen. Das hat sie keineswegs. Sie ist keine Schnapsdrossel, und sie ist keine Hure. Ihre Einstellung ist die: Ich bin so unbeschwert durch mein Leben geflattert wie ein Vogel, aber ich hab mich nie von einem Mann für Geld benutzen lassen. Ich hab meine Drinks oft selbst bezahlt. Ich hatte auch nichts dagegen, mich einladen zu lassen, aber nur deshalb, weil es sich gehört, daß der Mann die Drinks bezahlt.

Und wenn man eine Frau ist wie Helen, die nicht zur Hure geworden ist, die nie einen auf den Pfad der Sünde geführt hat ... (Nun, es hat in ihrem Leben gelegentlich ein paar Jungens gegeben, die so einsam in den Bars herumlungerten, wie es Helen selbst so oft gewesen ist, aber die schienen bereits zu wissen, was Sünde ist. Früher einmal.)

Früher.

Gab es einmal einen Jungen?

Ja, mit einem Antlitz wie ein Priester.

Aber Helen, wie lästerlich von dir, an so etwas zu denken.

Gott sei Dank hast du nie einem Priester den Kopf verdreht. Wie könntest du so etwas je rechtfertigen?

Weil Priester gute Menschen sind.

Während sich Helen also am Bettgestell festhält, zu der Pappdeckeluhr hinblickt, die immer noch auf zehn vor elf zeigt, an Pantoffeln denkt, an Musik, an den großen Schmetterling und den weißen Kiesel mit dem geheimnisvollen Namen, richtet sie ihr Augenmerk kurz auf die Priester. Denn ist man erzogen wie Helen, dann glaubt man von Priestern, daß sie den Schlüssel zur Pforte der Erlösung besitzen. Ganz gleich, wie viele Sünden man begangen haben mag (Salz des Meeres, Sand der Wüste), wenn man an dem Punkt angelangt ist, wo man sich an diese Messingstange klammert, die Uhr dort drüben im Blick, dann stellt sich zwangsläufig der Gedanke an Absolution ein, auch die Erinnerung daran, wie du dir sogar einen Tupfer Violet de Paris auf deinen Büstenhalter getan hast, damit er keinen Schweiß roch, wenn er dir das Kleid aufknöpfte, um dich an dieser Stelle zu küssen.

Aber Helen! Priester haben nicht das geringste mit Küssen oder Büstenhaltern zu schaffen, und du solltest dich schämen, sie in Gedanken miteinander in Verbindung zu bringen. Ein Gedanke wie dieser reut sie in der Tat, doch schließlich hat sie es wahrhaftig nicht leicht gehabt, was sie und ihren Glauben anbetrifft. Und wenn sie auch heute morgen bei der Messe gebetet hat und seitdem den ganzen Tag über immer wieder, auch wenn sie gestern nacht in Finnys Auto gebetet und ihr *Gottvater, laß die Augen dein* aufgesagt hat, als an Schlaf gar nicht zu denken war, besteht der springende Punkt darin, daß Helen trotz allen Betens keinen Drang spürt, ihre Sünden zu beichten, damit ihr vergeben werde.

Helen ist sogar schon so weit gekommen, daß sie sich die Frage stellt, ob sie wirklich Katholik ist, und was so ein Katholik überhaupt ist heutzutage. Sie glaubt, daß sie, offengestanden, vielleicht gar keiner mehr ist. Aber wenn sie kein Katholik mehr ist, dann ist sie gewiß auch nichts anderes. Und sie ist ganz bestimmt kein Methodist, Mr. Chester.

Was sie zu dieser Ungewißheit brachte, ist die Anhäufung

ihrer Sünden, und wenn dies alles als Sünde zu bezeichnen ist, dann hat sich da fürwahr allerhand angesammelt. Doch Helen zieht es vor, sie Entscheidungen zu nennen, weshalb sie sich auch nicht genötigt fühlt, sie zu beichten. Andererseits fragt sich Helen, ob sich überhaupt einer bewußt ist, was für ein grundehrliches Leben sie geführt hat. Sie hat nie einen Menschen betrogen, und das ist letzten Endes das, was für sie am meisten zählt. Sie gesteht ein, daß sie Francis sitzenläßt, aber das konnte keiner als Betrug bezeichnen. Man könnte es allenfalls ein Abdanken nennen, so wie einst der König von England zugunsten der Frau, die er liebte, auf seinen Thron verzichtete. Helen dankt ab dem Mann zuliebe, den sie einmal geliebt hat, damit er sich so frei und ungebunden bewegen kann, wie Helen es ihn sein lassen will, so frei, wie sie es auf ihre Weise immer gewesen ist, so frei, wie jeder von ihnen beiden selbst dann war, als sie aufs Innigste miteinander verbunden waren. War Francis nicht damals 33 auf der Straße betteln gegangen, als Helen krank war? Nun, davor hatte er nicht einmal für sich selbst gebettelt. Und wenn Francis sich aus Liebe zum Bettler machte, weshalb soll Helen dann nicht aus dem gleichen Grund abdanken dürfen?

Natürlich waren Helens Liebschaften mit Arthur oder Francis in den Augen mancher Leute Sünde. Und sie gibt zu, daß gewisse andere Freiheiten, die sie sich gegenüber den Geboten Gottes und der Kirche herausgenommen hat, sich ebenfalls drohend gegen sie auftürmen könnten, wenn einmal die Zeit von Gottes Strafgericht gekommen war (das Messing, die Uhr; das Messing, die Uhr). Und dennoch: ein Priester würde ihr nicht über die Schwelle kommen, und sie wäre die letzte, die von sich aus einen riefe. Sie wird sich um keinen Preis und von niemandem zu der Erklärung hinreißen lassen, ihre Liebe zu Francis sei Sünde gewesen, wenn es allem Anschein nach – nein, ganz gewiß! – das Großartigste war in ihrem ganzen Leben, großartiger letztendlich als ihre Liebe zu Arthur, denn als Ehrenmann hatte Arthur gänzlich versagt.

Und deshalb antwortet sie dem alten Donovan, als er gegen elf noch einmal an ihre Tür klopft und fragt, ob Helen etwas brauche: Nein, danke, Donovan, nein, ich brauch nichts und niemanden mehr. Und der alte Donovan entgegnet: Der Nachtportier ist da und löst mich ab, ich werd mich jetzt auf den Heimweg machen und schau dann morgen früh wieder nach dir. Und hinter ihrer Tür sagt Helen: Hab Dank dafür, Donovan, vielen Dank, daß du so besorgt bist und mir gute Nacht sagen kommst. Und nachdem er draußen auf dem Flur davongehumpelt ist, läßt Helen die Messingstange los und denkt dabei an Beethoven, *An die Freude*,

Hört sie nahen, die freudigen Millionen,

Da dah-dah,

Da dah-de-dah-dah,

Und spürt, wie ihre Beine zu Federn werden, sieht, wie ihr Kopf nach unten sinkt und sie berührt, als sich ihr Körper biegt unter der Wucht von soviel Freude,

Sieht, wie er ganz langsam tiefer sinkt,

Während der weiße Vogel über dem Wasser kreist, bis er sich auf dem japanischen Kimono niederläßt,

Der so lautlos herabgefallen ist,

So sanft,

Auf das Gras, das zunehmend von Mondlicht überspült wird.

6

Anfangs waren es nur Flammen, die am unteren Broadway aus einem Lagerhaus unweit der alten Fitzgibbon-Eisenhütte schlugen. Das Feuer erhob sich in seiner ureigenen Sphäre, brauste tosend empor zu der ihm eigenen Vollkommenheit, und hohe Flammen reckten sich lästernd gen Himmel. Dann, als Francis und Rosskam mit ihrem Fuhrwerk und dem aus einer tiefverwurzelten Angst heraus schnaubenden und scheuenden Pferd hinter einem Stau aus Lastwagen und Autos zum Stehen kamen, berührte das Feuer irgendein feuergefährliches Gut und die Seitenwand des Lagerhauses stürzte mit donnerndem Getöse zusammen, eine dichte, schwarz aufblühende Rauchwolke emporschießend, die der Wind auf sie zutrieb. Die Autofahrer kurbelten das Seitenfenster hoch, während Francis, Rosskam und dem Pferd die beißenden Schwaden in den Augen brannten.

Weiter vorn ließ ein Polizist den ganzen Verkehr wenden und schickte alles zurück nach Norden. Rosskam fluchte in einer fremden Sprache, die Francis nicht kannte. Aber daß Rosskam fluchte, war unzweifelhaft. Als sie in Richtung Madison Avenue umkehrten, rannen beiden Männern Tränenbäche aus den überreizten Augen.

Sie waren mit leerem Wagen unterwegs, soeben zurück von Rosskams Schrottplatz, wo sie die erste Fuhre des Tages abgeladen hatten. Francis hatte dort zum Mittagessen einen Apfel verdrückt, den ihm Rosskam gegeben hatte, das neuerworbene weiße Hemd angezogen und sein altes blaues auf Rosskams Lumpenberg geworfen. Dann waren sie zur Nachmittagstour aufgebrochen, hinunter Richtung South End, bis sie dann um drei der Brand zur Umkehr zwang.

Rosskam bog in die Pearl Street ein, und der Wagen rollte hinauf nach North Albany, während hinter ihnen, im tiefer gelegenen Teil der Stadt, weiterhin Rauch in den Himmel quoll. Rosskam stimmte seinen langgezogenen Lumpensammler-Singsang an und machte damit die eine oder andere Hausfrau auf sich aufmerksam. Aus dem Hinterhof eines alten Hauses nahe der Emmett Street schleppte Francis eine radlose Schubkarre mit durchgerostetem Boden. Als er, noch immer den Brandgeruch in der Nase, das Ding auf den Wagen hievte, sah er sich plötzlich Fiddler Quain gegenüber, der dort oben auf einem umgestülpten, von Kugeln durchlöcherten Nachttopf hockte, mit dem irgendein Hinterhof-Schütze Zielübungen veranstaltet hatte.

Fiddler, ehedem Tramwagenführer, jetzt in hellblauem Anzug mit brauner, schwarz gepunkteter Fliege und Strohhut, lächelte Francis zum erstenmal seit jenem Tag im Jahre 1901, als sie miteinander auf dem Broadway die beiden kerosingetränkten Bettlaken angezündet hatten, zwischen denen der Tramwagen mit den Streikbrechern in der Falle saß, wieder erkennbar deutlich an.

Als ein Soldat Fiddler seinen Gewehrkolben auf den Schädel geschlagen hatte, war es seinen Mitstreitern gelungen, den Verletzten inmitten des Gewühls an ein sicheres Plätzchen fortzuzaubern, ehe er verhaftet werden konnte. Aber der Kolbenhieb hatte den Mann für die letzten zwölf Jahre seines Lebens in geistige Umnachtung versetzt, so daß er von seiner unverheirateten Schwester Martha umsorgt werden mußte. Von dieser Kopfverletzung selbst zur Märtyrerin gemacht, hatte Martha den dahinvegetierenden Helden auf den Straßen von North Albany spazierengeführt, damit die Nachbarn selber sehen konnten, was beim Streik dieser Schlaumeier wirklich herausgekommen war.

Francis hatte sich 1913 bei Fiddlers Begräbnis als Sargträger angeboten, wurde jedoch von Martha abgewiesen, weil sie glaubte, nur Francis' hitziges Temperament habe Fiddler an jenem schicksalhaften Morgen zur Gewalttätigkeit verführt. Deine Hände haben genug Schaden angerichtet, erklärte sie ihm, du wirst den Sarg meines Bruders nicht anrühren.

Auf die mußt du nicht hören, sagte Fiddler von seinem Hochsitz auf dem durchlöcherten Nachttopf zu Francis. Ich hab dir jedenfalls gar nichts vorzuwerfen. War ich denn nicht zehn Jahre älter als du? Hätt ich nicht selber auf mich aufpassen können?

Dann aber stürzte er Francis in tiefe Verwirrung, indem er ihn scharf anblickte und mit feierlichem Ernst erklärte: Deinen verräterischen Händen, denen mußt du vergeben.

Francis klopfte sich den Roststaub von den Händen und ging zurück hinters Haus, wo noch mehr Schrott lag. Als er mit einem Armvoll zurückkehrte, saß der Streikbrecher Harold Allen, im schwarzen Mantel, eine Schaffnermütze auf dem Kopf, neben Fiddler, der seinen steifen Strohhut jetzt auf dem Schoß liegen hatte. Als Francis zu den beiden hinaufsah, zog Harold Allen die Mütze. Beide Männer hatten ein blutiges Loch im Kopf, aus dem freilich kein Blut mehr rann, die unverändert frischen Wunden offenbar verheilt und ebenso Bestandteil ihres ätherischen Leibes wie die Augen, die mit der Ermordeten eigenen entropischen Leidenschaft brannten.

Francis warf seinen Schrott auf den Wagen und kehrte wieder um. Als er noch einmal zurückblickte, um sich zu vergewissern, ob er recht gesehen hatte, saßen zwei weitere Männer oben in der radlosen Schubkarre. Francis kannte weder den einen noch den anderen beim Namen, doch am erstaunten Ausdruck ihrer tief in den Höhlen liegenden Augen merkte er, daß es sich um den Mann handelte, der gerade beim Einkaufen gewesen war, und um den Inhaber des Kleidergeschäfts, die beide als unbeteiligte Zuschauer unter den blind in die Menge gefeuerten Vergeltungsschüssen der Miliz gestorben waren, nachdem Francis Harold Allen das Loch in den Kopf geworfen hatte.

«Ich bin soweit», sagte Francis zu Rosskam. «Und Sie?»

«Warum hast du's auf einmal so eilig?» fragte Rosskam.

«Hier ist nix mehr. Sollten wir nicht losfahren?»

«Ungeduldig isser auch noch, dieser Penner», sagte Rosskam, und er kletterte auf den Kutschbock.

Francis, der die Blicke der vier phantomhaften Männer auf sich spürte, drehte ihnen allen einfach den Rücken zu, während der Wagen die North Pearl Street hinaufzockelte. Annie wohnte hier. Sie kamen näher. Francis schlug den Jackenkragen hoch, der Wind blies mit neuer Schärfe, am westlichen Horizont verdüsterte sich der Himmel mit grauen Wolken. Auf der Nehi-Uhr im Schaufenster von Elmer Rivenburghs Krämerladen war es kurz vor halb vier. Der Winter kam früh dies Jahr. Wenn es heut nacht regnet und wir schlafen draußen, erfrieren wir garantiert.

Er rieb sich die Hände. Waren sie seine Feinde? Wie konnte ein Mann von den eigenen Händen verraten werden? Sie waren voller Narben und Schwielen, schief und krumm von schlecht verheilten Brüchen, die er sich an den Kinnladen anderer Männer geholt hatte, die Fingernägel waren gesplittert und die Venen auf dem Handrücken so blau geschwollen, als wollten sie jeden Augenblick platzen. Es waren Hände mit langen, schmalen Fingern, bis auf die Stelle, wo kein Finger mehr dran war, mit zunehmendem Alter jedoch waren sie dicker und breiter geworden wie die unteren Äste eines Baumes.

Verräter? Wie war das möglich?

«Mögen Sie Ihre Hände?» fragte er Rosskam.

«Sie *mögen*, sagst du? Ob ich meine Hände mag?»

«Ja. Mögen Sie sie?»

Rosskam blickte auf seine Hände herab, sah Francis an und schaute wieder geradeaus.

«Ich mein's ernst», sagte Francis. «Ich hab nämlich den Verdacht, daß meine Hände ein Eigenleben führen. Verstehn Sie, was ich meine?»

«Nicht ganz», gab Rosskam zu.

«Die brauchen mich nicht. Sie tun einfach das, was ihnen gefällt.»

«Aha», sagte Rosskam. Er sah nochmals auf seine eigenen knorrigen Hände und dann wieder auf Francis. «Bekloppt», sagte er nur und ließ die Zügel gegen den Rumpf des Pferdes klatschen. «Hüh», setzte er hinzu, und damit war das Thema erledigt.

Francis erinnerte sich an die Linke von Skippy Maguire, damals in der ersten Saison in Dayton. Skippy war Werfer und hatte mit Francis das Zimmer geteilt; ein hochgewachsener Bursche, Linkshänder, ein Mann, der bei jedem Schritt, den er tat, einherzustolzieren schien, und wenn er sich auf dem erhöhten Wurfmal aufbaute, warf er sich in Pose wie ein König. Ja doch, wenn er wollte, konnte Skippy sogar im Stand den Eindruck erwecken, als stolziere er auf und ab. Aber dann war die Haut an seiner Linken plötzlich rissig geworden und aufgeplatzt, erst an den Fingern, dann auch im Handteller. Er pflegte die Hand: rieb sie mit Öl ein und sonnte sie, legte sie in Bäder aus Epsomer Bittersalz und Bier, aber sie wollte nicht heilen. Als der Manager des Vereins ungeduldig wurde, ignorierte Skippy die aufgeplatzte Haut und nahm als Werfer zehn Minuten lang an einer Übungsrunde teil, in deren Verlauf der Ball eine rote Farbe und die Innenfläche von Skippys Hand die Konsistenz von rohem Hackfleisch bekamen. Der Manager ließ Skippy wissen, er sei ein Dummkopf, und strich ihn und seine unbrauchbare Hand von der Gehaltsliste.

An jenem Abend hatte Skippy den Manager verflucht und sich schlimmer besoffen als sonst, dann, obwohl es August war, im Kohleofen ein Feuer entfacht, und schließlich, als es im Ofen prasselte und toste, hineingefaßt und eine Handvoll glühende Kohle gepackt. Und diesem gottverdammten Judas von einer Hand gezeigt, wer hier der Boss war. Der Arzt hatte ihm anschließend drei Finger amputieren müssen, um den Rest der Hand zu retten.

Gut, Leuten wie Rosskam mag Francis zwar ein bißchen bekloppt vorkommen, aber so etwas wie Skippy würde er nie tun. Oder? Er betrachtete seine Hände; jede Narbe war mit einer Erinnerung verknüpft. Den Zeigefinger hatte Rowdy Dick auf dem Gewissen. Die gezackte Narbe unterhalb des kleinen Fingers, die hatte er sich eingehandelt, als er eines Nachts, halb besinnungslos vor Durst, in Chinatown das Schaufenster eines Schnapsladens eingeschlagen hatte, um an eine Flasche Wein zu kommen. In der Eighth Avenue hatte er sich mit einem Penner geprügelt, der unbedingt mit Helen vögeln wollte, und sich das erste Glied am Mittelfinger gebrochen, das hinterher schief zusammenwuchs. Und das kleine Stück, das an der Kuppe des linken Daumens fehlte, hatte ihm ein wilder Bursche in Philadelphia abgebissen, der ihm seinen Hut stehlen wollte.

Aber keiner von denen ist ungeschoren davongekommen. Francis hat ihnen jede Narbe heimgezahlt und kann sich noch heute genau an jeden einzelnen von diesen Brüdern erinnern. Die meisten waren wohl inzwischen gestorben; womöglich gar von eigener Hand. Oder war etwa Francis' Hand im Spiel gewesen?

Rowdy Dick.

Harold Allen.

Der Name des letzteren bildete für Francis plötzlich einen magischen Schlüssel zur eigenen Vergangenheit. Zum erstenmal in seinem Leben spürte er, daß in ihm noch andere Kräfte wirkten, als nur sein bewußter Wille: Es war der Einblick in eine Gesetzmäßigkeit, eine Übersicht über all die Gewalttätigkeit in seinem Leben, darüber, wie viele Männer schon unter seiner Hand zum Krüppel geworden oder gestorben waren, oder wie viele als indirekte Folge seines rabiaten Verhaltens so zu Tode gekommen waren wie jene zwei verdutzt dreinschauenden namenlosen Phantomgestalten. Francis hinkte und würde bis an sein Lebensende hinken mit dem eingesetzten Metallstück in seinem linken Bein, bloß weil ihm einer eine Flasche Orangenlimonade geklaut hatte. Er fand den Mann, einen verhärmten Knilch, und nahm sie ihm wieder ab. Aber der Kleine verpaßte ihm einen Hieb mit einem Beilstiel, der den Knochen splittern ließ. Und was tat Francis? Nun, der Knilch war zu mickrig, um ihn zu verprügeln, also stieß Francis ihn mit dem Gesicht in den Dreck und biß ihm ein Stück Fleisch aus dem Nacken.

Es gibt Dinge, sagt sich Francis heute, die hab ich nie tun lernen wollen.

Und es gibt Dinge, die hab ich getan, ohne daß ich sie je hätte lernen müssen.

Und mit denen hab ich auch nie was zu schaffen haben wollen.

Als er nun auf seine Hände herabblickte, kamen sie ihm vor wie Abgesandte aus einem verfemten Winkel seiner Psyche, wie die Urheber eines ungewollten verhängnisvollen Elements in seinem Leben. Im Rückblick schien er schon immer der Mörder in der Familie gewesen zu sein; keiner sonst in der Verwandtschaft hatte seines Wissens nach ein Leben so voller Gewalttätigkeit geführt. Und doch hatte sich Francis diese Art von Leben nie freiwillig ausgesucht.

Aber du hast es drauf angelegt, *mich* umzubringen, ließ sich das schweigende Phantom Harold Allens hinter ihm vernehmen.

«Nee», erwiderte Francis, ohne sich umzuwenden. «Nicht, irgend jemand umzubringen. Bloß was kaputtschlagen, Dampf ablassen. Vielleicht 'n Fenster von der Trambahn einschmeißen, bißchen Krawall machen, so in der Art.»

Aber du hast auch da schon gewußt, an diesem frühen Punkt deiner Baseballkarriere, wie genau du zielen konntest. Du warst stolz auf dieses Talent. Und das hast du mitgebracht zu der Demonstration an jenem Tag, und deshalb hast du auch den ganzen Morgen darauf verwendet, dir glatte, runde Steine vom Gewicht eines Baseballs zusammenzusuchen. Du hast auf mich gezielt, weil du ein Held sein wolltest.

«Aber nicht, um dich umzubringen.»

Etwa, um mir nur 'n Auge auszuwerfen? War es das?

Francis erinnerte sich jetzt an die aufrechte Gestalt Harold Allens in dem Tramwagen, die unstreitig ein gutes Ziel bot. Erinnerte sich an die harmonische Übereinstimmung dieses Anblicks mit der Bewegung des Armes, der Distanz mit der Drehung des Handgelenks. Sein Leben lang hatte er sich haargenau daran erinnert, wie Harold Allen leblos zusammengesackt war, als ihm der Stein knapp unterm Haaransatz ein Loch in die Stirn schlug. Und Francis hatte zwar nicht gehört, sich aber fortan stets vorgestellt, wie es geklungen haben mußte, als der Stein (wie schnell mochte der sein, so um die 70 Meilen?) auf Harold Allens Schädel geprallt war. Der Schädel, beschloß er, mußte sich dabei so hohl und widerstandsfähig angehört haben wie eine Wassermelone, die unter der Wucht eines Baseballschlägers zerbirst.

Francis dachte über das heimtückische Eigenleben seiner Hände nach und fragte sich, wie sich Skippy Maguire wohl in späteren Jahren den selbstmörderischen Impuls seiner linken Hand erklärt haben mochte. Wie kam es, daß Francis immer wieder Selbstmordgedanken durch den Kopf gingen? Wenn du morgens irgendwo im Gestrüpp in den Außenbezirken von Pittsburgh halb erfroren zu dir kommst, zu steif, ein Glied zu rühren, und so starr im Gras liegst wie ein Stück Alteisen, dann sagst du dir: Francis, so eine Nacht wie die willst du nie wieder erleben, und auch so einen Morgen nicht mehr. Sobald die nächste Brücke auftaucht, springst du runter und machst Schluß.

Aber nach 'ner Weile rappelst du dich auf, pulst dir den Frost aus den Ohren, schlurfst irgendwohin, dich aufwärmen, schnorrst einen Nickel für 'ne Tasse Kaffee und schlägst einen Weg ein, der dich an keiner Brücke vorbeiführt.

Francis kapierte es nicht, dieses Liebäugeln mit Selbstmordgedanken, und dann seine Flucht vor ihnen. Er wußte nicht, weshalb er sich nicht längst von einer Brücke gestürzt hatte wie Helens Vater, als dem klargeworden war, daß er am Ende war. Vielleicht, weil er viel zu beschäftigt damit war, die nächste halbe Stunde zu überstehen. Da bleibt gar nicht die Zeit für einen tiefen Blick ins große schwarze Loch, denn Francis ist einer, der immer gleich die Beine in die Hand nimmt, wenn irgendwas schiefgeht; dem ist nie die Zeit geblieben, lang genug an einem Platz zu verweilen, um einfach abzunibbeln.

So oft davonzulaufen hat er eigentlich auch nie im Sinn gehabt. Aber wer hätte schon damit gerechnet, daß seine Mutter, kurz nach Francis' Hochzeit mit Annie, vor der versammelten Familie beim Thanksgiving-Dinner erklären würde, daß weder er noch seine kleine, gewöhnliche Frau künftig in diesem Haus willkommen waren? Nach zwei Jahren hatte die alte Hexe sich erweichen lassen und Francis das Recht zugestanden, zu Besuch kommen zu dürfen. Aber hingegangen war er nur ein einziges Mal, und selbst da hatte er keinen Fuß über die Schwelle gesetzt, weil er feststellen mußte, daß sich die Besuchserlaubnis nicht auf die höchst ungewöhnliche Annie an seiner Seite erstreckte.

Damit war der Kontakt mit seiner Familie in der Colonie

Street im großen und ganzen beendet gewesen. Sie räumten die Wohnung, die er neun Häuser weiter gemietet hatte, siedelten über ins North End, um in der Nähe von Annies Familie zu sein, und Francis hatte nie wieder einen Fuß in dieses gottverdammte Haus gesetzt, bis das alte zänkische Weib (diese melancholische, verschrobene, querköpfige und bedauernswerte Frau) gestorben war.

Sich abwenden.

Eine Art Flucht; die erste.

Und wieder eine Flucht, nachdem er den Streikbrecher getötet hatte.

Und von da an jeden Sommer neuerliche Flucht, um, solange sich die Möglichkeit dazu bot, das eine Talent unter Beweis zu stellen, in dem er voll und ganz aufging, das ihn tanzen und springen ließ auf dem Rasen unter dem Getöse der Blaskapellen, den anfeuernden Zurufen heiserer Männerkehlen, dem erregten Beifall der Menge. Die Flucht hatte Francis während all jener Jahre sein seelisches Gleichgewicht bewahrt, aber fragt ihn nicht weshalb. Er liebte das Familienleben mit Annie und den Kindern, mochte seine Schwester Mary sehr, etwas weniger seine Brüder Peter und Chick und den geistig zurückgebliebenen Tommy, die ihn alle in seinem neuen Heim besuchen kamen, nachdem er bei ihnen daheim nicht mehr willkommen war.

Es gab vieles, was er liebte oder halbwegs gern mochte an Albany.

Aber dann ist es auf einmal wieder Februar,

Jetzt wird's nicht mehr lange dauern, bis der Schnee geschmolzen ist und wieder das frische grüne Gras sprießt,

Dann hört er sie wieder im Hinterkopf, die Musik, die ihn zum Tanzen bringt,

Und sehnt sich danach zu flüchten,

Und er flüchtet.

Hinter der Sacred Heart Church trat ein Mann aus einem Mietshaus und winkte Rosskam, der sein Pferd zügelte, anhielt und vom Kutschbock stieg, um ein Angebot auszuhandeln. Vom Wagen herab beobachtete Francis, wie aus der Public School No. 20, ein Stück weiter oben, eine Schar von Kindern kam und die Straße überquerte. Eine Frau, wohl die Lehrerin, wie Francis annahm, stellte sich mit erhobenem Arm ein paar Schritte weit auf die Kreuzung und unterstrich damit das Haltesignal der roten Ampel, obwohl weit und breit kein Auto zu sehen war, höchstens Rosskams Fuhrwerk, und das stand am Straßenrand. Die Schulkinder, die den weltlichen Teil ihres Schultages hinter sich hatten, marschierten wie eine Ameisenkolonne über die Straße, in die Obhut zweier Nonnen, schwarze, sanft dahingleitende Gestalten, die sie am Eck gegenüber erwarteten, um die fügsamen jungen Seelen mit Gottes heiliger Wahrheit zu erfüllen. Gesegnet seien die Demütigen. Francis erinnerte sich daran, wie Billy und Peg als Kinder von der alten Schule einst auf gleiche Weise derselben Kirche überantwortet wurden, um über die Wege Gottes unterwiesen zu werden, als ob die je ein Mensch ergründen könnte.

Der Gedanke an Billy und Peg ließ ihn schaudern. Er war nur einen Block weit von dem Haus entfernt, in dem sie wohnten. Die Adresse hatte er in der Zeitung gelesen. Vielleicht schau ich mal eines Sonntags vorbei und bring einen Truthahn mit, hatte er zu Billy gesagt, als der ihn bei ihrem ersten Treffen bat, doch nach Hause zu kommen. Und Billy hatte entgegnet: Wer zum Teufel will denn einen Truthahn? Tja, wer will schon 'nen Truthahn, hatte Francis da geantwortet. Nun aber lautete seine Antwort: Ich schon irgendwie.

Rosskam stieg wieder auf den Wagen, ohne mit dem Mann aus dem Mietshaus, der seinen Müll loswerden wollte, handelseinig geworden zu sein.

«Manche Leute», sagte Rosskam und starrte dabei auf das Hinterteil seines Pferdes, «die wissen nicht, was Schrott ist. Das ist nun mal kein Müll. Und Müll, das ist nun mal kein Schrott.»

Das Pferd setzte sich in Bewegung; bei jedem Klappern seiner Hufe nahm die Beklemmung in Francis' Brust zu. Wie sollte er das angehen? Was sollte er sagen? Da gab's nicht viel zu sagen. Vergiß es. Nee, da klopfst du einfach an die Tür. Tja, da bin ich. Oder vielleicht bloß: Wie sieht's aus mit 'ner Tasse Kaffee? Mal sehn, wie weit du damit kommst. Du wirst um keinen Gefallen bitten und keine Versprechungen machen. Keine Entschuldigungen. Und heul ja nicht. Du stellst klar, daß du nur auf einen kurzen Besuch reinschaust. Hörst, was es Neues gibt, machst deine Aufwartung und verkrümelst dich wieder.

Aber was war mit dem Truthahn?

«Ich denke, ich werd ein Stückchen weiter dort oben absteigen», sagte Francis zu Rosskam, der ihm einen schiefen Blick zuwarf. «Der Tag ist eh bald um, und in 'ner Stunde oder so wird's ohnehin dunkel, hab ich recht?» Er blickte auf zum Firmament; der Himmel war verhangen, doch es war heller Tag, und im Westen sah man einen vagen Schimmer Sonne.

«Du willst aufhören, bevor es dunkel wird?» fragte Rosskam. «Bevor es dunkel ist, kommst du mir nicht weg.»

«Ich muß 'n paar Leute besuchen, die da vorn wohnen. Die hab ich schon 'ne ganze Weile nicht mehr gesehn.»

«Dann geh und besuch sie.»

«Ich hätt natürlich gerne meinen Lohn für die Arbeit, die ich bis jetzt geleistet hab.»

«Du hast nicht den ganzen Tag gearbeitet. Komm morgen früh vorbei, bis dahin überleg ich mir, wieviel du kriegst.»

«Aber fast den ganzen. Müssen so an die sieben Stunden sein – und keine Mittagspause.»

«Einen halben Tag hast du gearbeitet. Dunkel wird's erst in drei Stunden.»

«Das war mehr als 'n halber Tag. Ich hab länger gearbeitet als sieben Stunden. Ich meine, einen Dollar können Sie mir abziehen. Das wär gerecht. Ich bin mit sechs zufrieden statt sieben, und ein Vierteldollar geht fürs Hemd ab. Bleiben also fünffünfundsiebzig.»

«Du hast 'nen halben Tag gearbeitet und kriegst dafür 'nen halben Tageslohn. Dreifuffzig.»

«Nee.»

«Nee? Hier bin ich der Boss.»

«Stimmt. Sie sind der Boss. Und 'n starker Bursche obendrein. Aber ich bin kein Dummkopf, und ich merk, wenn mich einer übers Ohr hauen will. Und ich sag's Ihnen lieber gleich, Mr. Rosskam, ich kann hundsgemein werden, wenn man mich auf die Palme bringt.» Er streckte Rosskam seine Hand zur Begutachtung hin. «Wenn Sie glauben, ich würd nicht um das kämpfen, was mir zusteht, dann schauen Sie mal genau hin. 's gibt nichts, was diese Hand nicht schon mitgemacht hätte. Die schreckt vor nichts zurück. Die hat schon einige ins Jenseits befördert. Verstanden?»

Rosskam zügelte das Pferd, zog die Wagenbremse an und schlang die Zügel um einen Haken am Trittbrett. Das Fuhrwerk stand auf halber Höhe des Straßenblocks, genau gegenüber vom Hauptportal des Schulgebäudes. Weitere Kinder kamen heraus und marschierten in übermütigen Doppelreihen in Richtung Kirche. Gesegnet seien die vielen Demütigen. Rosskam besah sich die Hand, die Francis ihm da unter die Nase hielt, den Zeigefingerstummel, die leuchtendroten Narben und pulsierenden Venen, die leicht zur vagen Andeutung einer Faust gekrümmten Finger.

«Drohen, aha», sagte Rosskam, «drohen willst du mir. Ich kann's gar nicht leiden, wenn man mir droht. Fünffünfundzwanzig zahl ich, und keinen Cent mehr.»

«Fünffünfundsiebzig. Ich meine, fünffünfundsiebzig ist ein gerechter Lohn. Man soll gerecht sein im Leben.»

Rosskam zog aus seinem Hemd die Lederbörse mit dem Wechselgeld, die er an einer Lederschnur um den Hals trug. Er machte sie auf und zog fünf Dollarscheine aus einem Bündel, zählte sie zweimal nach und drückte sie Francis in die ausgestreckte Hand, die der jetzt umdrehte, um das Geld in Empfang zu nehmen. Dann legte er die 75 Cents darauf.

«'n Penner ist halt 'n Penner», sagte Rosskam. «Ich werd keinen Penner mehr anheuern.»

«Danke Ihnen», sagte Francis und steckte sein Geld ein.

«Deine Sorte kann ich überhaupt nicht leiden», sagte Rosskam.

«Nun, ich mag Sie schon irgendwie», erwiderte Francis. «Und eigentlich bin ich gar nicht mal so 'n übler Bursche, wenn man mich näher kennenlernt.» Er sprang vom Wagen und hob die Hand zum Gruß; Rosskam fuhr an, ohne ihn eines weiteren Blickes oder Kommentars zu würdigen, und rollte davon mit seinem Fuhrwerk halb voll Schrott, auf dem keine Phantome mehr saßen.

Francis näherte sich dem Haus und hinkte dabei so stark wie seit Wochen nicht. Das Bein tat zwar weh beim Gehen, doch der Schmerz hielt sich in Grenzen. Dennoch war er außerstande, es wie sonst vom Boden zu heben. Sein Gang war unendlich schleppend; einem Passanten wäre es vorgekommen, als versuche er das Bein jedesmal aus einem Leimtopf zu ziehen. Das Haus selbst konnte er aus dieser Entfernung nicht sehen, nur eine graue Veranda, von der er annahm, daß sie zu ihm gehörte. Er machte eine Verschnaufpause und sah eine rundliche Frau im mittleren Alter aus einem Haus treten. Als sie an ihm vorüberwollte, sprach er sie an.

«Entschuldigen Sie, Verehrteste, aber können Sie mir sagen, wo ich hier 'nen hübschen runden Truthahn kriege für mein Geld?»

Die Frau sah ihn erst entgeistert an, dann entsetzt, machte auf dem Absatz kehrt und verschwand wieder im Haus. Beklommen sah ihr Francis hinterher. Wieso jagte er einer Frau mit einer so einfachen Frage nur einen solchen Schreck ein, wo er doch stocknüchtern war und ein frisches neues Hemd anhatte? Die Tür des Hauses ging erneut auf und ein kahlköpfiger Mann erschien im Türrahmen, nur mit Unterhemd, Hose und Strümpfen bekleidet.

«Was hast du meine Frau gefragt?»

«Ich hab gefragt, ob sie wüßte, wo ich hier 'nen Truthahn kriegen kann.»

«Wozu?»

«Na ja», meinte Francis, machte eine Pause und scharrte mit

dem Fuß am Boden, «ich seh schon, Sie halten das ganze für 'ne Ente.»

«Zieh bloß Leine, Freundchen.»

«Geh ja schon», sagte Francis und hinkte weiter.

Er winkte einer Gruppe von Schuljungen, die gerade über die Straße auf ihn zukamen, und fragte: «He, Jungs, wißt ihr, wo hier in der Nähe ein Fleischerladen ist?»

«Ja, der Fleischerladen von Jerry», sagte einer, «an der Ecke Broadway und Lawn.»

Francis hob die Hand und salutierte vor dem Jungen, während die anderen dastanden und starrten. Als er weiterging, machten sie alle kehrt und rannten ihm voran. Er passierte das Haus, ohne einen Blick darauf zu werfen; mit dem Hinken wurde es ein wenig besser. Bis zu dem Fleischerladen unten am Broadway waren es zwei Blocks hin und zwei zurück. Vielleicht hatten sie dort 'nen Truthahn. Sich notfalls mit 'nem Huhn zufriedengeben? Nee, kam nicht in Frage.

Bis er in die Lawn Avenue einbog, machte ihm sein Bein kaum noch Beschwerden, und als er am Broadway anlangte, hatte sich sein Gang, für seine Begriffe, wieder normalisiert. Der Dielenboden in Jerrys Fleischerladen war mit Sägemehl bestreut und außergewöhnlich sauber. Unter der schräg geneigten, blitzblanken Scheibe der Vitrine sah Francis, der einzige Kunde, auf glänzendweißen Emailletabletts frische Leber und Nieren vor sich aufgereiht, Speckseiten, verlockende Steaks und Koteletts sowie hübsch garniertes Wurstbrät und Hackfleisch.

«Was darf's sein?» fragte ihn ein weißbeschürzter Fleischer. Sein Haar war so pechschwarz, daß die Gesichtshaut darunter wie gebleicht aussah.

«Truthahn», sagte Francis. «Ich hätt gern 'nen hübschen toten Truthahn.»

«Ist die einzige Sorte, die wir führen, hübsch und tot», sagte der Fleischer. «Wie groß?»

«In welcher Größe gibt's die denn?»

«Sie glauben gar nicht, wie groß die werden.»

«Da bin ich aber gespannt.»

«So 25 bis 28 Pfund.»

«Wie teuer sind denn diese großen Burschen?»

«Kommt ganz aufs Gewicht an.»

«Ah ja. Und was kostet dann das Pfund?»

«44 Cents.»

«44 Cents. Sagen wir mal rund 40.» Er rechnete. «Haben Sie vielleicht einen Zwölfpfünder da?»

Der Fleischer verschwand hinter einer weißlackierten Kühltür. Er kam wieder, in jeder Hand einen Truthahn, legte erst den einen, dann den anderen auf die Waage.

«Der hier hat zehn Pfund, dieser zwölfeinhalb.»

«Dann nehmen wir den großen», sagte Francis und legte seine fünf Dollarscheine plus Kleingeld auf die Theke, während ihm der Fleischer den Truthahn in einen Bogen Wachspapier einschlug. 25 Cents ließ ihm der Fleischer liegen.

«Wie geht das Geschäft, Meister?» fragte ihn Francis.

«Schlecht. Es gibt kein Geld mehr bei den Leuten.»

«Gibt es schon. Man muß nur hingehn und sich's holen. Schaun Sie die fünf Dollar an, die ich Ihnen eben hingeblättert hab. Die hab ich grad heut nachmittag verdient.»

«Wenn ich mir mein Geld woanders verdiene, wer soll dann hier den Laden führen?»

«Stimmt auch wieder», sagte Francis, «ich schätze, manchen Leuten bleibt gar nichts andres übrig, als dazusitzen und abzuwarten. Aber Sie ham hier ja einen hübschen sauberen Laden zum Warten.»

«Ein schmuddeliger Fleischer kann heutzutage gleich dichtmachen.»

«Das Fleisch sollte man sauberhalten, da ham Sie recht.»

«Genau. Das ist 'n guter Rat, den jedermann beherzigen sollte. Lassen Sie sich Ihren toten Truthahn schmecken.»

Francis ging am Broadway entlang bis zur Ecke, an der Bradys Kneipe lag, und um sich das endlich mal bei Tage anzusehen, schaute er die abfallende North Street hinab, dorthin, wo an ihrem Ende die Scheune vom alten Blech-Welt stand und wo sich einst die Erie Canal-Schleuse befunden hatte. Ein paar Häuser mehr standen jetzt in der Straße, aber so furchtbar viel hatte sich hier gar nicht verändert. Er hatte einen flüchtigen Blick aus dem Bus darauf geworfen, dann gestern abend wieder von der Scheune aus, doch trotz all der Veränderungen, die die Zeit mit sich gebracht hatte, stand vor seinen Augen jetzt nur der Anblick von einst, starrte er auf wiederaufgefundene Vergangenheit. Zwei Männer kamen soeben die Straße herauf zum Broadway; einer von ihnen sah ganz ähnlich aus wie er damals mit einundzwanzig. Und bei jedem Schritt, den der junge Mann machte, begriff Francis, welch ein steiler, beschwerlicher Weg es war, bis hier herauf zu der Stelle, wo er stand.

Er spürte, wie ihm die Kälte des Truthahns durch den Mantel drang und Arm und Hüfte auskühlen ließ. Er wechselte das Paket auf die linke Seite, machte kehrt und machte sich auf den Weg die North Third Street hinauf zum Haus seiner Familie. Vielleicht, überlegte er, denken sie, ich bring ihnen den Truthahn nur, damit sie ihn gleich in die Röhre schieben. Ich werd einfach sagen: Hier ist 'n Truthahn, den könnt ihr euch irgendwann sonntags braten.

Auf der Straße kamen ihm Kinder auf Fahrrädern entgegen. Links, in der Walter Street, waren die Gesteige mit Laub bedeckt. Sein Bein begann zu schmerzen, die Füße waren wieder wie festgeleimt. Diese gottverdammten Beine führen auch ein Eigenleben. Er bog um die Ecke, sah die Vortreppe und ging an ihr vorbei. Er betrat die Einfahrt und blieb vor der Seitentür neben der Garage stehen. Er starrte auf den getüpfelten weißen Vorhang hinter den vier kleinen Fensterchen in der Haustür, blickte auf den Türknauf und dann auf den Aluminiumkasten, in dem der Milchmann morgens immer die Milchflaschen deponierte. 'ne ganze Batterie von Milchflaschen hatte er schon aus genau solchen Dingern geklaut. Penner. Mörder. Dieb. Er drückte auf den Klingelknopf, hörte Schritte, sah, wie der Vorhang beiseite geschoben wurde und ein Auge erschien, sah, wie die Tür zwei Zentimeter weit aufging.

«Tach», sagte er.

«Ja?»
Da stand sie.
«Hab dir 'n Truthahn mitgebracht.»
«Einen Truthahn?»
«Ja. 'nen Zwölfeinhalbpfünder.» Er hielt ihn mit einer Hand hoch.
«Ich versteh nicht ...»
«Ich hab zu Bill gesagt, ich käm sonntags mal vorbei und brächte 'nen Truthahn mit. Ist zwar kein Sonntag heute, aber ich bin trotzdem hergekommen.»
«Bist du es, Fran?»
«Einer von diesen Kerlen vom Mars bin ich jedenfalls nicht.»
«Ach, mein Gott. Mein Gott, mein Gott.» Sie machte die Tür weit auf.
«Wie geht's dir, Annie? Gut schaust du aus.»
«Oh, komm doch rein, komm rein.» Sie ging ihm die fünf Stufen hinauf voran. Links neben der Haustür führte eine Treppe in den Keller – er hatte sich ausgemalt, wie ihn sein erster Weg dort hinunterführen könnte, und wie er erst ein paar Trödelsachen zu Rosskams Wagen heraustragen würde, bevor er sich zu erkennen gab. Nun betrat er das Haus ohne diesen Umweg und schloß hinter sich die Seitentür. Erklomm die fünf Stufen, während ihn Annie ohne Unterlaß ansah, dann ging's in die Küche, sie rückwärts vor ihm her. Wie die mich anstarrt. Aber sie lächelt. Na fein.
«Billy hat uns erzählt, daß er dich getroffen hat», sagte sie. Mitten in der Küche hielt sie an, und Francis blieb ebenfalls stehen. «Aber er hat nicht geglaubt, daß du je herkämst. Ach du liebe Güte, was für eine Überraschung. Wir haben die Geschichte über dich in der Zeitung gelesen.»
«Ich hoffe, ich hab euch damit keine Schande gemacht.»
«Wir fanden's alle witzig. Alle in der Stadt fanden es witzig, daß sich einer zwanzigmal zur Wahl registrieren läßt.»
«Einundzwanzigmal.»
«O je, Fran. Meine Güte, ist das eine Überraschung!»
«Hier, nimm mir doch mal diesen Vogel ab. Ich hab schon eiskalte Hände.»

«Du hättest doch nichts mitzubringen brauchen. Und dann auch noch einen Truthahn. Was der gekostet haben muß!»

«Iron Joe hat immer zu mir gesagt: Francis, komm nie mit leeren Händen. Auf die Klingel kannste auch mit dem Ellbogen drücken.»

Sie trug ein Gebiß. Vorbei war's mit den blitzenden Zähnen von einst. Ihr Haar war stahlgrau geworden, nur hier und da war noch eine Spur Braun zu sehen. Ihre Wangen waren ein wenig eingefallen, das kam wohl vom Gebiß. Aber dieses Lächeln war genauso wie eh und je, das liebenswürdige Lächeln einer ehrbaren Frau. Sie hatte zugenommen: größere Oberweite, breitere Hüften, und aus den Schuhrändern quoll es heraus, Krampfadern unter den Strümpfen, gerötete Hände, und die Schürze hatte Flecken. Das kommt dabei raus, wenn ein hübsches Mädchen, wie sie es einst war, Hausarbeit verrichtet.

Wie sie sie einst war, als sie in den Schankraum des alten *Wheelbarrow* trat.

Iron Joes Kneipe am Ende der Main Street, wo die Kanalschiffer und die Arbeiter aus den Sägewerken ihren Durst stillten.

Das schönste Kind im ganzen North End. Das sagten die Leute immer, wenn ein Mädchen hübsch war.

Aber bei ihr stimmte es.

Sie kam rein und suchte ihren Vater.

Und Francis, der sich schon zwei Monate lang mit dem Entschluß trug, sprach sie endlich an.

Tach, sagte er.

Zwei Stunden später saßen sie händchenhaltend zwischen zwei hohen Bretterstapeln auf Kibbees Holzplatz, wo sie kein Mensch sehen konnte, und Francis redete lauter tölpelhaftes Zeug, von dem er sich geschworen hatte, daß ihm dergleichen nie über die Lippen kommen würde.

Und dann küßten sie sich.

Nicht unmittelbar danach, doch ein paar Stunden, vielleicht sogar ein paar Tage später, hatte Francis diesen Kuß mit dem ersten Kuß von Katrina verglichen und fand sie so verschieden voneinander wie Katz und Hund. Als er sich nun an beide zurückerinnerte, während er hier stand und auf die künstlichen Zähne in Annies Mund blickte, da begriff er, daß ein Kuß ebenso Ausdruck einer Lebensart ist wie ein Lächeln oder eine narbenübersäte Hand. Küsse kommen von unten herauf, oder sie kommen von oben herab. Manchmal kommen sie aus dem Kopf, manchmal aus dem Herzen, und manchmal einfach bloß von da unten zwischen den Beinen. Küsse, die nach einer Weile abklingen, kommen allein aus dem Herzen und hinterlassen einen lieblichen Nachgeschmack. Küsse aus dem Kopf neigen dazu, im Mund anderer Leute irgendwas beweisen zu wollen, und drücken kaum Gefühle aus. Und Küsse, die Hirn und Zwickel zugleich entspringen, mit vielleicht ein klein wenig Herz dabei, wie die von Katrina, nun, das sind Küsse, die einem so durch Mark und Bein gehen können, daß man sie sein Lebtag nicht mehr vergißt.

Aber dann kriegst du einen wie diesen allerersten Schmatz dort auf dem Holzstapel bei Kibbees, einer, der aus Kopf, Herz und Zwickel zugleich kommt, und aus den Händen auf deinem Haar, aus diesen Brüsten, die noch himmelweit entfernt sind von ihrer heutigen Überfülle; auch aus der Art und Weise, wie diese Arme dich umschlingen, und aus der Zeit selbst, die verrinnt und zeigt, wie lange dieser Kuß andauern kann, ohne daß auch nur andeutungsweise etwas wie Langeweile aufkäme, Langeweile wie spater bei den Kussen fast aller Frauen außer Helen; ein Kuß, der auch aus den Fingern (Katrina hatte solche Finger) kommt, die dein Gesicht umfahren, es durchqueren und den Hals hinabwandern, aus dem Griff, mit dem du ihre Schultern umfaßt, vor allem, wenn deine Hände auf den beiden Knochen liegen, die dort hinten aus ihrem Rücken ragen wie zwei Engelsflügel, und aus diesen Augen, die immer wieder auf- und zugehen, sich vergewissern, daß es immer noch weitergeht, immer noch Wirklichkeit ist und nicht bloß irgendwas, das du dir zusammenträumst, und merken, das ist echt, und sich unbesorgt wieder schließen können; und aus dieser Zunge, heiliger Bimbam, diese Zunge, du mußt sie doch mal fragen, wo sie das gelernt hat, denn so gut hat das noch keine gekonnt außer Katrina, die verheiratet war und Mutter dazu und ein

Recht hatte, sich in so was auszukennen, aber Annie, Menschenskind, Annie, wo hast du denn das gelernt, oder knutschst du dich etwa regelmäßig hier auf diesem Holzstoß (nee, nee, nee, ich weiß, du nie, ich hab's immer gewußt, du nie), und so ist es also ganz natürlich, daß ein Kuß bei einer Frau wie Annie aus jeder Faser ihres Körpers kommt, und mehr noch, aus diesem Mund mit den neuen Zähnen, die Francis gerade ansieht, mit den gleichen Lippen, an die er sich erinnert und die er nicht mehr küssen will, höchstens in der Erinnerung (Änderungen vorbehalten), und er sieht weit hinaus über diesen Mund und tief hinein auf einen urzeitlichen Ort im Wesen dieser Frau, einen Ort, der in ihm nicht allein die Erinnerung an vergangene Jahre wachruft, sondern an ganze Jahrzehnte, und mehr noch, die Erinnerung an ganze Epochen und Äonen, so daß er überzeugt ist: ganz einerlei, wo er je mit einer Frau gesessen und diese Gefühle empfunden haben mochte, ob in einer Steinzeithöhle, einer primitiven Hütte am Rande der Sümpfe oder auf einem Holzstapel in North Albany, jeder für sich wußten sie beide, daß es in ihnen etwas gab, das nicht länger eins bleiben durfte, sondern zwei werden und geloben mußte, daß es von nun an keinen anderen mehr geben würde (und das hatte es eigentlich auch nicht) und daß da Treue und Souveränität und Ergebenheit sein würden und all dieser närrische Unfug, mit dem die Leute sich um den Verstand bringen, wenn das, was sie sagen, nichts mit zeitlich meßbarer Ewigkeit zu tun hat, und dafür um so mehr mit der beiderseitigen Erkenntnis immerwährender Zweisamkeit – nun, Sir, da wußten beide, Francis und Annie wie die Francisse und Annies aller Zeiten, in eben diesem Augenblick, daß es etwas zwischen ihnen gab, das nicht länger zwei bleiben durfte, sondern eins werden mußte mit dem andern.

Das war der tiefere Sinn dieses Kusses.

Anderthalb Monate später heirateten Francis und Annie.

Katrina, ich werde dich immer lieben.

Wie auch immer, irgend etwas ist dazwischengekommen.

«Ein Truthahn», sagte Annie. «Du bleibst 'n bißchen da, und ich schieb ihn unterdessen in die Röhre.»

«Nee, das dauert doch ewig. Den eßt ihr einfach, wann ihr Lust habt. Am Sonntag oder sonstwann.»

«So lange dauert's gar nicht, bis der gar ist. In ein, zwei Stunden ist er fertig. Du wirst doch nicht so bald wieder davonlaufen, nachdem du so lange fortgewesen bist?»

«Ich lauf schon nicht davon.»

«Gut. Dann laß ihn mich gleich mal in den Ofen schieben. Wenn Peg nach Hause kommt, können wir Kartoffeln und Zwiebeln schälen, und Danny kann loslaufen und ein paar Preiselbeeren holen. Ein Truthahn. Na so was. Dies Jahr sind wir aber früh dran.»

«Wer ist Danny?»

«Du kennst Danny nicht? Aber natürlich, wie solltest du auch. Das ist der Kleine von Peg. Sie hat George Quinn geheiratet. George kennst du ja, und die beiden haben einen Sohn. Er ist zehn.»

«Zehn Jahre?»

«Geht in die vierte Klasse und ist ganz schön pfiffig.»

«Gerald wär jetzt zwoundzwanzig.»

«Ja, das wär er.»

«Ich bin an seinem Grab gewesen.»

«An seinem Grab? Wann?»

«Gestern. Hab einen Tag auf dem Friedhof gearbeitet, und da hab ich sein Grab ausfindig gemacht und 'n Weilchen geredet.»

«Geredet?»

«Mit Gerald. Ihm erzählt, wie es war. 'ne ganze Menge hab ich ihm erzählt.»

«Ich wette, er hat sich gefreut, von dir zu hören.»

«Schon möglich. Wo steckt Bill?»

«Bill? Oh, du meinst Billy. Wir sagen alle Billy zu ihm. Der hält grad ein Nickerchen. Er hat Ärger mit den Politikern und läßt ziemlich den Kopf hängen. Diese Entführung, weißt du. Der Neffe von Patsy McCall ist entführt worden. Bindy McCalls Sohn. Du hast bestimmt davon gelesen.»

«Ja, hab ich, und Martin Daugherty hat mich auch vor ’ner Weile drüber aufgeklärt.»

«Heut morgen stand ein Artikel in der Zeitung, den Martin über Billy geschrieben hat.»

«Den hab ich auch gelesen. Das war nett von ihm. Martin sagt, sein Vater würd noch leben.»

«Der alte Edward, ja, der lebt noch. Die Daughertys wohnen jetzt in der Main Street. Sein Gedächtnis macht nicht mehr so ganz mit, aber sonst ist er gesund. Wir sehn ihn hin und wieder, wenn Martin mit ihm spazierengeht. Ich werd mal Billy wekken und ihm sagen, daß du da bist.»

«Nee, das hat Zeit. Erzähl doch ’n bißchen.»

«Erzählen? Ja, aber gern. Laß uns doch ins Wohnzimmer rübergehn.»

«Nee, ausgeschlossen, nicht mit meinen Drecksklamotten. Ich komm nämlich grad von der Arbeit beim Lumpensammler. Ich würd dir bloß die ganze Bude einsauen.»

«Aber das macht doch nichts. Überhaupt nichts.»

«Hier drin isses doch wunderbar. Hat man den Blick aus’m Fenster raus in den Garten. Hübsch da draußen. Und einen Collie habt ihr auch.»

«Das ist vielleicht einer. Danny mäht immer den Rasen, und der Hund verbuddelt überall seine Knochen. Nebenan haben sie ’ne Katze, die scheucht er den ganzen Tag den Zaun rauf und runter.»

«Hat sich allerhand verändert in der Familie. Aber das hab ich mir gedacht. Wie geht’s deinen Geschwistern?»

«Denen geht’s gut, nehm ich an. Johnny ändert sich nie. Er ist jetzt Komiteemitglied bei den Demokraten. Josie ist schrecklich dick geworden, sie hat Haarausfall und trägt jetzt einen falschen Zopf. Minnie war zwei Jahre lang verheiratet, dann ist ihr der Mann gestorben. Sie ist ziemlich einsam, wohnt in ’nem möblierten Zimmer. Aber wir besuchen uns alle noch.»

«Billy scheint’s gutzugehen.»

«Er ist halt ein Spieler, und kein sehr guter. Er ist ewig pleite.»

«Er ist anständig zu mir gewesen, als ich ihn das erste Mal

getroffen hab. Da hat er Geld gehabt. Hat meine Kaution gestellt, und anschließend hat er mich sogar noch neu einkleiden wollen. Schließlich hat er mir 'ne Handvoll Scheine zugesteckt, hab ich natürlich alles auf 'n Kopp gehauen. Und 'n forscher Kerl ist er auch, dieser Billy. Ich mag ihn sehr gern. Er hat gesagt, du hättest ihm und Peg nie ein Wort davon erzählt, daß ich damals Gerald fallen lassen hab.»

«Nee. Erst vor kurzem.»

«Annie, du bist eine Frau, wie man sie nicht alle Tage findet. Nicht alle Tage.»

«Darüber reden, damit wär auch nichts gewonnen gewesen. Es war vergessen und vorbei. Es war genausowenig deine Schuld wie meine. Niemand war schuld.»

«Ich weiß nicht, wie ich dir dafür danken soll. Mit danke sagen ist es da nie und nimmer getan. Ich weiß nicht mal ...»

Mit einer Geste brachte sie ihn zum Schweigen.

«Da mach dir mal keine Sorgen», sagte sie. «Es ist vorbei. Komm, setz dich her, erzähl mir, was dich dazu veranlaßt hat, uns endlich mal zu besuchen.»

Er ließ sich auf der Sitzbank in der Frühstücksecke nieder und sah zum Fenster hinaus, an der Topfgeranie mit ihren zwei Blüten vorbei, hinaus auf den Collie und den Apfelbaum, der dort draußen im Garten wuchs und die angrenzenden Gärten auf beiden Seiten an seinem Schatten, an seiner Blütenpracht und an seinen Äpfeln teilhaben ließ, hinaus auf die Blumenbeete, den getrimmten Rasen und den weißen Maschendrahtzaun, der das Ganze einschloß. Wie hübsch und freundlich das alles aussah. Er spürte den heftigen Drang, all seine Missetaten zu beichten, um dieser freundlichen Atmosphäre ebenbürtig zu sein, die er sich hatte entgehen lassen; doch seine Zunge war wie gelähmt und fühlte sich so bleiern an wie zuvor seine Beine, als seine Füße am Boden festgeklebt zu sein schienen. Ihm war, als seien Hirn und Körper mit einem Schlafmittel betäubt, das ihn handlungsunfähig machte und nur seine Wahrnehmung intakt ließ. All das schildern zu wollen, was ihn hierhergeführt hatte, war ein Unding. Es hätte nicht allein einer Rekapitulation all seiner Sünden bedurft, sondern auch all der kurzlebigen verflogenen Träume, all seines planlosen Umhervagabundierens kreuz und quer durchs ganze Land, all der Gelegenheiten, bei denen er in diese Stadt zurückgekehrt war und sie wieder verlassen hatte, ohne Annie oder die Familie auch nur ein einziges Mal zu besuchen und ohne zu wissen, warum er es nicht getan hatte. Es hätte außerdem bedeutet, seinen Hang zur Gewalttätigkeit und seine Angst vor der Justiz zu sezieren, seine gemeinsame Zeit mit Helen ebenso wie seine momentane Flucht vor ihr, auch die Tatsache, daß er so viele Frauen gevögelt hatte, mit denen er im Grunde nichts zu tun haben wollte, seine hemmungslosen Sauftouren und den furchtbaren Kater jedesmal am anderen Morgen; seine Nächte im Chausseegraben; das Anschnorren von Passanten, nicht weil eine Wirtschaftskrise herrschte, sondern, anfangs zumindest, um Helen zu helfen, und später auch, weil man sich damit ohne große Anstrengung über die Runden bringen konnte: es war einfacher als arbeiten. Alles war einfacher, als nach Hause zurückzukehren, sogar sich selbst zu einem asozialen Parasiten zu machen, zu einem verkommenen Subjekt am Straßenrand.

Aber dann ist er nach Hause gekommen.

Jetzt ist er doch zu Hause, oder?

Und wenn das der Fall war, denn lautete die Frage: Warum ist er gekommen?

«Man könnte sagen, daß es durch Billy gekommen ist», sagte er. «Aber das trifft es nicht ganz. Genausogut könnte man die Zugvögel fragen, wieso sie in den Süden fliegen und bei ihrer Rückkehr in den Norden wieder an ihren alten Platz zurückkehren.»

«Irgendwas muß aber doch in dich gefahren sein.»

«Ich würd sagen, weil Billy die Kaution gestellt und mich aus dem Knast geholt hat, und mich dann nach Haus einlud, wo ich dachte, dazu würd mich nie wieder einer einladen nach alldem, was ich getan hab. Und weil ich gehört hab, was du gemacht, besser gesagt nicht gemacht hast, und weil ich nie mitgekriegt hab, was aus Peg geworden ist, und dem mal abhelfen wollte. Ich sag also zu Billy, ich werd kommen, wenn ich mal was für die Leutchen tun kann, aber er meint, komm einfach mal nach

Hause und besuch sie, das ist was, was du für sie tun kannst, den Truthahn kannste dir schenken. Und da bin ich nun. Einschließlich Truthahn.»

«Aber irgendwas muß da doch in dir vorgegangen sein», sagte Annie. «Es war die Frau, nicht? Daß Billy sie getroffen hat?»

«Die Frau?»

«Billy hat mir erzählt, du hättest wieder geheiratet. Eine Frau namens Helen, sagte er.»

«Nicht geheiratet. Wir haben nie geheiratet. Ich hab bloß eine Ehefrau gehabt im Leben.»

Annie, die ihm mit verschränkten Armen am Küchentisch gegenübersaß, verzog ihr Gesicht zu einem andeutungsweisen Lächeln, das er als sarkastisch empfand. Aber dann sagte sie: «Und ich hab nur einen Ehemann gehabt. Überhaupt nur einen Mann im Leben.»

Da war Francis völlig von den Socken.

«Da sieht man, zu was die Religion führt», sagte er, als er die Sprache wiedergefunden hatte.

«Es war nicht die Religion.»

«Du warst so 'ne hübsche Frau, dir müssen die Männer doch in hellen Scharen hinterhergelaufen sein.»

«Versucht haben sie's schon. Aber ich hab nie einen an mich rangelassen. Ich wollte nicht. Selbst wenn ich ins Kino gegangen bin, dann höchstens mit irgendwem aus der Nachbarschaft oder jemand aus der Familie.»

«Ich hätt kein zweites Mal heiraten können», sagte Francis. «Es gibt Dinge, die kann man einfach nicht tun. Aber es stimmt, daß ich mit Helen zusammengewesen bin. Das will ich nicht leugnen. Neun Jahre lang, mit kurzen Unterbrechungen. Sie ist 'n lieber Mensch, aber hilflos wie 'n kleines Kind. Sie findet nicht mal allein über die Straße, wenn man sie nicht an die Hand nimmt. Helen hat mich gepflegt, als ich sterbenskrank und völlig auf 'n Hund gekommen war. Wir sind gut miteinander ausgekommen. Ist 'ne verdammt anständige Frau, kann ich nicht anders sagen. Stammt aus gutem Hause. Aber findet nicht mal allein über die verdammte Straße.»

Annie sah ihn mit betrübtem Blick und verkniffenen Lippen an.

«Wo ist sie jetzt?»

«Irgendwo, und ich will verdammt sein, wenn ich's weiß. Wird sich wohl unten in der Stadt rumtreiben, nehm ich an. Man kann sie unmöglich im Auge behalten. Sie wird eines Tages noch tot auf der Straße umfallen, so wie die durch die Gegend geistert.»

«Sie braucht dich.»

«Schon möglich.»

«Und was brauchst du, Francis?»

«Ich? Hm. 'nen Schnürsenkel könnt ich brauchen. Ich lauf schon zwei Tage lang mit 'nem Stück Schnur im Schuh herum.»

«Ist das alles, was du brauchst?»

«Ich steh noch auf meinen zwei Beinen. Bin immer noch imstande, meiner Arbeit nachzugehen. Oft tu ich's ja nicht, das geb ich zu. Mein Gedächtnis funktioniert noch, und ich hab meine Erinnerungen. Ich erinnere mich an dich, Annie. Das ist was sehr Kostbares. Ich erinnere mich noch genau an den Holzstapel bei Kibbee an dem Tag, an dem ich dich angesprochen hab. Weißt du noch?»

«Als wär's heute morgen gewesen.»

«Die alten Zeiten.»

«So lange her.»

«Jessas, Annie, ihr habt mir gefehlt, ihr und all das hier, aber ich taug nun mal nichts und hab nie was getaugt. Moment. Laß mich zu Ende reden. Wie soll ich denn zu Ende reden, ich find ja nicht mal 'nen Anfang. Aber es gibt was. Was darüber zu sagen. Ich muß da rankommen, muß es rauskriegen. Es tut mir so gottverdammt leid, aber ich weiß, das besagt gar nichts. Ich weiß, das ist nichts weiter als ein Haufen Scheißworte, entschuldige den Ausdruck. Nichts im Vergleich zu dem, was ich dir und den Kindern angetan hab, Annie. Ich kann das nie wiedergutmachen. Fünf oder sechs Monate, nachdem ich abgehauen bin, wurde mir klar, daß dadurch bloß alles immer schlimmer werden würde und daß es keinerlei Möglichkeit gab, das je wieder einzurenken, und keine Aussicht, je zurückzukehren. Und jetzt bin ich bloß zu Besuch hier, sonst nichts. Nur zu Besuch, um dich mal zu sehen, und um euch zu wünschen, daß bei euch alles in Ordnung ist! Ansonsten hab ich hier nichts verloren, ich weiß auch überhaupt keinen Ausweg aus dem ganzen Schlamassel. Mir geht's bloß drum, mal vorbeizuschauen. Ich will nichts, Annie, so wahr mir Gott helfe, ich will nichts weiter, als euch mal alle miteinander sehn. Nur ansehn, damit bin ich schon zufrieden. Einen Blick in diesen Garten rauszuwerfen. Der ist wirklich hübsch. Und der Hund auch. Verdammt hübscher Kerl. Es gäb viel zu sagen, jede Menge zu sagen, zu erklären und all den Scheißdreck, entschuldige den Ausdruck, aber ich bring's nicht fertig, das alles zu erzählen, ich bring's nicht fertig, dir in die Augen zu sehen, während du mir dabei zuhörst. Und ich wette, daß du nicht bereit wärst, dir das anzuhören, wenn du wüßtest, was ich zu erzählen hab. Lausiges Zeug, Annie, lausiges Zeug. Gib mir einfach 'n bißchen Zeit, und 'n Sandwich kannste mir auch geben, ich hab Hunger wie ein Bär. Aber hör zu, Annie, ich hab nie aufgehört, dich und die Kinder zu lieben, vor allem dich – das berechtigt mich zu gar nichts, und ich sage das auch nicht, weil ich mir irgendwas davon verspreche, aber ich hab mein Lebtag dran gedacht, wie es hier war, und das war mit nichts zu vergleichen, was ich anderswo gesehen hab, ob in Georgia, in Louisiana oder Michigan, und ich bin überall rumgekommen, Annie, überall. Und ich wüßte nix auf der Welt, was ich eintauschen würde gegen dich, wie du mir hier am Tisch gegenübersitzt mit deinen verschränkten Armen und deiner flekkigen Schürze. Gottverdammich, Annie. Gottverdammich. Bei Kibbee, als wär's heut morgen gewesen. Da hast du ganz recht. Aber das war einmal, und ich bitt dich um nichts weiter als 'n Sandwich und 'ne Tasse Tee. Nimmste noch den alten Irischen Frühstückstee?»

Worüber dann nach dem, was Francis vorgebracht hatte, und der folgenden Pause gesprochen wurde, war nicht weiter von Belang, außer daß es den Mann und die Frau einander näherbrachte, während sie sich physisch voneinander entfernten, was es Annie ermöglichte, ihm ein Sandwich mit Schweizer Käse und eine Kanne Tee zu machen und dann mit der Zubereitung des Truthahns anzufangen: sie rieb ihn mit Salz und Pfeffer ein, füllte ihn mit altbackenem Brot, zwar nicht altbakken genug, aber es würde gehen, rieb ihn mit Butter ein, bestreute ihn mit Bohnenkraut, gab kleingehackte Zwiebeln und eine Prise Truthahngewürz aus einer kleinen Blechdose mit einem rot und gelb aufgedruckten Truthahn dazu und legte den Vogel in eine Kasserolle, für die er auf Bestellung gemästet und geschlachtet worden zu sein schien, so genau paßte er hinein.

Und Francis ermöglichte es das zwanglose Geplauder unterdessen, ungestört in den Garten hinauszuschauen, den Hund zu beobachten und sich dabei gewahr zu werden, wie dieser Ort sich anschickte, Schauplatz eines Besuchs zu werden, obwohl nichts dort draußen eine solche Entwicklung glaubhaft erscheinen ließ außer seiner eigenen Erwartung, mit der er hinaus auf den Rasen schaute.

Er schaute und wußte, daß er auf dem Sprung war zu entschwinden, diesmal jedoch nicht hinaus, sondern hinauf. Er spürte Federn aus seinen Rücken sprießen, wußte, daß er sich in Kürze in unvorstellbare Regionen emporschwingen würde und merkte ebenso, daß er ein ganzes Jahr lang hätte reden müssen, um zu erklären, was ihn hergeführt hatte, nichtsdestoweniger aber nahm in seinem Kopf ein Szenario Gestalt an: Zwei Könige in zwei Tramwagen steuern auf eine Stelle zu, wo die Strecke eingleisig wird, und als die beiden Tramwagen am Schnittpunkt aufeinandertreffen, krachen sie nicht aufeinander, sondern verschmelzen zu einem Wagen, in dem sich die Könige nun in majestätischer Intrige gegeneinander erheben, ohne daß einer das Gefährt unter Kontrolle hätte, jeder will es steuern, das wild schlingernde, anarchische Gefährt, eine Gefahr für die Allgemeinheit, und dann springt Billy an Bord und reißt die Steuerkurbel an sich, und diesem Hexenmeister überlassen die Könige sofort die Führung.

Er hat mir 'ne Camel angeboten, als ich mir die Lungen rausgehustet hab, dachte Francis.

Dieser Billy weiß, was ein Mann braucht.

Annie war dabei, den Tisch im Eßzimmer mit einem weißen Leinentischtuch zu decken, mit dem Tafelsilber, das ihnen Iron Joe zur Hochzeit geschenkt hatte, und mit Porzellangeschirr, das Francis nicht kannte, als Daniel Quinn nach Hause kam. Der Junge schmiß seine Schultasche in eine Ecke des Eßzimmers, dann hielt er mitten in der Bewegung inne, als er Francis im Kücheneingang stehen sah.

«Hallooo», sagte Francis.

«Danny, das ist dein Großvater», erklärte Annie. «Er ist grad zu Besuch gekommen und bleibt zum Abendessen.» Daniel starrte Francis ins Gesicht und streckte ihm zögernd die Hand hin. Francis schüttelte sie.

«Freut mich, dich zu sehen», sagte Daniel.

«Ganz meinerseits, Junge. Für deine zehn Jahre bist du ja schon 'n großer Bursche.»

«Ich werd elf im Januar.»

«Du kommst grad aus der Schule, nicht?»

«Ja, aus'm Religionsunterricht.»

«Aus dem Religionsunterricht, aha. Ich glaub, da hab ich dich vorhin über die Straße kommen sehen, ohne zu wissen, daß du dabei warst. Haste auch was gelernt heute?»

«Was es mit dem Tag heut auf sich hat. Mit Allerheiligen.»

«Und was hat's mit dem auf sich?»

«Das ist 'n kirchlicher Feiertag. Da muß man in die Kirche gehen. An dem Tag gedenken wir all der namenlosen Märtyrer, die für ihren Glauben gestorben sind und deren Namen keiner kennt.»

«Ach ja», meinte Francis, «kann mich erinnern an die Burschen.»

«Was ist denn mit deinen Zähnen passiert?»

«Daniel!»

«Meine Zähne», sagte Francis, «nun, die meisten haben sich von mir getrennt. Aber 'n paar halten mir noch die Treue.»

«Bist du Opa Phelan oder Opa Quinn?»

«Opa Phelan», sagte Annie. «Er heißt Francis Aloysius Phelan.»

«Francis Aloysius, genau», wiederholte Francis glucksend. «Das hab ich schon lang nicht mehr gehört.»

«Dann bist du der Baseballspieler», sagte Danny, «der in der ersten Liga gespielt hat. Du warst bei den Washington Senators.»

«Früher mal, ja. Heut bin ich nicht mehr aktiv.»

«Billy sagte, du hättst ihm beigebracht, wie man einen *inshoot* wirft.»

«Das weiß er noch, aha?»

«Willste mein Trainer werden?»

«Du bist 'n Werfer, wie?»

«Ab und zu. Ich weiß, wie man einen *knuckleball* wirft.»

«Ist genauso schwer zu treffen wie ein *change of pace*. Wenn du mir einen Baseball holst, zeig ich dir, wie du ihn beim *inshoot* halten mußt.» Worauf Danny in die Küche rannte, in der Speisekammer verschwand, mit Ball und Handschuh wiederkam und sie Francis in die Hand drückte. Der Handschuh war Francis viel zu klein, aber er schob seine Finger ein Stück hinein, hielt den Ball in der Rechten und inspizierte die Nähte. Dann schloß er seinen Daumen und anderthalb Finger um den Ball.

«Was ist denn mit deinem Zeigefinger passiert?» fragte Daniel.

«Der hat sich ebenfalls von mir getrennt. War 'ne Art Unfall.»

«Macht sich das bemerkbar, wenn man einen *inshoot* wirft?»

«Tut es sicher, aber nicht bei mir. Ich rühr keinen Ball mehr an. Werfer bin ich eigentlich nie gewesen, weißt du, aber ich hab mich mit vielen von denen unterhalten. Walter Johnson war 'n Kumpel von mir. Kennste den? Big Train Johnson?»

Der Junge schüttelte den Kopf.

«Egal. Aber der hat mir beigebracht, wie man's macht. Und ich hab's nicht vergessen. Hier, du legst deine beiden Finger genau über die Nähte – so; dann machst du einen Schlenker mit dem Gelenk, hier, so geht das. Wenn du Rechtshänder bist – das biste doch?» Der Junge nickte. «Dann zischt der los wie 'n Brummkreisel, zieht seine Kurve und saust dem Schlagmann genau auf den Bauchnabel, vorausgesetzt natürlich, der ist auch 'n Rechtshänder. Kannst du mir folgen?» Der Junge nickte wieder. «Nun, der Kniff dabei ist, daß du ihn einfach andersrum wirfst wie bei 'nem *outcurve*, der geht so –» Seine Hand beschrieb eine schnelle Drehung im Uhrzeigersinn. «Statt dessen machst du also diesen hier.» Er ließ die Hand wieder nach links schnappen. Dann ließ er den Jungen die zwei Griffe ausprobieren und klopfte ihm anerkennend auf die Schulter.

«Richtig, genauso wird's gemacht. Wenn du das aus dem Effeff beherrschst, dann denkt der Schlagmann, da säß 'n kleines Tierchen in dem Ball, das ihn steuert wie 'n Pilot.»

«Laß uns doch mal rausgehen und es draußen probieren», sagte Daniel. «Ich besorg dir noch einen Handschuh.»

«Handschuh», murmelte Francis und drehte sich zu Annie um. «Du hast nicht zufällig vielleicht meinen alten Handschuh noch irgendwo im Haus rumliegen, Annie? Könnte das sein?»

«Oben auf dem Speicher steht noch 'ne ganze Truhe voller Sachen von dir», sagte sie. «Da könnte er gut drin sein.»

«Da isser drin», sagte Danny. «Ich weiß es, ich hab ihn selber dort gesehn. Ich geh ihn holen!»

«Das wirst du nicht», sagte Annie. «Die Truhe geht dich nichts an.»

«Aber ich hab ihn gesehn! Da sind auch noch ein Paar Spikes drin und Klamotten, Zeitungsausschnitte und alte Fotos.»

«Du hast sie also aufgehoben, Annie, die ganzen alten Sachen», sagte Francis zu ihr.

«An dieser Truhe hattest du nichts verloren», sagte Annie.

«Billy und ich haben uns eines Tages mal die Fotos und Zeitungsartikel angesehn», sagte Daniel. «Billy hat genauso reingeschaut wie ich. Auf den meisten Fotos ist *er* drauf.» Und er deutete auf seinen Großvater.

«Vielleicht möchtest du dir selber ansehen, was drin ist», sagte Annie zu Francis.

«Warum nicht. Vielleicht find ich 'n neuen Schnürsenkel.»

Annie begleitete ihn die Treppe hinauf, während Daniel schon vorausgestürmt war. Sie hörten, wie er sagte: «Steh auf, Billy! Großvater ist da», und als sie im ersten Stock ankamen, stand Billy, noch ganz verschlafen und zerzaust, in Morgenmantel und weißen Socken in der Tür seines Zimmers.

«Hey, Billy, wie geht's, wie steht's?» sagte Francis.

«Hey», erwiderte Billy, «du hast es also geschafft.»

«Tja.»

«Ich hätte jede Wette dagegengehalten.»

«Da hättest du verloren. Ich hab auch 'n Truthahn mitgebracht, wie angekündigt.»

«Einen Truthahn? Tatsächlich?»

«Den gibt's nachher zum Abendessen», sagte Annie.

«Ich muß in die Stadt heut abend», sagte Billy. «Ich hab Martin versprochen, mich mit ihm zu treffen.»

«Ruf an und sag ab», sagte Annie, «der wird das verstehen.»

«Red Tom Fitzsimmons und Martin haben beide angerufen und mir mitgeteilt, daß am Broadway wieder alles beim alten ist. Ich hab dir doch davon erzählt, daß ich Ärger mit den McCalls hatte», sagte er, zu seinem Vater gewandt.

«Kann mich erinnern.»

«Ich wollte nicht alles tun, was die von mir verlangten, und da haben sie mich zum Aussätzigen erklärt. Ich konnte nirgends mehr ein Spiel machen, und am Broadway haben sie mir nicht mal mehr einen Drink ausgeschenkt.»

«Ich hab den Artikel von Martin gelesen», meinte Francis, «er schreibt, du wärst ein Magier.»

«Alles Käse. Ich hab nicht das geringste dazugetan. Ich hab denen gegenüber lediglich den Namen Newark erwähnt, und jetzt stellt sich raus, daß ihnen dort ein paar von der Entführerbande ins Netz gegangen sind.»

«Dann hast du also doch was dazugetan», sagte Francis. «Indem du dieses Newark erwähnt hast. Wem gegenüber hast du das denn fallenlassen?»

«Bindy. Aber ich wußte nicht, daß diese Burschen tatsächlich in Newark stecken, sonst hätt ich nichts gesagt. Ich würd nie einen verpfeifen.»

«Warum hast du es dann gesagt?»

«Keine Ahnung.»

«Genau deshalb bist du auch ein Magier.»

«Den Quatsch hat sich Martin ausgedacht. Aber irgendwen hat er wohl damit zum Umdenken bewogen, weil ich bei den Politikern nicht länger in schlechtem Ruch stehe, so hat er's jedenfalls am Telefon ausgedrückt. Mit andern Worten, ich gelte nicht länger als unerwünschter Stinker.»

Francis roch wieder seinen eigenen Mief und wußte, daß er sich so bald wie möglich waschen mußte. Der Gestank vom Wagen des Lumpensammlers und der muffige Geruch seiner alten Anzugjacke waren jetzt unter diesen Leuten hier unerträglich. Ein schmuddeliger Fleischer kann heutzutage gleich dichtmachen.

«Du wirst doch jetzt nicht fortgehen, Billy», sagte Annie, «doch nicht, wenn dein Vater zu Besuch da ist und zum Abendessen bleibt. Wir wollten gerade auf den Dachboden, nach seinen alten Sachen schauen.»

«Du ißt doch Truthahn?» fragte Francis ihn.

«'tschuldige mal, aber wer zum Teufel würd schon einen Truthahnbraten verschmähen?» sagte Billy und sah seinen Vater an. «Hör mal, du kannst gern meinen Rasierapparat im Badezimmer benutzen, wenn du dich rasieren willst.»

«Sag andern Leuten nicht immer, was sie zu tun haben», sagte Annie, «zieh dich lieber an und komm runter.»

Und dann stiegen Francis und Annie zusammen die Treppe zum Dachboden hinauf.

Als Francis den Deckel der Truhe aufklappte, erfüllte der Geruch verlorener Zeit die Luft des Dachbodens, eine penetrante, leicht widerliche Ausdünstung wie von eingesperrten Blumen, die den Staub aufschreckte und das Rollo am Fenster erzittern ließ. Francis fühlte sich wie betäubt von dem aromatischen Duft der wiederaufgefundenen Vergangenheit und war baff, als er den ersten Blick in die Truhe warf, denn dort starrte von einem Foto sein eigenes Gesicht zu ihm herauf – mit neunzehn. Das Bild lag mitten zwischen eingerollten Socken, einer kleinen Nationalflagge, einer Mütze der Washington Senators, einem Stoß Zeitungsausschnitte und weiteren Fotos, die kreuz und quer im Einsatz der Truhe verstreut waren. Aus der vordersten Reihe der Freitribüne im Chadwick Park-Stadion an einem Tag im Jahre 1899 starrte ihm der junge Francis entgegen – ein glattes, faltenloses Gesicht, mit lückenlosem Gebiß, den obersten Kragenknopf geöffnet, das Haar zerzaust in der Nachmittagsbrise. Er nahm das Bild heraus, studierte es aus der Nähe und sah sich zwischen einer Gruppe Männern stehen und einen Baseball von der Rechten in die behandschuhte Linke jonglieren. Der fliegende Ball auf diesem Foto hatte für Francis immer schon etwas Rätselhaftes an sich gehabt, denn die Kamera hatte ihn eingefangen, als ihn die Rechte noch umfaßt hielt und zugleich in der Luft, während er in einem verwischten, undeutlichen Bogen zum Handschuh flog. Die Kamera hatte zwei Augenblicke in einem Bild verewigt: Zeit getrennt und vereint, ein Ball an zwei Orten zugleich, ein Ereignis, das so rätselhaft war wie die Dreieinigkeit selbst. Francis betrachtete dieses Bild jetzt als trinitarischen Talisman (eine Hand, ein Ball, ein Handschuh) für das Zustandekommen des Unmöglichen: denn er hatte es immer für unmöglich gehalten, daß ein verwahrloster Streuner und gescheiterter Mensch wie er unter dem Dach dieses Hauses wieder Zutritt zu seiner Vergangenheit finden würde. Und dennoch war er jetzt hier oben in diesem Hort wiederherstellbarer Zeit und berührte die unberührbaren Artefakte seines Selbst, das noch nicht wußte, daß es erledigt war, genau wie dieser Ball in seiner seelenlosen Ignoranz noch nichts davon wußte, daß sein Weg nirgends hinführte und prompt im Handschuh landete.

In Wirklichkeit jedoch ist der Ball noch nicht gefangen, es sei denn von der Kamera, die nur seinen Standort im Raum eingefroren hat.

Und Francis ist noch keineswegs erledigt, höchstens dem sichtbaren Verfall seiner äußeren Erscheinung nach.

Der Ball fliegt noch.

Francis lebt und hat noch lang nicht ausgespielt.

Oder?

Der Junge hatte das mit den Zähnen bemerkt. Aber Zähne konnte man sich neue kaufen, ein Gebiß. So wie Annie.

Francis hob den Einsatz aus der Truhe, worauf die Spikes und der Handschuh zum Vorschein kamen, den Daniel sich sofort herausholte, ferner zwei Anzüge, ein Paar schwarze Halbschuhe und braune Stiefel mit Druckknöpfen, ein rundes Dutzend Oberhemden und zwei Dutzend weiße Kragen, ein Stoß Unterwäsche, ein Bund mit Schlüsseln zu längst vergessenen Schlössern, ein Streichriemen fürs Rasiermesser, ein Seifenschälchen mit einem zwei Fingerbreit hoch eingetrockneten Seifenrest, ein Rasierpinsel mit intakten Borsten, sieben Rasiermesser im Etui, jedes gekennzeichnet für einen Wochentag, diverse Socken, Kragenschleifen, Hosenträger und ein Baseball, den Francis herausnahm und Daniel hinhielt.

«Siehste den Namen da drauf?»

Der Junge sah hin und schüttelte den Kopf. «Ich kann's nicht entziffern.»

«Halt ihn ans Licht, dann erkennst du's. Das heißt Ty Cobb. Hat den Ball anno 1911 signiert, als er's auf 420 brachte. Den Ball hat mir mal irgendwer geschenkt, und ich hab ihn immer aufgehoben. Dieser Cobb war 'n rabiater Bursche, der ist oft mit den Spikes voran auf mich zugeschossen gekommen. Aber eins mußte man ihm lassen, er war 'n verdammt guter Spieler. Er war der Beste.»

«Besser als Babe Ruth?»

«Besser und härter, rabiater und flinker. Konnte zwar keinen *home-run* hinlegen wie Babe, aber in allem andern war er besser. Willste den Ball mit seinem Autogramm drauf haben?»

«Klar, Mensch! Klar! Wer hätte den nicht gern?»

«Dann gehört er dir. Aber lies mal nach über den und genauso über Walter Johnson. Dann siehst du selbst, wie gut sie gewesen sind. Cobb, der lebt auch noch, soweit ich weiß. Der hat auch noch nicht den Löffel abgegeben.»

«An den Anzug kann ich mich noch erinnern», sagte Annie und hob den Ärmel einer grauen Anzugjacke mit Fischgrätmuster hoch. «Den hast du getragen, wenn du dich besonders in Schale werfen wolltest.»

«Möcht wissen, ob er mir heut noch paßt», meinte Francis und stand auf, hielt sich die Anzughose an die Taille und stellte fest, daß seine Beine kein Stück gewachsen waren in den letzten zweiundzwanzig Jahren.

«Nimm den Anzug mit runter», sagte Annie. «Ich werd ihn feucht abbürsten und bügel ihn dir auf.»

«Bügeln?» sagte Francis und gluckste. «Na, ich glaube, ich könnt 'ne neue Garderobe vertragen. Die alten Klamotten mal loswerden.»

Dann suchte er sich, auf dem Boden vor der Truhe ein Teil aufs andere schichtend, eine komplette neue Garderobe aus, bei der auch das Taschentuch nicht fehlte.

«Die würd ich mir gern mal wieder ansehen», sagte Annie und nahm die Zeitungsausschnitte und Fotos aus der Truhe.

«Bring sie mit runter», sagte Francis und ließ den Deckel zuklappen.

«Ich trage den Handschuh», sagte Daniel.

«Und ich würd gern mal euer Badezimmer benutzen», sagte Francis. «Von Billys Angebot mit dem Rasierer Gebrauch machen und die neuen Sachen anprobieren. Hab mich zwar gestern abend erst rasiert, aber Billy meint, es sei wieder an der Zeit.»

«Kümmer dich nicht um den», sagte Annie. «Du siehst tadellos aus.»

Sie führte ihn die Treppe hinab in den ersten Stock, dann einen Flur entlang, von dem links und rechts je eine Tür abging. Mit einer Geste wies sie in ein Schlafzimmer, in dem in stiller Harmonie ein Einzelbett, eine Kommode und ein Rollschreibtisch in Kindergröße standen.

«Das ist Dannys Zimmer», sagte sie. «Es ist 'n hübsches großes Zimmer, und es hat Morgensonne.» Sie holte ein Handtuch aus dem Oberfach der Kommode und reichte es ihm. «Wenn du willst, kannst du auch ein Bad nehmen.»

Francis schloß die Tür des Badezimmers ab und probierte als erstes die Hose an, die ihm paßte, wenn er vorn den obersten Knopf offenließ. Am besten, er trug sie mit Hosenträgern. Der Schnitt des Jacketts war seit mehr als zwanzig Jahren aus der Mode und verletzte den allerletzten Rest von modischem Feingefühl, den Francis sich bewahrt hatte. Er entschloß sich, es trotzdem zu tragen, denn sein Geruch nach Vergangenheit war haushoch erhaben über den abstoßenden Pennermief, der in jeder Faser seiner alten Jacke hing. Er entkleidete sich und ließ Badewasser einlaufen. Er inspizierte das Hemd aus der Truhe, entschied sich aber dann doch für das weiße aus Rosskams Lumpensammlung. Er probierte die senkellosen schwarzen Halbschuhe an, sie waren gut eingelaufen, und er stellte fest, daß auch seine Füße, selbst mit ihrer dicken Hornhaut, nicht gewachsen waren in den letzten zweiundzwanzig Jahren.

Er stieg in die Wanne, ließ sich behutsam zwischen den Dampfschwaden ins Wasser gleiten. Ihn schauderte vor Hitze und auch vor Erstaunen, daß er sich tatsächlich hier befand, daß er sich so tadellos in diese dampfende Wanne schmiegte wie der Truthahn in seine Kasserolle. Er war selig. Er starrte auf das Waschbecken an der Wand, das jetzt von einer Aura des Heiligen umgeben war, auf die geweihten Wasserhähne und das geheiligte Abflußrohr; er fragte sich, ob nicht alles auf der Welt an einem bestimmten Punkt seiner Existenz in den Rang des Heiligen gelangte, und er kam zu dem Schluß: es war so. Schweiß rann ihm von der Stirn, tropfte von der Nasenspitze ins Wasser, ein Zusammenfließen von uralten und neuzeitlicheren Wassern. Und während das geschah, brach draußen jäh die Sonne durch am Abendhimmel, grell und unvermittelt wie ein Blitz, die Helle indes hielt an, als schwebe ein von Glückseligkeit entflammter Engel vorm Badezimmerfenster. So anhaltend war dieses Licht und so intensiv, weit stärker als der abschließende Glorienschein, den er von Sonnenuntergängen kannte, daß Francis aus der Wanne stieg und ans Fenster ging.

Unten, im Garten hinterm Haus, waren Aldo Campione, Fiddler Quain, Harold Allen und Rowdy Dick Doolan damit beschäftigt, eine Holzkonstruktion zu errichten, in der Francis bereits die vordersten Sitzreihen einer Baseballtribüne zu erkennen vermochte.

Er stieg wieder in die Wanne, seifte die langstielige Badebürste ein, hob den linken Fuß aus dem Wasser, bürstete ihn ab, hob dann den rechten und schrubbte auch ihn sauber.

Francis kam die Treppe herab, ganz der Stenz von anno 1916 – eine Kragenschleife überm weißen Hemd, die schwarzen Halbschuhe mit Spucke gewienert, im grauen Fischgrätanzug mit den Aufschlägen, die zweiundzwanzig Jahre zu schmal waren, die Haut unter seinen schwarzen Seidensocken und den weißseidenen Boxershorts von allem Schmutz befreit, die Fingernägel frisch gereinigt, die Rudimente seiner Zähne geputzt mit einer Zahnbürste, die er danach mit Seife ausgewaschen und an ihren Platz zurückgehängt hatte; auch die Bartstoppeln und der wuchernde Backenbart waren ab, das Haar zweimal gewaschen, ordentlich gekämmt und mit einem Klacks Vaseline in Form gebracht – so kam dieser schnieke Francis, lebhaften Schrittes und mit einem Lächeln auf dem Gesicht, hier die Treppe herab, jawohl, und verblüffte die ganze Familie mit seiner wieder auferstandenen Wohlgestalt und seinem Sinn für Eleganz und nahm die staunenden Blicke als Applaus.

Ihm war, als höre er im Hinterkopf ein Tanzorchester aufspielen.

«Heiliger Bimbam!» sagte Billy.

«Meine Güte», sagte Annie.

«Jetzt siehst du aber anders aus», sagte Daniel.

«Hatte es wirklich nötig, mich wieder mal 'n bißchen rauszuputzen», meinte Francis. «Ulkiges Ding, dieser Anzug, aber man kann sich damit sehen lassen.»

Dabei ließen es dann alle bewenden, selbst Daniel, denn alle waren sich darüber im klaren, daß man auf dieser Verwandlung besser nicht weiter herumritt, weil es seine Verfassung davor so abgerissen, so scheußlich erscheinen ließ.

«Die alten Lumpen schmeiß ich weg», sagte er und hielt sein Bündel hoch, das mit den Jackenärmeln zusammengebunden war.

«Danny wird sie dir abnehmen», sagte Annie, und zu Danny: «Bring sie runter in den Keller.»

Francis nahm Billy gegenüber auf der Bank in der Frühstücksecke Platz. Annie hatte die alten Zeitungsausschnitte und Fotos auf dem Tisch ausgebreitet, und er und Billy unterzogen sie einer genaueren Betrachtung. Zwischen den Ausschnitten fand Francis ein vergilbtes Briefkuvert, abgestempelt am 2. Juni 1910, adressiert an Mr. Francis Phelan, c/o Toronto Baseball Club, The Palmer House, Toronto, Ontario. Er zog den Brief heraus, der drin lag, las ihn und schob ihn sich in die Jackentasche. Das Essen rückte näher; Daniel und Annie waren am Spülstein beim Kartoffelschälen. Billy, der mit seinem glatt nach hinten frisierten, brillantineglänzenden Haar, seinem gestärkten weißen Hemd mit offenstehendem Kragen, mit seinen Bügelfalten und spitzen schwarzen Schuhen selbst wie ein halber Stenz aussah, trank an einer Flasche Dobler Beer und schmökerte in einem der Zeitungsartikel.

«Irgendwann hab ich die mal alle gelesen», sagte er. «Ich hab nie genau gewußt, wie gut du wirklich warst. Hab nur immer hier und da was gehört, traf eines Abends in der Stadt dann mal einen Burschen, der von dir erzählte und schwärmte, du seist Spitzenklasse gewesen. Aber ich hab nie genau erfahren, wie gut. Ich wußte, daß dieser Kram oben existierte, den hatte ich beim Umzug damals gesehen. Also bin ich mal rauf auf 'n Dachboden und hab nachgeschaut. Du warst ja wirklich ein Teufelskerl beim Baseball!»

«Ich war nicht schlecht», sagte Francis. «Hätte schlechter sein können.»

«Diese Sportreporter waren begeistert von dir.»

«Ich hab immer irgend 'n Streich parat gehabt. Hab dafür

gesorgt, daß sie was hatten, worüber sie schreiben konnten. Und ich hatte Mumm. Wenn einer Mumm hat, das gefällt allen.»

Billy bot ihm ein Glas Bier an, doch Francis lehnte ab, nahm sich statt dessen eine Camel aus Billys Päckchen und vertiefte sich in die Sportberichte, die schilderten, wie er als Feldspieler allen die Show gestohlen oder mit einem *four-for-four* das Spiel für seine Mannschaft entschieden hatte, oder wie er eines Tages Ärger bekommen hatte, als er den Läufer auf Third Base hinten am Gürtel festhielt, ein alter John McGraw-Trick, und als der Schlagmann einen *flyball* aufs Feld schlug, ging der Läufer in Bereitstellung, um Richtung *home plate* loszuspurten, sobald ihn einer fing, entdeckte aber, daß er festsaß, drehte sich um und meldete lautstark Protest an, worauf Francis den Gürtel losließ und der Läufer davonsauste, aber der Ball war vor ihm zurück, und sein *home run* war umsonst.

Sauber hingekriegt.

Aber Francis flog dafür vom Platz.

«Möchtest du mal rausgehen, dir den Garten ansehen?» fragte Annie, die plötzlich neben ihm stand.

«Klar. Mal dem Collie guten Tag sagen.»

«Schade, daß schon alles verblüht ist. Wir hatten so viele Blumen dies Jahr, Dahlien und Löwenmäulchen, Stiefmütterchen und Astern. Die Astern haben am längsten gehalten.»

«Hast ja noch deine Geranien hier am Fenster.»

Annie nickte, zog ihre Strickjacke über, und sie gingen miteinander hinaus auf die Veranda. Die Luft war kühl, es wurde dunkel. Annie schloß hinter ihnen die Tür und tätschelte den Hund, der Francis zweimal anbellte und sich dann mit seiner Anwesenheit abfand. Annie stieg die fünf Stufen hinab in den Garten, gefolgt von Francis und dem Hund.

«Hast du eine Bleibe für heute nacht, Fran?»

«Klar. Hab immer was, wo ich unterkriechen kann.»

«Hast du vor, für immer nach Hause zurückzukehren?» fragte sie, ohne ihn anzublicken und ging ein paar Schritte voraus auf den Zaun zu. «Ist das der Grund, weshalb du uns besuchen gekommen bist?»

«Nee, das steht wohl ziemlich außer Frage. Ich würde hier niemals reinpassen.»

«Ich dachte, du hättest das vielleicht im Sinn gehabt.»

«Mit dem Gedanken gespielt habe ich, das geb ich zu. Aber ich seh ein, das es nicht ginge, nicht nach all den Jahren.»

«Es würde einiges an Mühe erfordern, das weiß ich.»

«Mehr als das.»

«Es ist schon Unglaublicheres wahr geworden.»

«So? Was denn zum Beispiel.»

«Daß du auf den Friedhof gehst und mit Gerald sprichst. Ich glaube, das ist das Unglaublichste, was ich in meinem ganzen Leben gehört hab.»

«Was heißt da unglaublich. Ich bin einfach hingegangen, hab mich davorgestellt und ihm so einiges erzählt. Es ist hübsch dort, wo er liegt. Ein angenehmes Plätzchen.»

«Das ist das Familiengrab.»

«Ich weiß.»

«Dort ist auch ein Grab für dich, genau vor dem Stein. Und eins für mich und daneben zwei für die Kinder, falls sie sie brauchen sollten. Peg wird wohl was Eigenes haben jetzt, mit George und dem Jungen, nehm ich an.»

«Wann hast du denn das alles gemacht?» fragte Francis.

«Ach, schon vor Jahren. Ich weiß nicht mehr wann.»

«Ich hab euch sitzenlassen, und du hast ein Grab für mich gekauft.»

«Ich habe ein Familiengrab gekauft. Und du gehörst auch zur Familie.»

«Ich hab da lange Zeit nicht so drüber nachgedacht.»

«Peg ist sehr verbittert, daß du dich nie hast blicken lassen. Das war ich auch, viele Jahre lang, aber damit ist es jetzt vorbei. Ich weiß gar nicht, weshalb ich darüber nicht mehr sauer bin. Ich weiß es wirklich nicht. Ich hab Peg angerufen und ihr gesagt, sie soll ein paar Preiselbeeren mitbringen, und daß du da bist.»

«Ich und die Preiselbeeren. Die sollten wohl den Schock 'n bißchen mildern.»

«Schon möglich.»

«Dann werd ich zusehn, daß ich mich verdrücke. Ich will nicht, daß es Zwist gibt oder daß ich euch gegeneinander aufbringe.»

«Unsinn, sei still. Du redest einfach mit ihr. Mit ihr reden mußt du.»

«Ich wüßte nix zu sagen, was irgendeinen Sinn ergäbe. Ich konnte ja nicht mal dir gegenüber 'n vernünftigen Satz rausbringen.»

«Ich weiß, was du gesagt hast und was du nicht gesagt hast. Ich weiß, daß das, was du da tust, nicht leicht ist.»

«Gar nichts isses, alles bloß Kokolores. Ich weiß nie, warum ich etwas tue in meinem gottverdammten Leben.»

«Du hast was Gutes getan, indem du nach Hause gekommen bist. Daran wird sich Danny stets erinnern. Und Billy! Der war so froh, daß er dir helfen konnte. Auch wenn er kein Wort darüber verliert.»

«Er hat 'n Penner aus'm Kittchen geholt.»

«Du bist so gemein gegen dich selbst, Francis.»

«Herrgott, ich bin gemein zu allem und zu jedem.»

Die Tribüne war fertiggestellt, Männer schoben sich schweigend die Sitzreihen entlang und nahmen Platz, mitten in Annies Garten, vor Gott und dem Hund und der ganzen Welt: Bill Corbin, der in den Neunzigern für das Amt des Sheriffs kandidierte, die Wahl verlor und Republikaner wurde; Perry Marsolais, der von seiner Mutter ein Vermögen erbte, es bis auf den letzten Heller versoff und schließlich das Laub in den städtischen Parkanlagen zusammenrechte; Iron Joe höchstpersönlich mit seinem Riesenschnauzbart, seiner Riesenwampe und der riesigen Krawattennadel mit riesigem rotem Rubin; Spiff Dwyer mit seiner eleganten, geklauten Fedora; die Jungs George Quinn und Martin Daugherty als Schlägerträger; Martins Großvater Emmett Daugherty, der ungestüme Fenier, der so leidenschaftlich und glänzend erzählen konnte und Francis den Funken der Radikalität einhauchte mit seinen Geschichten über die Besitzenden, die durch Ausbeutung der Arbeiter zu Reichtum kamen und die Iren behandelten wie die letzten Niggersklaven auf 'ner Reisplantage; Patsy McCall, der aufwuchs in dieser Stadt, um sich zum Herrscher über sie zu machen, und in der Linken seinen Baseballhandschuh trug; dann ein paar Burschen, die Francis nicht einmal anno 1899 gekannt hatte, Fußvolk aus Iron Joes Kneipe, die Männer, die jedes Match der Wheelbarrow Boys verfolgten und an diesem Tag kamen, um bei einem Bier-Picknick den Sieg zu feiern, mit dem sich die Jungs den Wimpel der Albany Troy-Liga ergattert hatten.

Es kamen immer mehr: dreiundvierzig Männer, vier Jungen und zwei Gassenköter waren es, die von Fiddler Quain und seinen Kumpels zu ihren Plätzen geleitet wurden.

Und dort, zwischen dem schrulligen Specky McManus mit seinem steifen, runden Filzhut und Jack Corbett in Weste und kragenlosem Hemd, da hockte doch der Knilch, oder?

Der Knilch mit seiner Bißwunde im Nacken.

Die Typen sind doch überall dabei.

Francis schloß die Augen, um das Bild aus seinem Kopf zu verscheuchen, doch als er wieder hinsah, stand die Tribüne da wie zuvor und die Männer saßen unverändert auf ihren Plätzen. Lediglich das Licht hatte an Helligkeit zugenommen, und mit ihr wuchs Francis' Abscheu vor allen Phantasiegebilden, allem Unwirklichen. Ihr hängt mir allesamt zum Hals heraus, dachte er. Ich hab's satt, mir ständig vorzustellen, was aus euch geworden ist und aus mir hätte werden können, wenn ich dageblieben wär in eurer Stadt. Ich hab genug von euren melancholischen Geschichten, eurer sentimentalen Pietät und euren verdammten, ewig unverändert gleichen Visagen. Lieber verreck ich im Chausseegraben, als hier zu stehen und mit anzusehn, wie ihr glatt vergeht vor lauter jämmerlichem Schmachten wie der sterbende Jesus am Kreuz, der ein Ende herbeisehnte, während er haargenau wußte, was nicht allein ihm, sondern allen um ihn herum blühte, selbst denen, die noch gar nicht geboren waren. Ihr seid nichts weiter als ein altes Foto, ihr blöden Gespenster. Ihr seid nicht echt, und von euch laß ich mir nicht mehr auf der Nase rumtanzen.

Ihr seid alle mausetot. Und falls nicht, wird es höchste Zeit.

Ich bin derjenige, der am Leben ist. Ich verschaff euch überhaupt erst Geltung.

Ihr habt auch nie besser über irgendwelche Dinge Bescheid gewußt als ich.

Ihr wärt jetzt nicht mal hier in diesem Garten, wenn ich nicht die alte Truhe aufgemacht hätte.

Also los, verschwindet endlich!

«Hey, Ma», rief Billy vom Küchenfenster her, «Peg ist da!»

«Wir kommen gleich», sagte Annie. Als Billy das Fenster wieder schloß, wandte sie sich an Francis: «Gibt es irgendwas, das du mir sagen oder mich fragen willst, ehe wir zu den anderen reingehen?»

«Annie, ich hätt dich so viele Dinge zu fragen und dir noch mal so viel zu erzählen. Für dich würd ich die ganze Erde hier im Garten fressen, das Unkraut und auch die vergrabenen Hundeknochen, wenn du's von mir verlangen würdest.»

«Ich glaube, das hast du bereits getan», sagte Annie.

Dann gingen sie miteinander die Verandatreppe hinauf.

Francis' erster Gedanke, als er seine Tochter sah, die schon eine geblümte Schürze umhatte und sich über den Herd beugte, um den Braten zu begießen, war: Die ist doch viel zu fein angezogen für das, was sie da macht. Am einen Gelenk trug sie eine Armbanduhr, am andern einen Armreif, und neben dem Ehering am rechten Ringfinger steckte ein zweiter Ring. Sie trug Stöckelschuhe, seidene Nahtstrümpfe und ein lavendelblaues Kleid, das keineswegs für die Küche gedacht war. Ihre kurzen dunkelbraunen Haare waren sanft onduliert, die Lippen rot, sie hatte Rouge auf den Wangen und lange, dunkelrot lackierte Fingernägel. Sie hatte auch ein paar Pfund Übergewicht, vielleicht sogar mehr als nur ein paar, und sie war schön, und Francis war unermeßlich froh darüber, sie gezeugt zu haben.

«Wie geht's dir, Margaret?» fragte Francis, als sie sich aufrichtete und ihn ansah.

«Mir geht's gut», sagte sie, «aber das hab ich nicht dir zu verdanken.»

«Na ja», sagte Francis, wandte sich von ihr ab und setzte sich Billy gegenüber an den Tisch.

«Jetzt laß ihn doch erst mal Atem holen», sagte Billy. «Er ist gerade erst gekommen, in Gottes Namen.»

«Hat er mich denn Atem holen lassen? Oder dich? Oder sonst einen von uns?»

«Aaahhh», sagte Billy, «jetzt halt aber die Luft an!»

«Ich sag nur, wie die Dinge liegen», erwiderte Peg.

«Ach wirklich?» sagte Annie. «Du bist dir also sicher, daß du weißt, wie die Dinge liegen.»

«Und ob. Ich werd nicht die Scheinheilige spielen und ihn hier mit offenen Armen willkommen heißen nach alldem, was er getan hat. Man kreuzt nicht einfach eines Tages mit 'nem Truthahn auf und alles ist vergeben.»

«Ich erwarte nicht, daß mir vergeben wird», sagte Francis. «Darüber bin ich längst raus.»

«Oh! Und wo bist du jetzt?»

«Nirgends.»

«Na, das stimmt ja wohl ganz zweifelsohne! Nirgends. Und was suchst du dann hier? Wieso tauchst du hier dann plötzlich auf wie ein Gespenst, das wir vor Jahren schon begraben haben, und drängst uns einen dürren Truthahn auf? Ist das deine Vorstellung von Wiedergutmachung dafür, daß wir zweiundzwanzig Jahre lang allein zusehen mußten, wie wir zurechtkamen?»

«Dieser Truthahn wiegt zwölfeinhalb Pfund», bemerkte Annie.

«Und wieso verläßt du überhaupt dein Nirgendwo, um bei uns hier reinzuschneien? Das würd ich gern mal wissen! Hier ist kein Nirgendwo. Das hier ist ein Zuhause, daß *du* nicht geschaffen hast.»

«Ich hab dich geschaffen. Und Billy. Zumindest dazu beigetragen.»

«Ich wünschte, du hättest es nie getan.»

«Halt den Mund, Peg», herrschte Billy sie an, «du mit deiner giftigen Zunge, halt jetzt den Mund!»

«Er ist zu Besuch gekommen und sonst gar nichts», sagte Annie leise. «Ich habe ihn bereits gefragt, ob er bleiben will, und er hat nein gesagt. Aber wenn er das wollte, dann könnte er das auch.»

«Oh?» sagte Peg. «Dann ist also schon alles entschieden?»

«Da gibt es nichts zu entscheiden», sagte Francis. «Wie deine Mutter schon sagte, ich hab nicht vor dazubleiben. Ich geh nachher wieder.» Er tippte mit den Fingern an die Salz- und Pfefferstreuer, die vor ihm auf dem Tisch standen, und schob die Zuckerdose hin zur Wand.

«Du gehst nachher wieder», sagte Peg.

«Auf jeden Fall.»

«Na wunderbar.»

«Nun ist aber genug, Schluß jetzt!» schrie Billy und fuhr von der Bank hoch. «Du hast ein Gemüt wie 'n Fleischerhund, verdammt noch mal!»

«Tut mir leid, daß ich überhaupt Gefühle habe», sagte Peg, rauschte aus der Küche und warf die offenstehende Schwingtür hinter sich zu, daß sie ein paarmal hin- und herschwang, ehe sie stillstand.

«Eine resolute Dame», sagte Francis.

«Sonst ist sie eher zartbesaitet», sagte Billy, «aber sie fährt leicht aus der Haut.»

«Die beruhigt sich wieder», sagte Annie.

«Ich bin's gewohnt, daß mich die Leute anfahren», meinte Francis. «Ich hab so 'n dickes Fell wie 'n Elefant.»

«Das braucht man auch in diesem Laden», sagte Billy.

«Wo steckt eigentlich der Junge?» fragte Francis. «Hat der das eben mitbekommen?»

«Der ist draußen und spielt mit dem Ball und dem Handschuh, die du ihm geschenkt hast», sagte Billy.

«Den Handschuh hab ich ihm nicht geschenkt», sagte Francis, «nur den Ball mit dem Autogramm von Ty Cobb. Der Handschuh gehört dir. Wenn du ihm den schenken willst, soll's mir recht sein. Verglichen mit den heutigen macht der nicht viel her. Dannys Handschuh ist von der Verarbeitung her zweimal so gut wie meiner. Aber ich hab mir immer gedacht: Meinen Baseball-Handschuh werd ich Billy schenken, damit er 'n greifbares Andenken an die erste Liga im Haus hat. Dieser

Handschuh hat schon so manchen Großen mattgesetzt. 'nen *line drive* von Tris Speaker gefangen, Ty Cobb kurz vor dem Laufmal erwischt, Eddie Collins über die Auslinie tappen lassen. Und so weiter.»

Billy nickte nur und schaute weg. «Okay», sagte er, dann sprang er auf und eilte aus der Küche, damit der Alte nicht sah, wie er schlucken mußte und feuchte Augen kriegte (der Alte sah es doch).

«Aus Billy ist 'n ordentlicher Bursche geworden», sagte Francis. «Da hast du 'n zähes Gespann großgezogen, Annie.»

«Ich wünschte, sie wären zäher», sagte Annie.

Der Garten, jetzt von flackerndem Lichterglanz erfüllt, lenkte Francis' Blick nach draußen. Männer und Jungen, selbst die Hunde, hielten brennende Kerzen, die Hunde hatten sie quer in der Schnauze. Specky McManus, der wie immer auffallen mußte, hatte die Kerze oben auf der Melone. Ein Garten voller Meßdiener, die schier die Luft in Brand setzten, und dann, während Francis hinsah, stimmten diese Meßdiener einen Gesang an, doch einen ohne jeden Sinn, einen Chor, dem Francis aufmerksam lauschte, aber von dem er kein Wort verstand. Der Text war silbenlos, wie der leiseste Pfeifton eines Zaunkönigs oder der Kehllaut eines Laubfrosches. Und während er diese Darbietung verfolgte (sie beklommen verfolgte, weil sie alles in den Schatten stellte, was er von nächtlichen Phantasien, von Tagträumen oder selbst von Halluzinationen im Wein-Delirium erwartet hätte), wurde Francis deutlich, daß sie sich auf einem Schauplatz seiner Existenz abspielte, über den er weniger Kontrolle ausüben konnte, als er sich zu dem Zeitpunkt, an dem Aldo Campione den Bus bestiegen hatte, jemals hätte träumen lassen. Die Signale aus dieser Zeitschleuse waren bedrohlich, die Phantomfiguren agierten ohne jede Spur von Humor. Und als er dann sah, wie der Knilch (der wußte, daß er beobachtet wurde, und genauso wußte, daß er nicht in dieses Bild gehörte) das brennende Ende seiner Kerze in das Loch in seinem Genick drückte, und als Francis im Gesang dieses Chors endlich das ‹*Dies irae*› erkannte, da wurde ihm angst. Er schloß die Augen, vergrub den Kopf in den Händen und versuchte, sich an den Namen seines ersten Hundes zu erinnern.

Es war ein Collie gewesen.

Billy kam mit trockenen Augen zurück, setzte sich wieder zu Francis an den Tisch, bot ihm noch eine Zigarette an, und Francis griff zu. Billy goß sich den Rest Bier ins Glas, trank und sagte plötzlich: «George.»

«O mein Gott», sagte Annie, «den haben wir ja glatt vergessen.» Sie ging ins Wohnzimmer hinüber und rief draußen an der Treppe zu Peg hinauf: «Ruf doch mal George an und sag ihm Bescheid, daß er wieder nach Hause kommen kann!»

«Laß sie, ich mach das schon», rief Billy seiner Mutter nach.

«Was ist denn mit George?» wollte Francis wissen.

«Die Cops sind hier eines Abends aufgekreuzt und haben sich nach ihm erkundigt», sagte Billy. «Da steckte Patsy McCall dahinter, der setzte die Familie unter Druck, weil ich nicht spuren wollte. George ist nämlich im Lotteriegeschäft tätig, und die wollten ihn wohl als illegalen Buchmacher hopsnehmen, obwohl er mit Patsys Duldung arbeitete. Also hat er sich vorübergehend nach Troy abgesetzt, und dort hockt der arme Kerl seit Tagen allein rum. Aber wenn ich jetzt wieder sauber bin, dann gilt das auch für ihn.»

«Da haben sich die McCalls ja allerhand Macht angeeignet hier in der Stadt.»

«Alles kontrollieren sie. Ham sie dir eigentlich das Geld gegeben, daß sie dir noch für die ganzen Wahleintragungen schulden?»

«Sie haben mir die 50 ausbezahlt, von denen ich dir erzählt hab und schulden mir jetzt noch 55. Die werd ich wohl nie zu Gesicht bekommen.»

«Du wirst sie schon kriegen.»

«Nachdem das erst mal in der Zeitung stand, werden sie sich gewaltig hüten. Von wegen sich mit Pennern einlassen. Hast doch gehört, was Martin zu mir gesagt hat. Außerdem hegen sie wohl den Verdacht, daß ich sie hochgehn lassen könnte. Dabei würd ich nie einen hochgehn lassen. Keinen, ganz egal wen.»

«Dann bist du also pleite.»

«Ein bißchen was hab ich noch.»

«Wieviel?»

«Bißchen Kleingeld. Reicht für Zigaretten.»

«Du hast alles, was du hattest, für den Truthahn rausgeschmissen.»

«Für den ist 'n Teil draufgegangen.»

Billy hielt ihm einen in der Mitte gefalteten Zehner hin. «Steck das ein. Du kannst doch nicht völlig pleite rumlaufen.»

Francis nahm den Geldschein und schnaubte durch die Nase. «Das tu ich schon seit 22 Jahren. Aber ich dank dir, Billy. Ich werd mich dafür revanchieren.»

«Das hast du bereits.» Und damit erhob sich Billy und ging zum Telefon, das im Wohnzimmer stand, um George in Troy anzurufen.

Annie kam wieder in die Küche, sah, wie Francis sich das Foto vom Chadwick Park betrachtete, und blickte ihm über die Schulter. «Auf dem Bild siehst du aber hübsch aus», sagte sie.

«Ja, ja», erwiderte er, «ich bin 'n toller Hecht gewesen damals.»

«Für manche schon, für andre nicht», sagte Annie. «Das Bild hier hatte ich völlig vergessen.»

«Sollte man rahmen lassen», sagte Francis. «Sind 'ne ganze Reihe Burschen aus'm North End mit drauf. George und Martin als kleine Jungs, und der kleine Patsy McCall. Und Iron Joe. Wirklich gut getroffen hier, der alte Joe.»

«Stimmt», pflichtete Annie bei. «Wie gesund und wohlgenährt er da aussieht.»

Billy kam wieder, und Annie legte das Foto auf den Tisch, damit sie es zu dritt betrachten konnten. Sie setzten sich links und rechts von Francis auf die Bank, studierten gemeinsam das Bild, und jeder suchte unter den Männern und Jungen die heraus, die er kannte. Annie kannte sogar einen von den Hunden.

«Oh, dieses Bild ist nicht mit Geld zu bezahlen», sagte sie und stand auf. «Ein himmlisches Bild.»

«Na, dann gehört es dir. Kannst es ja rahmen lassen.»

«Mir? Nein, das ist deins. Es gehört in deine Baseballsammlung.»

«Nee, nee. George würde es sicher auch gefallen.»

«Also gut, ich laß es rahmen», sagte Annie. «Ich werde es in die Stadt bringen und richtig rahmen lassen.»

«Genau», sagte Francis. «Hier, da hast du zehn Dollar für den Rahmen.»

«Hey», sagte Billy.

«Nee», sagte Francis, «laß mich das mal machen, Billy.»

Billy gluckste in sich hinein.

«Ich werd doch kein Geld von dir nehmen», sagte Annie. «Steck das gefälligst wieder ein.»

Billy lachte auf und schlug mit der flachen Hand auf den Tisch. «Jetzt weiß ich, wieso du seit zweiundzwanzig Jahren blank bist. Jetzt weiß ich, wieso hier alle pleite sind. Das liegt in der Familie!»

«Von wegen alle pleite», sagte Annie. «Wir kommen aus mit unserem Geld. Erzähl hier nicht den Leuten, wir seien pleite! *Du* bist pleite, weil du dich auf so eine haarsträubende Pferdewette eingelassen hast. Aber *wir* nicht. Wir haben harte Zeiten hinter uns, aber unsere Miete können wir immer noch zahlen. Und wir haben nie Hunger leiden müssen.»

«Geht Peg arbeiten?» fragte Francis.

«Als Privatsekretärin beim Chef einer Werkzeugfirma. Sie ist sehr beliebt dort.»

«Schön ist sie», sagte Francis, «kann zwar recht unangenehm werden, wenn sie's drauf anlegt, aber sie ist bildschön.»

«Sie hätte Modell werden sollen», sagte Billy.

«Hätte sie nicht», sagte Annie.

«O doch, hätte sie, verdammt noch mal, hätte sie!» sagte Billy. «Die wollten sie als Fotomodell für die Zahnpastareklame von Pepsodent, aber Mama wollte nichts davon wissen. Weil ihr irgendwer drüben in der Kirche erzählt hat, Fotomodelle seien, na ja, liederliche Dinger. Läßt dich von denen fotografieren, und im Nu verkommste zum billigen Flittchen.»

«Damit hatte das überhaupt nichts zu tun», sagte Annie.

«Ihre Zähne hatten's ihnen angetan», sagte Billy. «Sie hat die prachtvollsten Zähne in ganz Nordamerika. Besser als die von Joan Crawford. Dieses Lächeln! Du hast sie noch nicht lächeln sehn, aber ihr Lächeln ist umwerfend. Wie 'ne Reklame am Times Square. Sie könnte von sämtlichen Reklametafeln im ganzen Land herunterlächeln – wir würden nur so schwimmen in Zahnpasta und Geld! Aber nein.» Er wies mit ausgestrecktem Daumen auf seine Mutter.

«Peg hatte Arbeit», sagte Annie. «Sie hatte so was gar nicht nötig. Mir war dieser Bursche, der sie unter Vertrag nehmen wollte, von Anfang an suspekt.»

«Der war in Ordnung», erwiderte Billy. «Ich hab Nachforschungen angestellt. Er war einwandfrei.»

«Woher willst du denn wissen, was das für einer war?»

«Woher ich das wissen will? Ich bin eben 'n gottverdammtes Genie!»

«Du sollst nicht immerzu fluchen, du Genie. Sie hätte wegen der Aufnahmen nach New York runterfahren müssen.»

«Und wär nie wieder zurückgekommen, richtig?»

«Vielleicht, vielleicht auch nicht.»

«Da hast du's», sagte Billy zu seinem Vater. «Mama möchte, daß die Vögel im Nest bleiben.»

«Kann ich ihr nicht mal verübeln», sagte Francis.

«Ach nee!»

«Ich mochte diesen Burschen einfach nicht», sagte Annie. «Das ist der wahre Grund gewesen. Ich hab ihm nicht über 'n Weg getraut.»

Eine Weile herrschte Schweigen.

«Und sie hat jede Woche ihren Lohnstreifen nach Hause gebracht», fuhr Annie fort. «Und als die Werkzeugfirma mal für 'ne Weile schließen mußte, da hat ihr Chef sie als Kassiererin bei einem Club eingesetzt, der ihm ebenfalls gehört. Club und Hallengolf. Ein enormes Ding. Einmal hätten sie's beinah geschafft, Rudy Vallee zu engagieren. Für Peg war es eine schöne Erfahrung.»

Sie schwiegen.

«Zigarette?» fragte Billy.

«Gern», sagte Francis.

Annie stand auf und ging zum Kühlschrank in der Speisekammer. Sie kehrte mit der Butterschale zurück und stellte sie auf den Eßzimmertisch. Peg trat durch die Schwingtür in das Schweigen. Sie piekste mit einer Gabel in die Salzkartoffeln, sah nach dem Braten, der eine dunkelbraune Färbung annahm und schloß die Ofenklappe, ohne ihn zu übergießen. Sie kramte im Besteckkasten, fand den Dosenöffner, machte eine Büchse Erbsen auf und schüttete sie in einen Tiegel, den sie aufs Feuer stellte.

«Duftet ja wunderbar, dieser Truthahn», sagte Francis zu ihr.

«M-hm», sagte sie und dann, an alle gewandt: «Ich hab einen Plumpudding gekauft!» Sie hielt die Dose hoch und sah ihren Vater an. «Mama hat gesagt, daß du dir den an Feiertagen immer zum Nachtisch gewünscht hast.»

«Genau den. Mit dieser weißen Zuckersoße. So richtig zukkersüß.»

«Das Rezept für die Soße steht auf dem Etikett», sagte Annie. «Gib mal her, ich mach sie.»

«Ich mach sie», sagte Peg.

«Nett von dir, daß du daran gedacht hast», sagte Francis.

«Macht keinerlei Umstände», sagte Peg. «Der Pudding ist fertig gekocht, man braucht ihn nur in der Dose zu erhitzen.»

Francis besah sie sich genauer und stellte fest, daß die Gehässigkeit in ihrem Blick verschwunden war. Diese Frau geht hoch und runter wie ein Thermometer. Als sie merkte, daß er sie beobachtete, huschte ein knappes Lächeln über ihr Gesicht, kein Reklamelächeln zwar, keins, das einen Zahnpastafabrikanten reich gemacht hätte, aber sie lächelte. Teufel auch, ist es denn nicht ihr gutes Recht? Hoch und runter. Hoch und runter. Das hat sie geerbt.

«Ich hab da einen Brief – vielleicht wollt ihr euch mal anhören, was drin steht, während das Zeug dort auf dem Herd kocht», sagte er, griff in die Innentasche seines Jacketts und brachte das vergilbte Kuvert mit der längst nicht mehr gültigen Zwei-Cent-Marke zum Vorschein. Auf der Rückseite stand in seiner eigenen Handschrift: *Erster Brief von Margaret*.

«Den hab ich vor paar Jahren gekriegt, etliche Jahre sind das nun schon her», sagte er und zog drei kleine angegilbte Blätter aus dem Umschlag, liniiertes Papier und dreifach gefaltet. «Hat mich 1910 oben in Kanada erreicht, als ich in Toronto spielte.» Er faltete den Brief auseinander, hielt ihn auf Armlänge entfernt so gut es ging ins Licht und las laut vor, was drin stand:

«Lieber Papi, ich glaube, Du denkst nie daran, daß Du eine Tochter hast, die auf einen Brief wartet, seitdem Du weg bist. Weil Du nie schreibst, war ich so wütend, daß ich mit dem Zirkus weglaufen wollte, der letzten Freitag hier war. Ich mache gerade Hausaufgaben, und da ist eine Rechenaufgabe, die ich nicht verstehe. Verstehst Du sie? Ich hoffe, Deinem Bein geht es besser und wünsche Dir und Deiner Mannschaft viel Glück. Renn nicht so viel herum mit Deinem Bein, sonst mußt Du Dich nach Hause tragen lassen. Mama und Billy geht es gut. Bei Mama sind 14 neue kleine Küken ausgeschlüpft, und zwei Hennen brüten noch. Am achten kommt ein Wildwest-Zirkus. Willst Du nicht herkommen und ihn Dir ansehen? Ich gehe hin. Billy geht gerade ins Bett, und Mama sitzt auch auf dem Bett und sieht mir zu. Vergiß nicht, mir zu antworten. Ich nehme an, Du verbringst eine schöne Zeit. Laß Dich von mir nicht mit anderen Mädchen erwischen, sonst zieh ich sie an den Haaren. Alles Liebe, Deine Peggy.»

«Ist das nicht komisch?» sagte Peg, die Gabel in der Hand, «ich kann mich nicht erinnern, daß ich das geschrieben hab.»

«Aus der Zeit wird's so manches geben, an das du dich nicht mehr erinnerst», sagte Francis, «du warst ja erst elf.»

«Wo hast du den bloß gefunden?»

«Oben in der Truhe. Der lag all die Jahre über wohlverwahrt dort oben. Ist der einzige Brief, den ich je aufgehoben hab.»

«Ist das wirklich wahr?»

«Sogar beweisbar. Alles, was ich jemals an Papieren besessen hab, lag dort oben in der Truhe, bis auf 'n paar Zeitungsausschnitte, die ich noch anderswo verstaut hab. Aber Briefe gibt's sonst nirgends. Ich würde sagen, das ist 'n teures altes Stück.»

«Das mein ich aber auch», meinte Annie. Billy und sie starrten auf Peg.

«Ich weiß noch, wie das anno 1910 in Toronto zuging», sagte Francis, «damals gab es jede Menge Gauner beim Baseball. Eines Tages, wir hatten 'nen korrupten Schiedsrichter namens Bates, auch so ein Ganove, es war schon spätabends und stockfinster, aber der wollte das Spiel nicht beenden. Die Leute warfen mit Tomaten und Erdklumpen nach ihm, aber der ließ weiterspielen, weil wir nämlich am Gewinnen waren und er auf der Seite der Gegenmannschaft stand. Pudge Howard, der an dem Abend als Fänger spielte, kam zwischendurch aufs Innenfeld und tuschelte kurz mit mir und Highpockets Wilson, dem Werfer. Dann marschiert Pudge wieder zurück, geht hinterm *home plate* in Stellung, und Highpockets macht einen blitzschnellen Wurf, den der Schiedsrichter prompt als Fehlwurf registriert, obwohl kein Mensch mehr was sehen konnte, weil es völlig finster war. Da wendet Pudge sich an den Mann und sagt: ‹Den willst du als Fehlwurf registrieren?› – ‹Jawohl, ein Fehlwurf›, erklärt der Schiedsrichter. ‹Wenn das ein Fehlwurf war, dann fresse ich den Ball›, kontert Pudge. ‹Nun, dann mal los›, sagt Bates zu ihm. Und Pudge hält den Ball hoch und beißt 'n großes Stück ab, denn es war überhaupt kein Ball, sondern 'n gelber Apfel, den ich Highpockets heimlich zum Werfen zugesteckt hab. Damit hatten wir natürlich das Spiel gewonnen, und der Schiedsrichter ging in die Geschichte ein als Blindy Bates, der einen Baseball nicht von 'nem Apfel unterscheiden konnte. Bates ist dann Buchmacher geworden. Und auch da war er 'n Schwindler.»

«Das ist ja 'ne tolle Geschichte», sagte Billy. «Ist ja ulkig zugegangen in den alten Tagen.»

«Wir hatten immer unsern Spaß», sagte Francis.

Peg standen auf einmal Tränen in den Augen. Sie legte die Gabel auf den Rand der Spüle und ging hinüber zu ihrem Vater, der die Hände vor sich gefaltet auf dem Tisch liegen hatte. Sie setzte sich neben ihn und legte ihre Rechte auf seine Hände.

Ein wenig später kehrte George Quinn aus Troy zurück, Annie brachte den Truthahn auf den Tisch, und dann nahm die vollzählig versammelte Familie Phelan Platz zum Abendessen.

7

«Ich seh aus wie 'n Penner, stimmt 's?» sagte Rudy.

«Bist ja auch einer», sagte Francis. «Kannst sogar 'n recht annehmbarer Penner sein, wenn du willst.»

«Weißt du, wieso die Leute uns Penner nennen?»

«Kann ich mir nicht erklären, nee.»

«Sie fühlen sich besser, wenn sie 's tun.»

«Die Wahrheit wird dir doch nicht weh tun», sagte Francis. «Wenn du 'n Penner bist, biste eben 'n Penner.»

«Vielen Pennern tut so was weh. Von der alten Garde sind nicht mehr viele übrig.»

«Da rücken wieder neue nach», sagte Francis.

«Schon viele gute Männer ham das Zeitliche gesegnet. Gute Mechaniker, Maschinenbauer, Holzfäller.»

«Ein paar sind noch da», sagte Francis. «Du und ich, wir haben noch nicht das Zeitliche gesegnet.»

«Da behaupten sie, es gäbe keinen Gott», sagte Rudy. «Aber es muß einen Gott geben. Er beschützt die Penner und Vagabunden. Sie stehen auf aus dem Schnee, klopfen sich ab und ziehn in die nächste Kneipe, einen kippen. Schau dich an mit deinen brandneuen Klamotten. Und sieh mich dagegen an, ich bin nix als 'n abgerissener Penner. Zu nix zu gebrauchen.»

«So übel biste doch gar nicht», wandte Francis ein. «Du bist zwar 'n Penner, aber so übel biste nicht.»

Sie gingen die South Pearl Street hinunter zu *Palombo's Hotel*. Es war halb elf, eine sternenklare Nacht, doch äußerst kalt: der Winter stand vor der Tür. Francis hatte sich kurz vor zehn von seiner Familie verabschiedet und den Bus Richtung Stadtmitte genommen. Er ging schnurstracks zur Mission, bevor die Nacht über abgeschlossen wurde, und fand Pee Wee allein in der Küche sitzend und übriggebliebenen Kaffee trinkend. Helen, sagte Pee Wee, habe er den ganzen Tag weder gesehen noch von ihr gehört.

«Aber Rudy war da und hat nach dir gesucht», teilte er Francis mit. «Entweder ist er jetzt im Bahnhof, sich aufwärmen, oder er hat sich unten am Broadway in 'nem leerstehenden Haus verkrochen. Er meinte, du wüßtest schon welches. Aber hör zu, Francis, wenn ich recht gehört hab, machen die Cops in letzter Zeit so gut wie jede Nacht Razzia in diesen alten Bruchbuden. 'ne ganze Menge Jungs, die sonst hier immer zum Essen herkommen, sind letzthin nicht mehr erschienen; ich glaub, die ham sie alle eingebuchtet. Als ob sie dem Knast 'nen neuen Anstrich verpassen wollten und 'n paar Aushilfskräfte bräuchten.»

«Ich kapier einfach nicht, warum zum Teufel das sein muß», sagte Francis. «Penner tun doch keinem was.»

«Vielleicht kommt's einfach daher, daß die Cops die Penner nicht mehr mögen.»

In dem leerstehenden Haus sah Francis zuerst nach, denn es stand nicht weit von der Mission entfernt. Er trat durch den türlosen Eingang in ein klammes, stockfinsteres Treppenhaus und wartete, bis sich seine Augen an die Dunkelheit gewöhnt hatten. Dann stieg er vorsichtig Stufe um Stufe die Treppe hinauf, über zusammengeknüllte Zeitungsfetzen, heruntergefallenen Putz und einen Neger hinweg, der sich auf dem ersten Treppenabsatz zusammengerollt hatte. Er tappte über Glasscherben, leere Wein- und Seltersflaschen, Pappkartons und Menschenkot. Der Schein der Straßenlaternen illuminierte Stalagmiten von Taubendreck auf einem Fensterbrett. Francis stieß auf einen zweiten zusammengerollten Schläfer, nicht weit von dem Loch in der Decke, durch das, wie er gehört hatte, letzte Woche ein Bursche namens Michigan Mac gefallen war. Francis machte einen Bogen um den Mann und das Loch und fand Rudy schließlich in einem Zimmer ganz für sich, ein Stück entfernt vom zerbrochenen Fenster auf einer Holzplatte liegend, die Schultern zugedeckt mit einer Zeitung.

«Hey, Penner», sagte Francis, «du hast mich gesucht?»

Rudy blinzelte und schaute von seiner Holzplatte auf.

«Mit wem zum Teufel redest du hier?» sagte Rudy. «Wer bist du eigentlich, 'n FBI-Agent oder so was?»

«Komm schon, spinnerter Kraut, sieh zu, daß du deinen Arsch hochkriegst.»

«Hey, bist du das, Francis?»

«Nee, Buffalo Bill. Ich kämm grad die Bude nach Indianern durch.»

Rudy setzte sich auf und wischte mit einer Handbewegung die Zeitung beiseite.

«Pee Wee sagt, du hast nach mir gesucht.»

«Ich hatte nichts zum Pennen, kein Geld, keine Pulle, und kein Schwein da. 'ne Pulle hatt ich zwar, aber die ist alle.» Rudy ließ sich auf seine Holzplatte zurücksinken und fing prompt an, über seine ausweglose Lage zu heulen. «Ich bring mich noch um, ich neig immer mehr dazu», sagte er. «Ich bin das letzte.»

«Hey», sagte Francis. «Nun steh schon auf. Du hast gar nicht genug Grips, um dich umzubringen. Du mußt kämpfen, hart bleiben. Ich kann Helen einfach nicht finden. Hast du sie irgendwo gesehen? Stell dir mal vor, die Frau irgendwo da draußen, allein und bei dieser Kälte. Sie tut mir leid, Jessasmaria.»

«Wo kein Wind pfeift», sagte Rudy.

«Nee. Wind wollen wir keinen. Los, gehn wir.»

«Wohin denn?»

«Raus hier. Wenn du hierbleibst, wirste heut nacht im Knast enden. Pee Wee sagt, sie machen überall Razzia in den leeren Häusern.»

«Dann halt Knast, dort isses wenigstens warm. Sechs Monate absitzen und pünktlich wieder rauskommen, wenn die Blumen blühn.»

«Kein Knast für Francis. Francis ist 'n freier Mann, und das will er auch bleiben.»

Sie gingen die Treppe hinunter und dann zurück zur Madison Avenue, weil Francis zu dem Schluß gekommen war, Helen müsse auf irgendeine Weise zu Geld gekommen sein, sonst hätte sie sich wieder bei ihm gemeldet. Vielleicht hatte sie ihren Bruder angerufen und von dem was geerbt. Oder sie verheimlichte ihm mehr, als sie zugab. Ausgefuchstes altes Mädchen. Und hatte sie Geld, würde sie früher oder später in *Palombo's Hotel* aufkreuzen, um den Koffer auszulösen.

«Wohin gehen wir?»

«Was spielt das für 'ne Rolle? So 'n kleiner Spaziergang hält die Blutzirkulation intakt.»

«Wo hast'n die neuen Klamotten her?»

«Gefunden.»

«Gefunden? Und wo haste die gefunden?»

«Auf 'nem Baum.»

«Einem Baum?»

«Ja, 'nem Baum. Auf dem wuchs alles. Anzüge, Schuhe, Krawatten, was du willst.»

«Immer mußt du mich verarschen.»

«Alles die reine Wahrheit», sagte Francis. «Alles, was du dir in deinem Schädel ausdenken kannst, ist wahr.»

In *Palombo's Hotel* stießen sie auf den alten Donovan, der gerade Feierabend machte. Es war kurz vor elf, und er räumte das Pult auf, um seinen Platz dem Nachtportier zu überlassen. Ja, sagte er zu Francis, Helen sei da. Habe sich heute vormittag ein Zimmer genommen. Aber ja, sicher geht's ihr gut. Sah richtig keck aus. Ist die Treppe raufgegangen wie sonst auch. Das gleiche Zimmer, das ihr immer nehmt.

«Na gut.» Francis zog den Zehn-Dollar-Schein hervor, den er von Billy hatte. «Kannst du den wechseln?» Donovan gab ihm das Wechselgeld, und Francis reichte ihm zwei Dollar.

«Die gibst du ihr morgen früh», sagte er. «Und achte 'n bißchen drauf, daß sie was ißt. Wenn ich höre, daß sie das Geld nicht bekommen hat, komm ich her und brech dir sämtliche Zähne raus.»

«Sie kriegt das Geld», sagte Donovan. «Ich mag Helen.»

«Schau doch mal kurz nach ihr», sagte Francis. «Erzähl ihr nichts davon, daß ich hier bin. Bloß nachsehn, ob alles in Ordnung ist und sie nichts braucht. Nicht sagen, daß ich dich geschickt hab oder sonst was. Nur nach ihr schauen.»

Und so klopfte Donovan um elf an Helens Tür und erfuhr, daß es ihr an nichts fehlte, kam wieder herunter und sagte Francis Bescheid.

«Richte ihr morgen früh aus, daß ich irgendwann tagsüber vorbeikomme», sagte Francis. «Und falls was dazwischenkommt und sie mich sehen will, dann soll sie 'ne Nachricht hinterlassen, wo ich sie finden kann; sag ihr das. Und zwar bei Pee Wee, in der Mission. Kennst du Pee Wee?»

«Die Mission kenne ich», antwortete Donovan.

«Hat sie den Koffer ausgelöst?»

«Hat sie, und ihr Zimmer zwei Nächte im voraus bezahlt.»

«Dann hat sie also doch Geld von zu Hause, na gut», sagte Francis. «Aber den Zwickel gib ihr trotzdem.»

Francis und Rudy liefen nun die Pearl Street hinauf Richtung Norden. Francis legte eine forsche Gangart vor. In einem Schaufenster erblickte er drei Puppen in steifen Abendkleidern, die ihm zuwinkten. Er winkte zurück.

«Und wohin gehn wir jetzt?» fragte Rudy.

«Zu 'nem Schwarzbrenner, der rund um die Uhr offen hat», sagte Francis. «Uns ein paar Pullen besorgen, anschließend 'ne Absteige suchen und uns 'ne Mütze Schlaf genehmigen.»

«Hey», sagte Rudy, «das ist ja Musik in meinen Ohren. Wo hast du nur das viele Geld her?»

«Von 'nem Baum.»

«Der gleiche, auf dem die Krawatten wachsen?»

«Erfaßt», sagte Francis. «Genau der.»

Bei dem Schwarzbrenner im ersten Stock eines Hauses in der Beaver Street kaufte Francis zwei Literflaschen Muskateller und zwei Halbliterflaschen Green River Whiskey.

«Fusel», sagte er, als ihm der Schwarzbrenner den Whiskey reichte, «aber erfüllt seinen Zweck.»

Francis bezahlte und steckte das Wechselgeld ein. Jetzt hatte er noch ganze zweidreißig. Er gab je eine Whiskey- und Weinflasche an Rudy weiter, und kaum waren sie zur Tür hinaus, setzten beide die Weinflasche an.

Und so begann Francis seit einer Woche zum erstenmal wieder zu trinken.

Eine breithüftige alte Frau mit Beinen wie ein Klavier führte die Absteige; es war die Witwe irgendeines Fennessey, der schon so lange tot war, daß kein Mensch sich mehr an seinen Vornamen erinnerte.

«Hey, Ma», sagte Rudy, als sie ihnen die Tür aufmachte.

«Ich heiße Fennessey», erwiderte sie, «und so werd ich auch angesprochen.»

«Weiß ich doch», sagte Rudy.

«Dann halten Sie sich dran. Nur die Nigger nennen mich Ma.»

«Schon gut, Sweetheart», sagte Francis. «Hat schon mal jemand Sweetheart zu Ihnen gesagt? Wir hätten gern zwei Fallen für die Nacht.»

Sie ließ die beiden ein, kassierte das Geld, einen Dollar für zwei Betten, und führte sie dann die Treppe hinauf in einen großen Raum, der einst aus zwei oder drei Räumen bestanden hatte und jetzt, ohne Zwischenwände, als Schlafsaal zwölf schmuddeligen Feldbetten Platz bot. Nur auf einem war eine schlafende Gestalt auszumachen. Der Raum wurde von einer einzigen Birne erleuchtet, die Francis auf drei Watt schätzte.

«Mann, ist das 'n grelles Licht hier drin», sagte er. «Da wird man ja blind.»

«Wenn's Ihrem Freund hier nicht gefällt, kann er sich gern was andres suchen», sagte Mrs. Fennessey zu Rudy.

«Aber wem würd's in dieser Bude denn nicht gefallen?» sagte Francis und ließ sich auf das Feldbett neben dem schlafenden Mann plumpsen.

«Hey, Penner», sagte er, griff hinüber und rüttelte den Schläfer. «Willst du was trinken?»

Ein Mann mit riesigen wochenalten Schorfkrusten auf Nase und Stirn kehrte Francis sein Gesicht zu.

«Schau an», sagte Francis, «das ist ja Moose.»

«Tja, ich bin's», sagte Moose.

«Moose wer?» fragte Rudy.

«Moose Ist-doch-wurschtegal», sagte Francis.

«Moose Backer», sagte Moose.

«Das hier ist Rudy», sagte Francis. «Der ist zwar behämmerter als 'ne schielende Wanze, aber ansonsten ganz in Ordnung.»

«Bist ja richtig schick geworden, seit ich dich das letzte Mal gesehn hab», sagte Moose zu Francis. «Sogar 'ne Schleife trägst du. Ist bei dir der Wohlstand ausgebrochen?»

«Er hat 'nen Baum entdeckt, auf dem Zehn-Dollar-Scheine wachsen», sagte Rudy.

Francis ging ums Bett herum und reichte Moose die Weinflasche. Moose nahm einen tiefen Schluck und dankte mit einem Nicken.

«Warum haste mich denn geweckt?» fragte er dann.

«Um dir 'n Schluck anzubieten.»

«Es war dunkel», sagte Moose, «als ich mich hingelegt hab. Dunkel und saukalt.»

«Jessas, ich kenn das. Eiskalte Finger, eiskalte Zehen. Und hier drin ist es auch kalt. Hier, trink noch mal, das wärmt. Oder willste 'n Schluck Whiskey? Hab ich nämlich auch da.»

«Mir reicht's, bin schon ein bißchen angeschickert. Haste denn genug für dich selber?»

«Nun nimm schon einen Schluck, verdammt noch mal. Hab doch keine Angst, das Leben zu genießen.»

Also nahm Moose einen Schluck von dem Green River. «Ich hab gedacht, du wolltest mit mir die Hose tauschen», sagte er dann.

«Wollt ich schon. Die, die ich hatte, war praktisch neu, aber zu klein.»

«Und wo isse jetzt? Du hast gesagt, es wär Größe 48 oder 50, das wär genau richtig.»

«Wie wär's denn mit der hier?»

«Klar, sofort», sagte Moose.

«Wenn ich dir die gebe, hab ich selber keine mehr», sagte Francis.

«Ich geb dir meine dafür», sagte Moose.

«Warum willste denn deine neue Hose tauschen?» erkundigte sich Rudy.

«Recht hast du», sagte Francis, stand auf und schaute an seinen Hosenbeinen herab. «Wie käm ich dazu? Nee, die hier kriegste nicht. Fick dich ins Knie, die brauch ich selber. Schwatz mir nicht deine Hose auf. Besorg dir woanders eine.»

«Ich kauf sie dir ab», sagte Moose. «Wieviel willst du dafür? Ich hab nämlich 'n Job, ich hab noch 'ne ganze Woche lang Böden zu schmirgeln.»

«Polier von mir aus deine Böden», sagte Francis. «Die Hose ist jedenfalls unverkäuflich.»

«Schmirgeln, nicht polieren. Abschmirgeln tu ich sie, nicht polieren!»

«Blaff mich nicht so an», sagte Francis, «sonst hau ich dir 'n Loch in die Birne und tret dir das Hirn zu Brei. Willst hier wohl 'n starken Mann markieren, wie?»

«Nee», sagte Moose, «so einer bin ich nicht.»

«Aber ich. Leg dich mit mir an, und du stirbst vor mir.»

«Ach, ich sterb eh bald. Ich bin so hinüber wie die Decke da oben. Ich hab Tb.»

«Gott steh dir bei», sagte Francis und setzte sich. «Da tuste mir leid.»

«Ich hab sie im Knie.»

«Davon hab ich nichts gewußt. Tut mir leid. Mir tun alle leid, die Tb haben.»

«Bei mir sitzt sie im Knie.»

«Dann laß dir doch das Bein abnehmen.»

«Das wollten die Brüder auch.»

«Dann laß sie's abnehmen.»

«Nee. Das würd ich nie zulassen.»

«Ich hab Magenkrebs», sagte Rudy.

«Tja», sagte Moose, «jeder hat das eine oder andere.»

«Wer von euch kommt zu meiner Beerdigung?» fragte Rudy.

«Dir fehlt wahrscheinlich nix, was mit Arbeit nicht geheilt werden könnte», sagte Moose.

«Richtig», sagte Francis zu Rudy, «wieso suchste dir nicht 'nen Job?» Er deutete zum Fenster hinaus auf die Straße. «Da, schau sie dir an. Alle da draußen tun ihre Arbeit.»

«Du bist ja noch bekloppter als der da», sagte Moose. «Arbeit ist weit und breit keine zu kriegen. Wo lebst du denn?»

«Es gibt Taxis. Da unten fährt eins.»

«Tja, es gibt Taxis», erwiderte Moose. «Na und?»

«Kannste das?» wollte Francis von Rudy wissen. «Leute wo hinbringen?»

«Ich hab meine Ex-Frau zum Wahnsinn gebracht», sagte Rudy.

«Na bitte. So muß man's machen. Zum Wahnsinn bringen, das is richtig.»

In der Zimmerecke sah Francis drei Frauen in langen Röcken stehen, die sich in vier Frauen verwandelten, in drei, und wieder zu vieren wurden. Die Gesichter kamen ihm bekannt vor, doch er konnte sich nicht an ihre Namen entsinnen. Das Alter der Frauen wechselte mit ihrer Anzahl: bald waren sie 20, bald 30, bald 50, nie als Kind zu sehen, nie in hohem Alter. In der Pearl Street würde Annie jetzt gerade versuchen einzuschlafen, aber wahrscheinlich war ihr ebensowenig nach Schlaf zumute wie ihm, war sie genausowenig imstande wie Francis, diesen Tag so ohne weiteres zu beschließen. Helen würde längst in tiefem Schlummer liegen, ausgepumpt von der Erschöpfung und ihren ewigen Sorgen. Diese unverbesserliche Schwarzseherin. Annie ist da ganz anders. Annie, die quält sich nicht herum. Annie weiß das Leben zu nehmen. Und Peg, die wird auch noch wachliegen. Warum auch nicht? Wieso soll die schlafen können, wenn sonst keiner ein Auge zukriegt. Die sind garantiert noch alle auf, wetten? Den Auftritt, den Francis da hingelegt hat, werden sie nicht so schnell vergessen.

Er hat ihnen gezeigt, zu was ein Mann fähig ist.

Ein Mann, der keine Angst davor hat zurückzukehren.

Diese gottverdammten Spukfiguren, die sind dir zwar überall hinterher, aber sie können dir nix anhaben. Denen mußt du nur mutig gegenübertreten, das ist alles. Und dann tut man, was zu tun ist.

Sandra gesellte sich zu den drei Frauen drüben in der Ecke, da waren es vier. Francis hat mir Suppe gebracht, erzählte sie ihnen. Er hat mir meinen Schuh angezogen und mich an ein windstilles Plätzchen getragen. Aus den vier Frauen wurden fünf.

«Wo kein Wind mehr pfeift», sang Rudy. «Dort will ich hin, wo kein Wind pfeift und kein Schnee mehr fällt.»

Francis erkannte Katrinas Gesicht unter den fünfen, die wieder zu vier Frauen wurden, zu drei.

Finny und Little Red betraten die Absteige, dicht gefolgt von einer dritten Gestalt, die Francis nicht gleich erkannte. Dann sah er, daß es Old Shoes war.

«Hey, Moose», rief er, «wir kriegen Gesellschaft.»

«Ist das nicht Finny?» fragte Moose. «Sieht ganz danach aus.»

«Das isser», sagte Francis. Finny blieb schwankend am Fußende von Francis' Bett stehen, hatte schwer einen im Tee und versuchte herauszukriegen, wer hier von ihm sprach.

«Du Schweinepriester», sagte Moose und stützte sich auf seinen Ellbogen.

«Mit welchem Schweinepriester redest du?» fragte Francis.

«Finny. Der hat früher bei Spanish George gearbeitet. Wenn da einer im Suff 'n bißchen laut wurde, hat ihm Finny mit Begeisterung den Knüppel über die Rübe gezogen.»

«Ist das wahr, Finny?» fragte Francis. «Du hast den Jungs gern eins übergeplättet?»

«Arrrrggggghhh», machte Finny und schlurfte auf eine Pritsche zu, die ein Stück von Francis entfernt stand.

«Das war 'n hundsgemeiner Bursche», sagte Moose. «Mir hat er auch mal eins übergezogen.»

«Hat's weh getan?»

«Höllisch. Ich hab noch drei Wochen lang Kopfschmerzen gehabt.»

«Irgendwer hat Finnys Auto angezündet», verkündete Little Red. «Er war grad weg, um sich was zu essen zu holen, kam zurück und da stand es in Flammen. Er glaubt, die Cops waren es.»

«Wieso zünden die Cops Autos an?» fragte Rudy.

«Die Cops drehn langsam durch», sagte Little Red. «Die

nehmen jeden gleich mit. Die American Legion steckt dahinter, hab ich gehört.»

«Diese Plattfußindianer?» sagte Francis. «Die wollen mir schon mein ganzes Leben lang an den Kragen.»

«Genau, Bullen und die Typen von der Legion», sagte Little Red. «Wegen denen sind wir hier.»

«Du meinst, hier wärt ihr sicher?» fragte Francis.

«Sicherer als auf der Straße.»

«Weil die Cops natürlich nie hier raufkämen, wenn sie hinter dir her wären, nicht wahr?» sagte Francis.

«Die können ja gar nicht wissen, daß ich hier bin», sagte Little Red.

«Was glaubst du denn, wo wir uns befinden? Im *Waldorf Astoria*? Glaubst du etwa, die alte Ziege da unten würde den Bullen nicht erzählen, wer hier ist und wer nicht, wenn die das wissen wollen?»

«Vielleicht ham die Cops das Ding auch gar nicht angezündet», sagte Moose. «Finny hat genug Feinde. Wenn ich gewußt hätte, daß der 'n Auto hat, hätt ich's ihm auch angezündet. Der Schweinepriester hat auf uns allen rumgedroschen, aber jetzt sitzt er auf der Straße. Jetzt können wir uns den mal in 'ner dunklen Gasse vorknöpfen.»

«Haste gehört, Finny?» rief Francis. «Die Jungs wollen dir den Arsch versohlen. Sie wollen sich zusammentun und dich in 'ner dunklen Gasse aufbügeln.»

«Ngggghhhh», kam es von Finny.

«Finny ist in Ordnung», sagte Little Red. «Laßt ihn in Ruhe.»

«Aha, du bist also derjenige, der hier die Befehle erteilt im *Waldorf Astoria*, ja?» fragte Francis.

«Wer zum Teufel bist du denn überhaupt?» fragte Little Red zurück.

«Ich bin der Bursche, der gleich mit deinem Kopf Football spielt und ihn dir zu Brei tritt wie 'ne reife Traube, wenn du denkst, du könntest mir hier Vorschriften machen.»

«Ja, ja», sagte Little Red und trollte sich zu der Pritsche neben Finny.

«Ich hab mir doch gleich beim Reinkommen gedacht, daß das nur du sein kannst», sagte Old Shoes und trat ans Fußende von Francis' Feldbett. «Dein Nebelhorn von einer Stimme würd ich überall raushörn.»

«Old Shoes», sagte Francis. «Old Shoes Gilligan!»

«Richtig. Hast ja 'n ziemlich gutes Gedächtnis. Der Schnaps hat dir also noch nicht die Birne aufgeweicht.»

«Old Shoes Gilligan», sagte Francis, «'n gutes altes Herz, hat 'n Magen aus Gußeisen und 'n Arschloch aus Erz.»

«Nix mehr Gußeisen», sagte Old Shoes. «Ich hab 'n Magengeschwür. Ich trink schon seit zwei Jahren keinen Tropfen Alkohol mehr.»

«Und was zum Teufel treibste dann hier?»

«Wollte bloß mal vorbeischauen. Die alten Jungs wiedersehn und schauen, was so läuft.»

«Und dann ziehst du mit Finny und diesem rothaarigen Klugscheißer rum?»

«Wen hast du eben mit ‹Klugscheißer› gemeint?» kam es von Little Red.

«Dich Klugscheißer hab ich gemeint, du Klugscheißer», sagte Francis.

«Du hast 'ne ziemlich große Klappe», sagte Little Red.

«Solltest erst mal meinen Fuß sehn. Der ist noch viel größer, und den kriegste gleich auf die Nase, wenn du mich weiter so anpöbelst, wo ich mir alle Mühe geb, höflich zu sein.»

«Ruhig Blut, Francis», sagte Old Shoes. «Wie isses dir denn ergangen? Du schaust ja gut aus.»

«Ich bin dabei, reich zu werden», sagte Francis. «Hab mich neu eingekleidet, hab zwei Pullen und Geld in der Tasche.»

«Dann hast du's ja zu was gebracht», sagte Old Shoes.

«Tja. Aber was du hier suchst, wenn du nicht mehr trinkst, ist mir wirklich schleierhaft.»

«Hab ich dir doch grad erzählt. Ich bin auf Durchreise und war neugierig, was aus den alten Läden von früher geworden ist.»

«Hast du Arbeit?»

«Hab 'n festen Job unten in Jersey. Ich hab sogar 'ne Wohnung und 'n Auto. Ein Auto, Francis, kannste dir das vorstellen? Ich und 'n Auto? Ist zwar nicht ganz neu, aber es tut seine Dienste. Ein zweitüriger Hudson. Willst du 'ne kleine Spritztour machen?»

«Spritztour? Ich?»

«Klar, wieso nicht?»

«Jetzt?»

«Mir ist das gleich. Ich mach sowieso bloß 'ne kleine Sightseeing-Tour. Ich schlaf auch nicht hier. Hier würd ich eh nicht pennen. Hab keine Lust, bei mir zu Haus in Jersey Wanzen einzuschleppen.»

«Diesen Penner hier», klärte Francis Rudy auf, «den hab ich davor bewahrt, auf der Straße zu verrecken. Der is drei- oder viermal pro Nacht einfach aus dem Stand umgekippt, wenn er besoffen war. Als wenn er kopflastig wär.»

«Stimmt», sagte Old Shoes. «Hab mir auf die Art vier- oder fünfmal bös das Gesicht aufgeschlagen, so wie du da.» Er machte eine Geste zu Moose hin. «Aber heut passiert mir das nicht mehr. Ich hab drei Klapsmühlen hinter mir, und dann war's genug. Mit dem Rumziehen hab ich vor drei Jahren Schluß gemacht, und trocken bin ich seit zwei Jahren. Na, haste nun Lust auf 'ne Spazierfahrt, Francis? Aber eins ist Bedingung, keine Flasche im Auto. Meine Frau würd's sofort riechen, und dann krieg ich Stunk.»

«Was, verheiratet bist du auch?» fragte Francis.

«Du hast ein Auto, eine Frau, eine Wohnung und einen festen Job?» fragte Rudy. Er setzte sich in seiner Pritsche auf, um diesen Eindringling genauer zu betrachten.

«Das ist Rudy», sagte Francis. «Rudy Tootie. Der denkt grad darüber nach, ob er sich nicht lieber ins Jenseits befördern soll.»

«Das Gefühl kenn ich», sagte Old Shoes. «Ich und Francis, wir haben uns eines Morgens mal die Hacken abgelaufen, um was zu Saufen aufzutreiben, war aber alles für die Katz. Es war zwanzig Grad unter Null, und wir sind mit nassen, kalten Füßen durch den Schnee gestapft. Schließlich haben wir dann Blut gespendet und das Geld auf der Stelle versoffen. Ich wurde ohnmächtig, und als ich zu mir kam, hatte ich noch genauso einen Durst wie vorher, aber keinen Penny mehr und keine Chance, an Piepen ranzukommen. Blutspenden war auch nicht mehr drin. In dem Moment wollte ich bloß noch eins: sterben. Und das sag ich nicht nur so dahin. Sterben wollt ich.»

«Wo man Schnee nicht kennt», sang Rudy vor sich hin. «Wo milde Gaben auf Bäumen wachsen und man jede Nacht im Freien pennt.»

«Und du», fragte ihn Old Shoes, «hast du Lust auf 'ne Spazierfahrt?»

«Oh, wie die Bienen summen in den Zigarettenbäumen und am Seltersbrunnen», sang Rudy. Dann lächelte er Old Shoes an, nahm einen tiefen Schluck aus seiner Weinflasche und kippte zurück auf die Pritsche.

«Da will einer 'ne Spazierfahrt machen», sagte Francis, «und findet keine Kunden. Komm. Shoes, Feierabend für heute, hau dich auf eine von den Pritschen und gönn deinen Knochen ein bißchen Ruhe.»

«Nee, nee. Ich glaub, ich brech jetzt mal wieder auf.»

«Eines Abends bei Sonnenuntergang», sang Rudy, «die Lagerfeuer brannten im Pennercamp, da kam ein Hobo den Bahndamm entlang und sagte: Jungs, ich bleib nicht lang.»

«Halt endlich die Klappe und hör auf zu singen», rief Little Red. «Ich will schlafen.»

«Dem polier ich die Visage», sagte Francis und stand auf.

«Fang keine Schlägerei an», sagte Moose. «Die Alte schmeißt uns hochkant raus oder hetzt uns noch die Polizei auf 'n Hals.»

«Auf den Tag hab ich gewartet, wo mich einer aus 'ner Bruchbude wie dieser hier rausschmeißt», sagte Francis. «Ein Saustall ist das. Und ich hab schon bessere Sauställe gesehn als diesen Saustall hier.»

«Da, wo ich herkomme –» begann Old Shoes.

«Wo du herkommst ist mir scheißegal», sagte Francis.

«Hör zu, ich komm aus Texas.»

«Dann nenn mir die Stadt.»

«Galveston», sagte Old Shoes.

«Benimm dich», sagte Francis, «sonst renk ich dir das Kreuz

aus. Ich bin stark wie 'n Bär. Ich bin nicht so 'n Schlappschwanz wie dieser Finny dort. Ich hab schon zwölf Kerle auf einmal verprügelt.»

«Du bist ja besoffen», sagte Old Shoes.

«Tja. Ich bin am abdrehen.»

«Du bist schon längst weg. Man könnte meinen, dich hätt 'ne Klapperschlange gebissen.»

«Klapperschlange, ach was. 'ne Klapperschlange ist doch gar nichts.»

«Vielleicht 'ne Wassermokassin?»

«Aha, 'ne klappernde Wassermokassin. Genau. Das is schon eher was. Meine Güte, da ham wir ja 'n hübsches Thema. Wer hat Lust, sich über Schlangen zu unterhalten? Nee, reden wir lieber über Penner. Ein Penner is 'n Penner, da beißt die Maus kein Faden ab. Diese Helen hat mich zum Penner gemacht. Das Weibsstück will einfach nicht mehr nach Haus und 'n ordentliches Leben führen.»

«Die Helen tanzt den Hula-Hula, dort in Hon-oh-luh-luhh», sang Rudy.

«Halt deine dumme Klappe», fuhr ihn Francis an.

«Die Leute mögen mich einfach nicht», sagte Rudy.

«Singst hier rum, wedelst mit den Armen und reißt dumme Witze über Helen.»

«Ich kann nicht aus meiner Haut raus.»

«Genau das mein ich», sagte Francis.

«Ich hab's ja versucht.»

«Ich weiß, aber du schaffst es eben nicht. Also versuch eben, damit zu leben.»

«Mir gefällt meine Verdammnis», sagte Rudy.

«Nee, komm raus aus deiner Verdammnis.»

«Mir gefällt sie aber.»

«Laß dich ja nie verdammen.»

«Mir gefällt meine Verdammnis, weil ich weiß, daß ich gesündigt hab im Leben.»

«Du hast nie gesündigt», sagte Francis.

«Jetzt haltet endlich die Klappe, ihr Spinner da vorne», brüllte Little Red und setzte sich auf. Im nächsten Augenblick war Francis auch schon auf den Beinen und rannte den Mittelgang hinunter. Noch im Laufen holte er aus und verpaßte Little Red einen Boxhieb zwischen die Zähne.

«Dich mach ich fertig», keuchte er.

Little Red wurde von der Wucht des Hiebes herumgeworfen und fiel auf der anderen Seite vom Bett. Francis lief um die Pritsche herum und trat ihm mit dem Fuß in den Bauch. Little Red stöhnte auf, wälzte sich herum, und Francis gab ihm einen Tritt in die Seite. Little Red rollte sich unter Finnys Pritsche, um aus Francis' Reichweite zu kommen, aber Francis folgte ihm und war kurz davor, ihm die Spitze seines großen schwarzen Halbschuhs mit aller Kraft ins Gesicht zu rammen, als er plötzlich innehielt. Rudy, Moose und Old Shoes, alle waren sie aufgestanden und sahen zu.

«Ich kenn ihn noch von früher», sagte Old Shoes. «Francis war stark wie ein Bulle.»

«Ich konnte allein 'n ganzes Haus abreißen», sagte Francis und ging zurück zu seinem Feldbett. «Und ich hab keine Abrißbirne dazu gebraucht.» Er nahm die Weinflasche zur Hand und schwenkte sie herum, worauf Moose und Rudy sich wieder hinlegten. Old Shoes nahm auf dem leeren Bett neben Francis Platz. Little Red lutschte auf seiner blutenden Lippe und blieb still unter der Koje liegen, auf der Finny flach auf dem Rücken lag und schnarchte. Auf den drei Frauengestalten in der Ecke gegenüber wechselten sich wie in einem Kaleidoskop in rascher Folge die Gesichter sämtlicher Frauen ab, die Francis in seinem Leben gekannt hatte. Das Trio saß auf Holzstühlen mit hohen Lehnen, drei Zeuginnen der Veflechtungen in Francis' Leben. Seine Mutter stickte *Home Sweet Home* auf ein zugeschnittenes Stück Tuch, während Katrina damit beschäftigt war, eine frische Rolle Stoff abzumessen, und Helen mit der Schere die Fäden an den ausgefransten Rändern trimmte. Dann verwandelten sich alle drei in Annie.

«Wenn mich jemand anmachen will, muß ich ihn schon 'n bißchen zusammenstauchen, damit er sich nicht einbildet, er könnte mich für dumm verkaufen», sagte Francis. «Ich werd zwar in der Hölle schmoren, falls es so was wirklich gibt – aber solange ich noch Muskeln im Leib und Blut in den Adern hab, wird mir keiner auf'm Kopf rumtanzen. Ich bin noch keinem Penner begegnet, der an Francis was auszusetzen gehabt hätte. Sollten sie auch lieber bleiben lassen, verdammt noch mal. All die leidgeplagten Burschen, all die armen Seelen, die drauf warten, daß sie in den Himmel kommen, durchs Schneetreiben stapfen, in leeren Häusern pennen und so abgemagert sind, daß sie die Hosen verlieren. Wenn ich von dieser Erde scheide, dann möcht ich es mit einem Segen tun, für alle. Francis hat nie einem weh getan.»

«Die Spottdrosseln werden singen, wenn du stirbst», sagte Old Shoes.

«Sollen sie ruhig, sollen sie. Da sagen die Leute zu mir: Mach Schluß mit deinem Vagabundenleben. Als hätt ich meine Chance nicht gehabt. Und da war mein Verstand klar. Mittlerweile ist er so zerfasert wie das Schlepptau von 'nem Kanalleichter, bei dem ewigen Hin und Her. Wenn man zu derb auf was draufdrischt, kommt alles zum Stillstand, da bleibt sogar 'n Nagel stecken. Man kriegt ihn soundso weit rein, und dann ist Schluß. Wenn du weiter draufhämmerst, bricht der Kopf ab.»

«Da ist was dran», sagte Moose.

«Auf dem Big Rock Candy Mountain», sang Rudy, «stolzieren Cops auf Beinen aus Holz.» Er stand auf, stellte sich neben das Feldbett, machte, Francis imitierend, eine ausladende Geste mit der Weinflasche, dann sang er, im Takt mit dem Oberkörper vor und zurück wiegend, mit kraftvoller Stimme und ohne ein einziges Mal falsch zu singen: «Die Bulldoggen haben Gummizähne, und Hennen legen weichgekochte Eier. Die Bahnwaggons sind alle leer, und die Sonne scheint andauernd. Dort will ich hin, wo man Schnee nicht kennt, wo es nie hagelt und die Sonne brennt, auf den Big Rock Candy Mountain.»

Old Shoes stand auf und machte sich bereit zum Aufbruch. «Will keiner 'n Stück mitfahren?» fragte er noch einmal.

«Also gut, verdammt noch mal», sagte Francis. «Was hältste davon, Rudy? Laß uns hier verschwinden aus diesem Stall. Raus aus diesem Mief und irgendwohin, wo ich wieder frei atmen kann. Die Büsche sind ja noch Gold gegen diesen Stall hier.»

«Dann mach's mal gut, Kumpel», sagte Moose. «Und danke für den Wein.»

«Klar, Sportsfreund, und Gott steh dir bei mit deinem Knie. Francis, der ist hart wie 'n Zimmermannsnagel.»

«Glaub ich dir gern», sagte Moose.

«Wohin fahren wir?» erkundigte sich Rudy.

«Rauf zum Dschungel, einen Freund von mir besuchen. Fährste uns rauf zum Dschungel?» wandte sich Francis an Old Shoes. «Oben im North End. Weißt du, wo das ist?»

«Nee, aber du.»

«Das wird aber 'ne kalte Nacht», bemerkte Rudy.

«Die haben ein Feuer brennen», sagte Francis. «Lieber im Kalten hocken als in der Scheißbude hier.»

«An den Limonadenquellen, wo der Hüttensänger zwitschert», sang Rudy.

«Genau da geht's hin», sagte Francis.

Während Old Shoes' Auto auf dem Erie Boulevard, dem einstigen, längst aufgeschütteten Bett des Erie Canal, gen Norden rollte, erinnerte sich Francis an das Gesicht des alten Emmett Daugherty: das zerfurchte, gerötete Antlitz unter dem welligen ergrauten Haar, die spitze, markante Nase, die ihn wahrhaftig wie der heilige Krieger aussehen ließ, als den Francis ihn immer in Erinnerung behalten würde – ein Ire, der aufhörte zu trinken, wenn er genug hatte, ein ernsthafter, geistreicher und beherrschter Mann mit erhabenen Grundsätzen und mit einem unerschütterlichen Glauben an Gott und die Arbeiterschaft. Francis hatte oft auf der Schieferstufe am Eingang von Iron Joes *Wheelbarrow* neben ihm gesessen und seinen endlosen Geschichten von den alten Zeiten zugehört, als er und dieses Land noch jung gewesen waren und die Flußdampfer die Greenhorns von den irischen Einwandererschiffen den Hudson heraufgebracht hatten. Während der Cholera-Epidemien hatte man die Neuankömmlinge in Albany kurzerhand vom Flußdampfer auf Kanalboote verfrachtet und sie auf dem Erie Canal weiter nach

Westen geschickt, denn die Stadtältesten hatten die Regierung veranlaßt, den pestverdächtigen Ausländern keinen Zutritt mehr nach Albany zu gewähren.

Emmett war, in New York von Bord des Totenschiffs aus Cork kommend, nach Albany hinaufgeschippert und hatte am dortigen Kai dann seinen Bruder Owen entdeckt, der wild mit den Armen rudernd auf sich aufmerksam machte. Owen folgte dem Kanalboot bis zur Schleuse in North Albany, rannte auf dem Zugpfad am Ufer nebenher und rief Emmett Ratschläge zu, unterrichtete ihn von Familienneuigkeiten und wies ihn an, an Land zu gehen, sobald man ihn vom Schiff ließe und ihm dann seinen Aufenthaltsort mitzuteilen, damit Owen ihm das Fahrgeld schicken konnte, um mit der Postkutsche nach Albany zurückzukehren. Doch es vergingen Tage, ehe man Emmett von diesem Boot an Land ließ, und zwar an einem Ort, dessen Namen er nie erfuhr; auch hier wurden die Neuankömmlinge von den Behörden gezwungen, weiter nach Westen zu reisen.

Als Emmett dann endlich in Buffalo angekommen war, hatte er beschlossen, nicht in eine so ungastliche Stadt wie Albany zurückzukehren, und fuhr weiter bis Ohio, wo er zunächst Arbeit beim Straßenbau fand, dann bei der Eisenbahn; er gelangte als Gleisbauarbeiter mit der Zeit immer weiter nach Westen, engagierte sich als Arbeiterführer, wurde schließlich zum führenden Mitglied des Clann na Gael, und er erlebte auf seine alten Tage noch mit, wie in Albany die Iren an die Macht kamen, und erzählte die Geschichten aus seinem Leben, die den jungen Francis Phelan schließlich dazu brachten, jenen Stein zu werfen, der den Lauf des Lebens ändern sollte, selbst für Leute, die damals noch gar nicht geboren waren.

Auch wenn sich diese Szene vierzig Jahre vor Francis' Geburt abgespielt hatte, so war dieses Postboot mit dem nebenher rennenden Owen, der Emmett von seinen Kindern erzählte, für ihn so real wie Old Shoes' Auto, in dem er jetzt immer weiter nach Norden schaukelte und genau auf die Stelle zuhielt, an der die Trennung stattgefunden hatte. Er war den Tränen nahe, als er daran dachte, wie die beiden

Daugherty-Brüder durch die verdammte Regierung voneinander fortgerissen worden waren, so wie er jetzt Billy und den anderen entrissen wurde. Und wodurch? Wer oder was entriß Francis diesen Leuten wieder, nachdem er zu ihnen zurückgefunden hatte? Es war eine Macht, deren Name, wenn sie denn einen hatte, nichts zur Sache tat, ihre Wirkung jedenfalls war niederschmetternd. Emmett Daugherty hatte nie irgendwem einen Vorwurf gemacht, weder den Cholera-Inspektoren noch den Stadtältesten Albanys. Er wußte, daß ein höheres Geschick ihn dazu bestimmt hatte, sich weiter nach Westen durchzuschlagen und ihn zu dem geformt hatte, was er letztendlich geworden war; und jetzt verstand Francis diese Beweglichkeit und das Geformtwerden, denn er erkannte darin die rastlose Getriebenheit des Flüchtlings, die so sehr Teil seines eigenen Charakters geworden war. Von daher empfand er es auch als völlig angemessen, daß er und Emmett zu einer einzigen Person verschmolzen wurden: nämlich in der Figur des Helden in dem Stück, das Emmetts Sohn, der Bühnenautor Edward Daugherty, geschrieben hatte. Edward, der Mann Katrinas und Martins Vater, schilderte in ‹*The Car Barns*›, wie Emmett den jungen Francis radikalisiert hatte, indem er ihm seine Variante der Geschichte von Trennung und Wachstum erzählte, indem er Francis dazu ermutigte, den Feind zu erkennen und ihn zum Ziel seines Steinwurfs zu machen. Und so wie Emmett dann tatsächlich als Held der Arbeiter nach Albany heimgekehrt war, so hatte auch der Autor das Bild von einem Francis entworfen, der auf Grund der Auswirkungen seines Steinwurfs als Untergrundheld nach Albany heimkehrte.

Eine Zeitlang nahm Francis alles für bare Münze, was Edward Daugherty über ihn geschrieben hatte: Seine Rolle als Befreier der Streikenden von den Kapitalistenlumpen, denen die Straßenbahn gehörte – genau wie Emmett zu einer anderen Zeit dem Paddy mit der Schaufel geholfen hatte, Rückgrat zu zeigen und aus seinem Erdloch herauszuklettern. Der Autor hatte in beiden Männern den heiligen Krieger gesehen, befeuert von den sozialistischen Göttern, die das historische Verlangen der Iren nach Beistand von oben erkannten, denn (so sprach

Emmett, der beredte Agitator, in dem Stück): «Wie sonst könnten wir uns befreien von den Toryschweinen, diesen wahren und unbezwingbaren Werkzeugen des Teufels seit Anbeginn der Geschichte?»

Der Stein hatte (hatte er das etwa nicht?) zu den Schüssen geführt, die zwei Unbeteiligte das Leben kosteten. Ohne diese Entwicklung, ohne den Tod Harold Allens, wäre der Streik mit großer Wahrscheinlichkeit weitergegangen, denn es wurden Streikbrecher in großer Zahl aus Brooklyn herbeigekarrt, irische Greenhorns wie Emmett damals auf dem Postschiff; manche von denen wurden sofort abtrünnig, als sie erkannten, worum es bei dem Streik ging, andere waren fassungslos und wußten weder ein noch aus, verschaukelt von Männern, die sie zum Eisenbahnbau in Philadelphia angeheuert hatten und sie dann hier als Streikbrecher einschleusten, wo sie um Leib und Leben bangen mußten. Es gab sogar Streikende aus anderen Städten, die sich hier als Streikbrecher verdingten, charakterlose Männer, die mit Sonderzügen anreisten und den Männern von Albany hier die Jobs wegschnappten, so wie ihnen zu Hause andere die Jobs weggeschnappt hatten. Und all dies wäre wohl so weitergegangen, hätte Francis nicht den ersten Stein geworfen. Er war der große Held bei diesem Streik, der Helden zu Dutzenden hervorbrachte. Und deshalb hat ihn sein Leben lang die Schuld am Tode dieser drei Männer verfolgt, deshalb auch war er außerstande, an jenem bewußten Tag die Einwirkung irgendeiner anderen Kraft auf der Welt zu erkennen als der seiner eigenen rechten Hand. Obwohl er wußte, daß es stimmte, konnte er es dennoch nicht akzeptieren, daß an jenem Tag noch andere bedeutungsschwere Steine geflogen waren, daß die Salve, mit der die Milizsoldaten die beiden Zuschauer niederstreckten, weniger mit dem Tode Harold Allens zu tun hatte, als vielmehr mit der Angst der Soldaten vor ihrem eigenen, denn die Schüsse hatten sie nicht auf Francis' Steinwurf hin abgegeben, sondern erst nach dem Steinhagel, mit dem der Mob den Straßenbahnwagen eingedeckt hatte. Und da hatte sich Francis, der nichts sah außer der eigenen Tat und dem, was ihm deren unmittelbare Konsequenz zu sein schien, in Heroismus geflüchtet und war durch das geschriebene Wort Edward Daughertys noch tiefer durchtränkt worden mit der ach so ruhmreichen Schuld des Helden.

Doch jetzt, wo diese Ereignisse so weit zurücklagen und längst vergessen waren, wo seine Schuld in Wirklichkeit so wenig damit zu tun hatte, sah er in dem Streik nichts anderes als den Irrsinn der Iren, Arm gegen Arm, eine gespaltene Rasse, eine Klasse, die sich gegen sich selber auflehnte. Er erkannte in jenem Harold Allen einen Mann, dem es in dem Augenblick, als er die Empörung des Mobs gegen sich gerichtet sah, einzig und allein darauf angekommen war, diesen Tag und diesen Abend zu überleben, so wie Francis selbst auf seiner Flucht durch fremde Städte Feindseligkeiten zu überstehen, so wie er selbst sich immer gegen seine eigenen schlimmsten Instinkte zu behaupten gehabt hatte. Denn Francis wußte jetzt, daß er mit sich selbst auf Kriegsfuß stand, daß Zwietracht herrschte in seinem zersplitterten Inneren, und wollte er das heil überstehen, brauchte er nicht den Beistand irgendeines sozialistischen Gottes, sondern einen klaren Verstand und den sicheren Blick für die Wahrheit, denn die Schuld, die auf ihm lastete, war es nicht wert, daß man dafür starb. Sie diente nichts anderem als der unersättlichen Blutgier der Natur. Der Trick bestand darin, am Leben zu bleiben, den Bastarden eins draufzugeben, den Zorn des Mobs und das ganze schicksalhafte Chaos zu überleben und ihnen allen zu zeigen, was ein Mann tun kann, um die Dinge wieder ins Lot zu bringen, wenn er sich das erst mal vorgenommen hat.

Armer Harold Allen.

«Ich vergeb ihm, diesem Bastard», sagte Francis.

«Von wem redest du?» fragte Old Shoes. Rudy lag unterdessen stinkbesoffen auf dem Rücksitz, Whiskey- und Weinflasche aufrecht auf seiner Brust festhaltend, beide unverschlossen, ein klarer Verstoß gegen Old Shoes' Diktum, die Flaschen im Auto zuzulassen und ja nichts zu verschütten.

«Von 'nem Burschen, den ich umgebracht hab. Allen hieß er.»

«Du hast einen umgebracht?»

«Mehr als einen.»
«War aber keine Absicht, oder?»
«Doch. Auf diesen einen, diesen Allen, auf den hatt ich's abgesehen. Der hat mir nämlich meinen Job weggeschnappt.»
«Das ist 'n guter Grund.»
«Vielleicht, vielleicht auch nicht. Vielleicht hat er nur getan, was er tun mußte.»
«Quatsch», sagte Old Shoes. «Das tun sie alle, egal ob gut oder böse oder völlig auf'm Hund. Das tut jeder Einbrecher und Mörder auch.»
Daraufhin blieb Francis stumm und versenkte sich in eine ganz neue Wahrheit, mit der es sich zu beschäftigen galt.

Der Dschungel mochte sieben Jahre alt sein, drei Jahre, einen Monat oder erst ein paar Tage. Er war eine Aschengrube, ein Friedhof und eine Flüchtlingsstadt inmitten der wilden Sumacbüsche und der Bäume der Flußniederung, die der frühe Frost entlaubt hatte, ein wahlloses, wucherndes Durcheinander von primitiv zusammengeschusterten Hütten aus Teerpappe, windschiefen Behausungen aus aneinandergelehnten Teilen, und improvisierten Konstruktionen, die sich mit keiner herkömmlichen Terminologie beschreiben ließen. Ihrem Wesen nach war diese Stadt ein Durchgangslager, das Seßhafte nur Schein, ein vorübergehender Zufluchtsort für jene, denen Fortbewegung ein Greuel bedeutete, sinnlos erschien oder unmöglich gemacht worden war. Krüppel hausten hier, Einwohner Albanys, die ihr Zuhause verloren hatten, und solche, deren Reise hier zu Ende war, die alles akzeptierten, was für ein Unglück auch immer als nächstes hereinbrechen mochte. Der Dschungel, eine sichtbare Manifestation all dessen, an dem dieses Zeitalter und diese Nation krankten, erstreckte sich über ein Areal im Größenverhältnis von zwei oder mehr Straßenblocks im Geviert, das zwischen Bahngleisen und Hudson lag, im Osten des alten Straßenbahndepots und des leerstehenden Hauses, das einst Iron Joes Kneipe beherbergt hatte.

Francis' Freund hier im Dschungel war ein Mann um die Sechzig, der Andy hieß und Francis im Güterwagen auf der gemeinsamen Herfahrt nach Albany gestanden hatte, daß ihn die Leute früher immer bloß Andy Welche-isses genannt hätten, ein Spitzname, der von seiner bis zum Alter von fast zwanzig Jahren andauernden Unfähigkeit herrührte, zwischen rechter und linker Hand unterscheiden zu können, ein Problem, das ihm in gewissen Stress-Situationen noch heute mitunter zu schaffen machte. Francis fand Andy Welche-isses auf Anhieb sympathisch, hatte Anteil an dem reichen Vorrat an Eßbarem und Zigaretten, den Andy mit sich führte, und dachte sofort wieder an ihn, als Annie ihm die zwei Stullen mit Truthahnbraten gab und Peg ihm ein ordentliches Stück von dem Plumpudding zusteckte, drei in Butterbrotpapier eingewickelte Päckchen, die er, noch unangetastet, in den Taschen seines aus dem Jahre 1916 stammenden Jacketts trug.

Und doch hatte Francis nicht ernsthaft ins Auge gefaßt, seinen Proviant mit Andy zu teilen, bis Rudy sein Lied vom Pennercamp angestimmt hatte. Obendrein hatte es ihm schier die Kehle zugeschnürt, seine eigene Bosheit und selbstzerstörerische Arroganz von einst in Little Red wiederverkörpert zu sehen, und das Zusammentreffen dieser Ereignisse hatte ihn genötigt, die Absteige zu verlassen, um sich etwas zu suchen, das er zu schätzen wüßte, denn was er jetzt am dringendsten nötig hatte, war der Glaube an einfache Lösungen. Und Andy Welche-isses, ein Mann, den die Bezeichnung seiner eigenen Hände in Verwirrung brachte, und der dennoch überlebt hatte, um in dieser Stadt vergeblicher Buße zu wohnen und auch noch dankbar dafür zu sein, war für Francis ein Geschöpf, das verdiente, näher in Augenschein genommen zu werden. Francis machte ihn ohne Mühe ausfindig, nachdem Old Shoes den Wagen am Feldweg neben dem Dschungel geparkt hatte. Er rüttelte den Mann wach, der vor seinem heruntergebrannten Feuer eingenickt war, und hielt ihm die Whiskeyflasche hin.

«Trink 'n Schluck, Kumpel. Balsam für die Seele.»

«Hey, der alte Francis! Wie kommste denn zurecht da draußen, altes Haus?»

«Ich setz einen Fuß vor den andern und hoffe, daß sie mich irgendwo hinführen», sagte Francis. «Hat das Hotel hier auf? Ich hab noch zwei Penner mitgebracht. Old Shoes hier behauptet zwar, er sei kein Penner mehr, aber das behauptet der auch nur. Und Rudy die Laus is 'n guter alter Kerl.»

«Hey», sagte Andy, «macht's euch bequem, setzt euch doch. Muß ich wohl geahnt ham, daß ihr kommt. Das Feuer schwelt noch, und der Himmel ist sternenklar. Bißchen kühl hier drin, ich werd mal die Heizung höher drehen.»

Sie nahmen rings ums Feuer Platz, während Rudy Zweige und auf den Holzplätzen gesammeltes Kleinholz auflegte, und bald schon prasselte es so munter, als wollten die Flammen bis hinauf in jene Himmelsregionen, die die Domäne allen Feuers sind. Die Flammen erfüllten die kalte Nacht mit Leben, und die Männer wärmten sich an ihnen die Hände.

Eine dunkle Gestalt tauchte hinter Andys Rücken auf, und als der ihre Anwesenheit bemerkte, wandte er sich um und hieß Michigan Mac in dieser urtümlichen Runde willkommen.

«Schön, dich kennenzulernen», sagte Francis. «Ich hab gehört, du wärst neulich nachts durch ein Loch in der Decke gefallen.»

«Hätte mir glatt das Genick brechen können», sagte Mac.

«Du hast dir's Genick gebrochen?» fragte Francis.

«Wenn ich mir's gebrochen hätt, wär ich tot.»

«Oh, dann biste also noch am Leben, ja? Du bist noch nicht tot?»

«Wer is 'n dieser Bursche?» erkundigte sich Mac bei Andy.

«Der ist in Ordnung», sagte Andy. «Hab ich unterwegs im Zug getroffen.»

«Wir sind allesamt in Ordnung», sagte Francis. «Ich hab noch keinen Penner getroffen, den ich nicht gemocht hätte.»

«Das hat Will Rogers gesagt», sagte Rudy.

«Den Teufel hat er», entgegnete Francis. «Ich hab das gesagt.»

«Soviel ich weiß, hat er das gesagt. Ich weiß bloß, was ich in der Zeitung gelesen hab.»

«Ich wußte gar nicht, daß du lesen kannst», sagte Francis.

«James Watt hat die Dampfmaschine erfunden», sagte Rudy. «Und da war er erst neunundzwanzig.»

«Das war 'n Genie», sagte Francis.

«Richtig. Charles Darwin, auch ein großer Mann, Meister der Botanik. Starb 1936.»

«Worüber redet der die ganze Zeit?» fragte Michigan Mac.

«Ach, nichts Bestimmtes», sagte Francis. «Der redet halt einfach.»

«Sir Isaac Newton! Weißt du, was der mit seinem Apfel gemacht hat?»

«Den kenn ich», sagte Old Shoes. «Der hat die Schwerkraft entdeckt.»

«Richtig. Weißt du, wann das war? 1936. Newton ist von zwei Hebammen zur Welt gebracht worden.»

«Mit diesen Genies kennst du dich ja recht gut aus», sagte Francis.

«Gott hat Erbarmen mit den Dieben», sagte Rudy. «Ich bin nämlich einer.»

«Diebe sind wir doch alle», meinte Francis. «Was hast du denn gestohlen?»

«Ich hab meiner Frau das Herz gestohlen.»

«Und was hast du damit gemacht?»

«Ihr zurückgegeben. Ist es nicht wert gewesen, daß ich's behalten hätt. Weißt du, wo die Milchstraße ist?»

«Irgendwo dort oben», sagte Francis und blickte zum Himmel hinauf, an dem mehr Sterne standen, als er je gesehen hatte.

«Verdammt, ich hab Hunger», sagte Michigan Mac.

«Hier», sagte Andy, «kannst dir 'n Stück abbeißen.» Er holte eine dicke rohe Zwiebel aus der Jackentasche.

«Das ist ja 'ne Zwiebel», sagte Mac.

«Noch ein Genie», sagte Francis.

Mac nahm die Zwiebel in die Hand und betrachtete sie, dann gab er sie Andy zurück, der ein Stück abbiß und sie wieder in seiner Tasche verschwinden ließ.

«Hab ich von 'nem Lebensmittelhändler gekriegt», erzählte er. «‹Mister›, hab ich zu ihm gesagt, ‹ich bin glatt am Verhungern, ham Sie denn nicht was zu beißen für mich?› Da hat er mir zwei Zwiebeln gegeben.»

«Du hattest ja Geld», sagte Mac. «Ich hab dir doch gesagt, kauf dir dafür einen Laib Brot, aber du hast dir 'ne Pulle Wein geholt.»

«Man kann nicht Wein haben und Brot dazu», sagte Andy. «Oder bist du vielleicht 'n Franzose?»

«Wenn du dir was Ordentliches zu essen und zu trinken kaufen willst, mußte eben arbeiten gehen», sagte Francis.

«Ich hab die ganze letzte Woche als Caddy gearbeitet», sagte Mac. «Aber bei dem Scheiß springt einfach nix raus. Da schlitterst du in einem fort diese verdammten Hügel runter. Diese Golfer haben natürlich alle Spikes an. Und dann erzählen sie dir: Such dir einen ordentlichen Job, Penner! Würd ich ja gern, aber ich kann nicht. Sobald ich fünf oder sechs Piepen in der Tasche hab, spring ich auf den nächstbesten Güterzug. Ich bin kein Penner, ich bin ein Hobo.»

«Du bist einfach zu fickrig», sagte Francis. «Deswegen biste auch nachts durch das Loch gefallen.»

«Kann sein. Aber die Bruchbude betret ich nicht mehr. Wie man hört, kreuzen dort jetzt jede Nacht die Cops auf und buchten welche von den Jungs ein. Da isses mir zu heiß. Da zieh ich heiter weiter.»

«Hier sind die Cops heut abend auch schon mal gewesen», sagte Andy. «Haben aber nur mit dem Suchscheinwerfer rumgeleuchtet. Mitgenommen haben sie niemand.»

Rudy hob den Kopf und ließ den Blick über die ums Feuer gereihten Gesichter gleiten. Dann richtete er den Blick gen Himmel und sprach zu den Sternen. «Am Rande der Städte», sagte er, «da werd ich immer unruhig. Ich bin ein Reisender.»

Sie ließen die Weinflasche herumgehen, und Andy legte Feuerholz nach, das er in seiner Behausung verstaut hatte. Francis mußte wieder an Billy denken, der sich zum Ausgehen in Schale geworfen und sich ihm dann in Anzug, Überzieher und

Hut zur Begutachtung vorgestellt hatte. Gefällt dir mein Hut? fragte er. Gefällt mir, sagte Francis, eleganter Hut. Meinen alten hab ich verloren, sagte Billy, den hier trag ich heut zum erstenmal. Steht er mir? Sieht äußerst elegant aus, sagte Francis. Gut, sagte Billy, jetzt muß ich aber los in die Stadt. Klar, sagte Francis. Billy fragte: Du läßt dich mal wieder sehen, ja? Aber bestimmt, sagte Francis. Bleibste vorerst in Albany, fragte Billy, oder willste wieder weiter? Hab mich noch nicht entschieden, sagte Francis, ist alles 'n bißchen viel auf einmal, das will überlegt sein. Wie alles, sagte Billy; dann schüttelten sie einander die Hand und damit hatte es sich.

Als Francis eine gute Stunde später selbst aufbrach, gab er zum Abschied auch George Quinn die Hand, einem gerissenen kleinen Burschen, so adrett wie eh und je, der mit seinen schlechten Witzen (fragt der Mann im Kaufhaus: Ham Sie 'nen gut verdaulichen Besen? Ich hab grad 'ne Wette verloren) alle zum Lachen brachte. Und Peg legte ihrem Vater die Arme um den Hals und drückte ihm einen Kuß auf die Wange, holla, ein richtiger Millionendollarkuß war das, alles was recht ist, und dann sagte Annie, seine Hände mit den ihren umschließend: Du mußt wiederkommen. Aber klar, sagte Francis. Nein, sagte Annie, ich meinte, du mußt kommen, damit wir über dies und jenes reden können, was du wissen solltest, Dinge, die die Kinder und die Familie betreffen. Da oben steht ein Feldbett, das könnten wir in Dannys Zimmer reinstellen, wenn du nächstes Mal länger bleiben willst. Und dann hatte sie ihn ganz zart auf die Lippen geküßt.

«Hey, Mac», sagte Francis, «hast du tatsächlich Hunger oder hast du das vorhin nur so dahingesagt?»

«Ich hab wirklich Hunger», sagte Michigan Mac. «Hab seit heut mittag nix mehr gefuttert. Müssen jetzt so an die dreizehn oder vierzehn Stunden her sein.»

«Hier», sagte Francis, packte eine von seinen Stullen mit Truthahnbraten aus und gab Mac eine halbe Schnitte. «Beiß dir ein Stück ab, meinetwegen auch zwei, aber iß nicht alles auf.»

«Hey, klar, mach ich!»

«Hab dir ja gesagt, der Mann ist in Ordnung», bemerkte Andy.

«Willst du auch 'n Stück Sandwich?» fragte Francis.

«Ich hab genug mit meiner Zwiebel», sagte Andy. «Aber der Bursche dort drüben in der Klavierkiste hat vor 'ner Weile rumgefragt, ob jemand was entbehren kann. Der hat 'n kleines Baby.»

«Ein Baby?»

«Sein Baby und seine Frau.»

Francis schnappte Michigan Mac den Rest des Sandwichs weg und suchte sich tastend den Weg durch die vom Flammenschein erhellte Nacht hinüber zu der Klavierkiste. Vor ihr brannte ein kleines Feuer, an dem im Schneidersitz ein Mann saß und sich wärmte.

«Ich hör grad, du hast 'n kleines Kind da drin», sagte Francis zu der Gestalt am Feuer, die argwöhnisch zu dem Fremden aufblickte, dann nickte und eine Geste zur Kiste hin machte. Francis erkannte die Umrisse einer Frau, die zusammengerollt am Boden lag, etwas Schemenhaftes zwischen sich, das wie ein in Decken gewickelter Säugling aussah.

«Ich hab hier was, das ich nicht brauche», sagte Francis und gab dem Mann ein ganzes Sandwich und die Überreste des anderen. «Was Süßes hab ich auch», ergänzte er und überreichte dem Mann seinen Plumpudding. Der Mann nahm die Geschenke mit nach oben gekehrtem Gesicht entgegen, auf dem der ungläubige Ausdruck von jemand, der in einer wolkenlosen Wüste plötzlich vom Blitz getroffen wird, und bevor er noch einen Ton sagen konnte, war sein Wohltäter verschwunden. Francis gesellte sich wieder zu der Runde um Andys Feuer, in der Schweigen herrschte. Er sah, daß ihn alle anblickten, bis auf Rudy, dem das Kinn auf die Brust gesackt war.

«Hast ihnen was zu futtern gegeben, wie?» sagte Andy.

«Tja. Netter Bursche. Ich hab mir ja heut abend schon den Bauch vollgeschlagen. Wie alt ist denn das Kleine?»

«Zwölf Wochen, hat er gesagt.»

Francis nickte. «Ich hatte auch mal einen Kleinen, der hieß

Gerald. Der war gerade dreizehn Tage alt, als er auf 'n Boden fiel, sich das Genick brach und starb.»

«Au wei. Das ist hart», sagte Andy.

«Davon haste nie etwas erzählt», meinte Old Shoes.

«Nee. Weil ich es nämlich war, der ihn hat runterfallen lassen. Ich wollte ihn vom Tisch hochnehmen, und dabei ist er aus der Windel rausgerutscht.»

«O verdammt», sagte Old Shoes.

«Da bin ich nicht mit fertig geworden. Deswegen bin ich abgehauen und hab die Familie sitzenlassen. Dann bin ich letzte Woche plötzlich einem von meinen Kindern begegnet, und von dem erfahr ich, daß meine Frau nie jemand was davon erzählt hat, daß ich es gewesen bin. Da läßt ein Mann sein Kind fallen, es ist tot, und die Mutter verrät keiner Menschenseele, was da passiert ist. Ich kapier das nicht. Wie eine Frau so etwas zweiundzwanzig Jahre lang für sich behalten kann, um einen Penner wie mich zu schützen.»

«Aus Weibern wirste niemals schlau», sagte Michigan Mac. «Meine Alte hat den ganzen Tag lang mit dem Hintern rumscharwenzelt, und mir hat sie weisgemacht, ich sei der einzige Mann, der sie je angefaßt hat. Eines Tages komm ich heim und ertapp sie dabei, wie sie's mit zwei Kerlen auf einmal treibt. Da hab ich zum erstenmal gemerkt, was gespielt wurde.»

«Ich red hier von was anderem», sagte Francis. «Ich rede hier von 'ner Frau, die 'ne wirkliche Frau ist und nicht von 'nem Flittchen aus der Gosse.»

«Aber gut ausgesehn hat meine Frau», sagte Mac, «immerhin. Und 'ne ungeheure Ausstrahlung hatte sie.»

«Ja, ja», sagte Francis, «zwischen den Beinen.»

Rudy hob den Kopf und sah auf die Weinflasche in seiner Hand. Er hielt sie hoch gegen das Licht.

«Was macht einen Mann besoffen?» fragte er.

«Wein», antwortete Old Shoes. «Das, was du grad in der Hand hältst.»

«Kennt ihr das mit den Bären und den Maulbeeren?» fragte Rudy. «Die haben Maulbeeren gefressen, und der Saft ist in ihrem Magen fermentiert.»

«Wirklich? Ich dachte, der fermentiert, bevor er in den Magen kommt», sagte Old Shoes.

«Nee, mein Lieber. Nicht bei Bären.»

«Wie ging's denn weiter mit den Bären und dem Saft?» wollte Michigan Mac wissen.

«Die Bären waren sternhagelvoll und hatten nachher einen Mordskater», sagte Rudy und ließ ein schallendes Lachen los. Dann kehrte er die Weinflasche um und leckte die Tropfen ab, die unten aus dem Hals rannen. Mit einem Armschlenker ließ er sie dann neben den zwei anderen leeren landen, seiner eigenen Whiskeyflasche und Francis' Weinpulle, die sie hatten herumgehen lassen.

«Herrje», seufzte Rudy, «wir ham nix mehr zu trinken. Jetzt gucken wir in die Röhre.»

Aus der Ferne konnten die vier Männer schwach das Gebrumm von Automotoren hören, kurz darauf zuschlagende Türen.

Im nachhinein erschien ihm seine Beichte überflüssig. Gerald hier zum erstenmal vor Fremden zu erwähnen war ein Fehler gewesen, denn keiner hatte die Sache ernst genommen. Und es hatte Francis' Schuld um keinen Deut gemindert, sondern sein Geständnis zu einer Belanglosigkeit verkommen lassen, die Rudys hirnlosem Gewäsch von Bären und Genies gleichkam. Francis schloß daraus, daß er schon wieder eine Fehlentscheidung getroffen hatte, nur eine weitere in einer langen Reihe. Er schloß weiterhin, daß er unfähig war, auch nur eine richtige Entscheidung zu treffen, und daß er der größte Holzkopf war, den es je auf der Welt gegeben hatte. Er war nun überzeugt davon, daß er niemals zu jener Ausgeglichenheit finden würde, die es so vielen anderen Männern gestattete, ein friedliches, gewaltloses, seßhaftes Leben zu führen, ein Leben, das wenigstens im Alter ein klein wenig Freude bescherte.

Er konnte sich nicht erklären, was ihn in dieser Hinsicht von anderen unterschied. Er wußte, daß er irgendwie kräftiger war, leichter zu Gewalttaten neigte und den Turbulenzen des Flüchtlingsdaseins mehr zugetan war als andere, dies alles freilich aus Gründen, die nichts mit Absicht zu tun hatten. Also gut, er hatte Harold Allen Leid zufügen wollen, aber das war jetzt so ewig lange her. Konnte denn irgendeiner, der wußte, wie Francis von sich dachte, glauben, daß *er* für das mit Rowdy Dick oder die Bißwunde im Nacken des Knilchs, für die blauen Flecken von Little Red oder die Narben anderer Männer, die längst vergessen oder begraben waren, verantwortlich war?

Verläßlich wußte Francis jetzt nur eines: daß er nie zu endgültigen Schlußfolgerungen über sich selbst gelangen würde, die gesundem Menschenverstand entsprangen. Was freilich nicht hieß, daß er sich jedes Denkvermögen abgesprochen hätte. Er empfand sich als Geschöpf mit unbekannten und unerkennbaren Qualitäten, als einen Mann, bei dem es nie zu einem ausgewogenen Verhältnis von spontanem und überlegtem Handeln kommen würde. Trotzdem führte Francis nach dem Eingeständnis, eine verlorene, verkorkste Seele zu sein, jedesmal seine private Weisheit und Zielsetzung ins Feld: Er war der Familie entflohen, weil er ein zu ruchloses Wesen war, als daß er hätte weiterhin mit ihr leben können; er hatte sich all die Jahre willentlich erniedrigt, um einem furchteinflößenden Stolz über seine Fähigkeit entgegenzuwirken, die Verklärung zu fabrizieren, aus der die Gnade strömen würde. Ein Krieger, jawohl, das war er, ein Krieger, der einen Glauben verteidigte, den kein Mensch je hat in Worte fassen können, am allerwenigsten er selbst; doch irgendwie hatte es damit zu tun, daß Heilige vor Sündern und Lebende vor Toten zu schützen waren. Und ein Krieger, da war Francis überzeugt, war nie ein Opfer, niemals.

In seinem tiefsten Innern, dort, wo er sich eine unausgesprochene Schlußfolgerung erlauben konnte, sagte er sich: Meine Schuld ist alles, was mir geblieben ist. Verlier ich sie, hab ich für nichts eingestanden, nichts vollbracht und bin nichts gewesen.

Und er hob den Kopf und sah eine Phalanx von Männern aus

der Nacht auftauchen, die Mützen mit dem Abzeichen der American Legion aufhatten und Baseballschläger in der Hand trugen.

Die Eindringlinge taten ihre Absicht wortlos kund, indem sie mit Feuereifer alles kurz und klein schlugen, was ihnen in die Quere kam. Sie drückten die Wände leerstehender Hütten ein und brachten wacklige Verschläge zum Einsturz, die Zeit und Witterung schon bis an den Rand des Zusammenbruchs strapaziert hatten. Ein Mann, der sie näher kommen sah, verließ seinen Bretterverschlag und rannte los. Er rief nur ein Wort: «Überfall!» und schreckte damit eine Handvoll Campbewohner auf, die ihre Habe zusammenrafften und ihm wie eine aufgescheuchte Herde hinterherflohen. Die ersten zerstörten Hütten standen längst in Flammen, als die Männer an Andys Feuer sich bewußt wurden, daß ein Überfall stattfand.

«Was ist los, zum Teufel?» fragte Rudy. «Weshalb stehn denn plötzlich alle auf? Wo willst du hin, Francis?»

«Mach schon, komm auf die Füße, Blödmann», sagte Francis, und Rudy stand auf.

«Scheiße, was hab ich mir denn hier eingebrockt», fluchte Old Shoes, während er sich rückwärts gehend vom Feuer entfernte und die näher rückenden Angreifer im Auge behielt. Sie waren etwa ein halbes Footballfeld weit entfernt, aber Michigan Mac war schon auf und davon gestürzt und rannte geduckt, den Oberkörper fast waagerecht, hinunter zum Fluß.

Die Männer arbeiteten sich knüppelschwingend vorwärts; einer legte gerade mit zwei Hieben einen primitiven Unterschlupf flach. Ein Mann, der dem Trupp folgte, schüttete Benzin über die Trümmer und warf ein brennendes Streichholz hinein. Die Angreifer waren jetzt noch zwanzig Yards von Andys Hütte entfernt; Andy, Rudy und Francis starrten noch immer wie gebannt und mit ungläubigen Gesichtern auf das Geschehen.

«Wir sollten lieber abhauen», sagte Andy.

«Haste irgendwas in deiner Hütte, das sich zu retten lohnt?» fragte Francis.

«Das einzige, was ich zu retten hab, ist meine Haut, und die hab ich immer dabei.»

Die drei Männer wichen schrittweise vor den Eindringlingen zurück, die eindeutig in der Absicht kamen, alles in Schutt und Asche zu legen, was hier stand. Im Vorbeigehen warf Francis einen Blick in die Klavierkiste; sie war leer.

«Wer sind die?» wollte Rudy von Francis wissen. «Warum machen die das?»

Doch keiner gab ihm Antwort.

Ein halbes Dutzend Hütten stand in Flammen, und von einer war das Feuer auf einen hohen, kahlen Baum übergesprungen, dessen Krone über dem Geflacker der Hütten weit hinaufloderte gen Himmel. Francis sah einen der Eindringlinge eine Behausung zertrümmern, aus der ein benommener Mann auf den Knien herausgekrochen kam. Der Schläger verpaßte ihm mit dem Knüppel einen derben Hieb aufs Hinterteil, worauf sich der Mann aufrappelte. Trotzdem bezog er weiter Schläge, bis er humpelnd davonzulaufen begann. Die von der Hütte des Fliehenden aufsteigenden Flammen warfen ihr Licht auf das Grinsen des Knüppelbewehrten.

Da wandten sich auch Francis, Rudy und Andy zur Flucht, endlich überzeugt, daß Dämonen die Nacht unsicher machten. Doch kaum hatten sie sich umgedreht, sahen sie sich zwei Angreifern gegenüber, die von der linken Flanke auf sie zukamen.

«Dreckiges Pennergesindel», fluchte der eine und schlug mit dem Knüppel nach Andy, der geschickt zur Seite wich, davonrannte und von der Finsternis verschluckt wurde. Der Mann ließ seinen Knüppel zur anderen Seite schwingen und erwischte den torkelnden Rudy knapp oberhalb des Genicks. Rudy jaulte auf und stürzte hin. Francis warf sich auf den Mann und entriß ihm seinen Baseballschläger, robbte zur Seite, kam hoch, wandte sich um und trat den zwei Männern entgegen, die mit einem Haß auf ihren Gesichtern auf ihn zukamen, der so anonym und tödlich war wie die entblößten Fangzähne eines tollwütigen Hundes. Der andere Mann hob seinen Knüppel mit beiden Händen hoch über den Kopf und ließ ihn dann mit einem senkrechten Schwung auf Francis niedersausen, der so behende zur Seite sprang, wie er sich einst nach links geduckt hatte, um einen über den Rasen heranflitzenden Baseball zu kassieren. Gleichzeitig machte er einen Schritt nach vorn, holte aus wie der Schlagmann auf dem Spielfeld und hieb dem Mann, der Rudy niedergeschlagen hatte, seinen eigenen Schläger ins Kreuz. Er traf mit einer Wucht, die jeden Baseball weit über jeden Zaun am anderen Spielfeldende befördert hätte, egal wie groß das Feld war, und er konnte deutlich hören und gleichsam fühlen, wie im Rücken des Mannes die Knochen brachen. Mit geradezu orgiastischer Freude sah er zu, wie dem Mann die Luft wegblieb und er mit einer grotesken Verrenkung lautlos zu Boden ging.

Der andere Angreifer ging auf Francis los und brachte ihn zu Fall, nicht mit dem Schläger, sondern mit der vollen Wucht seines anstürmenden Körpers. Die beiden Männer rollten ineinander verkeilt über den Boden, bis Francis sich mit einem blitzschnellen Hieb auf die Kehle des Gegners befreite. Aber der Mann war robust und sehr behende, er war bereits wieder auf den Beinen, als Francis noch auf Knien lag, und wollte schon die Arme heben, um Francis einen seitlichen Hieb mit dem Schlagholz zu verpassen, da holte Francis mit seinem Schläger aus, der einen weiten Halbkreis beschrieb und mit voller Wucht dem Mann in Kniehöhe das linke Bein zerschmetterte. Das Knie knickte nach innen ein wie ein Scharniergelenk, und der Mann klappte mit einem langgezogenen, schmerzvollen Heulton zusammen.

Francis hob Rudy auf, der zusammenhanglose Laute von sich gab, und warf ihn sich über die Schulter. Er rannte, so gut es eben ging, auf den dunklen Wald am Flußufer zu, floh dann am Ufer entlang Richtung Stadt. Zwischen hohem, braun verwelktem Gestrüpp hielt er an und lag, Rudy neben sich, eine Weile flach auf dem Bauch, bis er wieder bei Atem war. Keiner folgte ihnen. Er blickte zurück und sah zwischen den Bäumen hindurch, wie das Feuer im Dschungel immer mehr um sich griff. Mond und Sterne schienen auf das Wasser des Flusses herab, eine friedliche, spiegelglatte Fläche neben der wütend prasselnden Feuersbrunst.

Francis bemerkte, daß er an der Wange blutete, und er ging ans Wasser, tauchte sein Taschentuch hinein und wusch sich das Blut ab. Er trank in tiefen Zügen, und der eisige Schock belebte ihn. Er tupfte die Wunde ab, stellte fest, daß sie noch immer blutete und preßte das Taschentuch dagegen, um die Blutung zu stillen.

«Wer war das?» fragte Rudy, als er wieder zu sich kam.

«Die Jungs von der Gegenmannschaft», sagte Francis. «Die mögen dreckige Penner wie uns nicht.»

«Du bist doch nicht dreckig», sagte Rudy heiser, «du hast 'n neuen Anzug an.»

«Darüber mach dir mal keine Sorgen. Wie geht's deinem Kopf?»

«Ich weiß nicht. So hat er sich noch nie angefühlt.» Francis betastete Rudys Hinterkopf. Er blutete nicht, aber die Stelle war stark angeschwollen.

«Kannst du laufen?»

«Weiß nicht. Wo issen Old Shoes und sein Auto?»

«Weg, schätze ich. Ich glaub, der Wagen war heiß. Bestimmt geklaut. Damit hat er sich früher nämlich mal über die Runden gebracht. Mit Autodiebstählen und damit, daß er seinen Arsch verhökert hat.»

Francis half Rudy auf die Beine, aber Rudy konnte nicht ohne Hilfe stehen, geschweige denn einen Fuß vor den anderen setzen. Francis lud ihn sich wieder auf die Schulter und marschierte weiter nach Süden. Er wollte zum Memorial Hospital, dem ehemaligen homöopathischen Krankenhaus in der North Pearl Street. Bis in die Innenstadt hinein war es ein weiter Weg, aber sonst gab es verdammt noch mal nichts, wohin man sich mitten in der Nacht hätte wenden können. Und ihm blieb nichts anderes übrig, als zu laufen. Wollte man um diese Stunde auf einen verdammten Bus oder eine Straßenbahn warten, würde Rudy im Rinnstein krepieren.

Francis trug ihn erst auf der einen Schulter, dann auf der anderen, und schließlich, als er herausfand, daß Rudy seine

Arme noch einigermaßen gebrauchen und sich festhalten konnte, transportierte er ihn huckepack. Er schleppte ihn die Straße am Hudson entlang, weil er keinem der Streifenwagen begegnen wollte, die oben in der Stadt herumkurvten, dann ein Stück an den Bahnschienen entlang und schließlich über den Broadway und die Pearl hinauf.

Er stieg mit ihm die Eingangstreppe zum Krankenhaus hinauf und trat in den kleinen, hellen und blitzsauberen Raum der Unfallaufnahme, in dem sich sonst kein Patient befand. Eine Schwester, die Francis kommen sah, rollte eine Bahre von der Wand herüber und half Rudy, von Francis' Rücken herunterzurutschen und sich auszustrecken.

«Er hat einen Schlag auf den Kopf gekriegt», sagte Francis. «Er kann nicht mehr laufen.»

«Wie ist das passiert?» fragte die Schwester und untersuchte Rudys Pupillen.

«Unten auf der Madison Avenue ist irgend so 'n Bursche durchgedreht und hat ihm eins mit 'nem Backstein verpaßt. Ist ein Arzt da, der ihm helfen kann?»

«Wir werden einen Arzt holen. Der Mann hat getrunken.»

«Das ist nicht sein Problem. Er hat auch Magenkrebs, aber was ihm momentan am meisten weh tut, ist sein Schädel. Er hat gewaltig eins an die Birne gekriegt, das kann ich Ihnen sagen, und er war nicht mal dran schuld.»

Die Schwester ging zum Telefon, wählte eine Nummer und sprach leise in den Hörer.

«Wie geht's dir, Kumpel?» fragte Francis.

Rudy lächelte, blickte Francis mit glasigen Augen an und sagte nichts. Francis tätschelte ihm die Schulter und setzte sich neben der Bahre auf einen Stuhl, um ein wenig auszuruhen. Da sah er sich im Spiegel an der Schranktür gegenüber. Seine Schleife saß völlig schief, Hemd und Jackett hatten Blutspritzer abgekriegt, bevor er die Wunde an der Wange bemerkt hatte. Sein Gesicht war ganz verschmiert, seine Kleider über und über beschmutzt. Er rückte seine Schleife gerade und klopfte sich notdürftig den Dreck vom Anzug.

Nach einem zweiten Telefonat und einer Unterhaltung, die

Francis eben unterbrechen wollte, um ihr zu sagen, daß sie sich gefälligst endlich um Rudy kümmern solle, kam die Schwester zurück. Sie fühlte Rudy den Puls, holte ein Stethoskop und hörte sein Herz ab. Dann eröffnete sie Francis, daß Rudy tot war. Francis erhob sich von seinem Stuhl, sah seinem Freund ins Gesicht und bemerkte, daß er noch immer lächelte. Wo kein Wind mehr pfeift.

«Wie war sein Name?» fragte die Schwester. Sie griff nach einem Bleistift und nahm eine Schreibtafel mit angeklammertem Vordruck zur Hand.

Francis starrte wie gebannt auf dieses glasige Lächeln. Newton mit dem Apfel, von zwei Hebammen zur Welt gebracht.

«Sir, wie war sein Name?» fragte die Schwester.

«Rudy war sein Name.»

«Rudy, und weiter?»

«Rudy Newton», sagte Francis. «Er wußte, wo die Milchstraße liegt.»

Es wäre Viertel nach drei auf der Turmuhr der First Church, wenn Francis den Weg zu *Palombo's Hotel* einschlüge, um endlich aus der Kälte rauszukommen, sich an Helens Seite auszustrecken, über das Geschehene nachzudenken und zu überlegen, wie er sich nun verhalten sollte. Er höbe grüßend die Hand, wenn er auf dem Treppenabsatz am Nachtportier vorüberkäme, und stiege die Stufen hinauf zu dem Zimmer, das er und Helen immer nahmen, wenn sie in diesem heruntergekommenen Schuppen logierten. Oben im Flur, den Blick auf den staubigen, schmutzigen Boden und den zerschlissenen Läufer gerichtet, riefe er sich in Erinnerung, daß dies hier Luxus war für Leute wie ihn und Helen. Er sähe den Lichtstreifen unter der Tür, würde aber dennoch anklopfen, um sicherzugehen, daß es Helens Zimmer wäre. Wenn er keine Antwort bekäme, würde er die Tür öffnen und Helen in ihrem Kimono am Boden liegen sehen.

Er träte ins Zimmer, schlösse die Tür, bliebe stehen und sähe sie lange Zeit an. Ihr Haar läge offen aufgefächert rings um ihren Kopf, ein hübscher Anblick.

Nach einer Weile käme er auf den Gedanken, sie aufzuheben und aufs Bett zu legen, doch er beschlösse, daß dies nutzlos wäre, denn so wie sie da läge, schiene es in Ordnung und bequem. Es sähe aus, als schliefe sie.

Er nähme im Sessel Platz, säße da und betrachtete sie, ohne daß er hinterher würde sagen können, wie lange er dort gesessen hätte, und er käme zu dem Schluß, daß er eine richtige Entscheidung getroffen hätte, als er sie so liegen ließ.

Denn ihre Haltung hatte nichts Verkrümmtes an sich.

Er sähe in den aufgeklappten Koffer und fände seine alten Zeitungsausschnitte, die er in der Innentasche seiner Jacke verstauen würde. Er fände seinen Rasierapparat, sein Taschenmesser und Helens Brosche mit dem Schmetterling aus Bernstein; all dies würde er ebenfalls in seiner Jacke verstauen. In Helens Mantel, der im Schrank hinge, fände er ihre Barschaft, drei Dollar fünfunddreißig, die er sich in die Hosentasche schöbe, wobei ihm noch immer ein Rätsel wäre, woher sie die hatte. Ihm fielen die zwei Dollar ein, die er für sie bei Donovan hinterlegt hatte, und daß weder sie noch er die nun noch kriegen würden; er würde sie als Trinkgeld für den alten Donovan betrachten. Helen sagt Danke schön.

Dann setzte er sich auf das Bett und besähe sich Helen aus einem anderen Blickwinkel. Von hier aus könnte er sehen, daß ihre Augen geschlossen waren, und er dächte daran, wie leuchtend grün sie zu Lebzeiten gefunkelt hatten, ihre zwei prächtigen Smaragde. Er vernähme die Stimmen der Frauen hinter sich, wenn er versuchte, hinter die geschlossenen Lider zu schauen.

Dazu ist es nun zu spät, würden die Frauen sagen. Zu spät, um tiefer in Helens Seele zu schauen. Doch er würde sie weiterhin anstarren, ohne die aufrecht ans Kissen gelehnte Schallplatte zu übersehen, die sie entweder gekauft oder gestohlen haben mußte. Er würde das Lied kennen *‹Bye Bye Blackbird›*, eins von ihren Lieblingsliedern, und er würde hören können, wie die Frauen es leise sängen, während er auf die grimmig funkelnden Narben in Helens Seele starrte, frische bläuliche Narben, die, während sich die unter den grün züngelnden Flammen der Hoffnung lodernde Seele bereits von allen Wunden der Welt reinigte, allmählich bleicher würden zwischen den alten, ohne ihre Unversehrtheit als Gucklöcher der Einsicht in die tiefsten Geheimnisse Satans zu verlieren.

Francis, dieses Doppelwesen, bald siech dahinschlurfender alter Mann, bald flügge gewordener Vogel auf unsicheren Schwingen, würde leise in den Gesang der Frauen einstimmen: *‹Here I go, singin' low›*, und das Lied würde ihm offenbaren, daß er nicht im geringsten in Helens Seele schaute, sondern einzig und allein in seine eigene, sich stets wiederholende, fehlbare Erinnerung. Er wüßte, daß beide, Helen wie Rudy, in diesem Moment weit mehr Einblick in sein Wesen hätten, als er jemals in das ihre gehabt hatte oder haben würde.

Die Toten, sie sehen alles.

Er würde seinen Lebensfaden zurückverfolgen bis zu einem Punkt weit vor Helens Tod und hätte sie wieder vor Augen, wie sie nach einem Liebesakt an seiner Seite lag, in denselben Kimono gehüllt wie jetzt, und zu ihm sagte: Ich will nichts auf der Welt, nur daß mein Name auf dem Familiengrab steht.

Und dann stünde Francis auf und schwüre sich, eines Tages ihr Grab ausfindig zu machen, ganz gleich, wo man sie begraben hätte, und einen Stein darauf zu setzen, auf dem ihr Name tief eingemeißelt wäre. Auf diesem Stein stünde: *Helen Marie Archer, eine große Seele.*

Dann fiele Francis ein, daß stets, wenn eine große Seele verlosch, die Mächte der Finsternis zu spuken begannen und die Welt mit Blitz und Hader und Feuer heimsuchten. Und er sähe ein, daß er für den Schutz von Helens Seele würde beten müssen, denn dies wäre die einzige Art und Weise, auf die er ihr jetzt helfen konnte. Doch weil er sich unter der anderen Welt keine himmlische Residenz vorstellte, in der die Legion begnadeter Seelen dem heiligen Wurm huldigt, sondern eher eine übelriechende Pestwolke über einem Loch im Boden, wo sich die Erde des Gestanks verwesenden Fleisches entledigte, tauchte eine Frage auf, die wie mit Flammenlettern vor ihm in die Luft geschrieben stand: Wie sollte ein Mann wie er es anstellen zu beten?

Darüber dächte er wiederum einen Moment von unbestimmbarer Dauer nach und beschlösse dann, daß für ihn kein Beten in Frage käme: für Helen nicht, nicht einmal für ihn selbst.

Dann würde er sich zu ihr herunterbeugen, ihr die Hand auf den Kopf legen und ihr über den Schädel streichen wie ein Vater über die weichen Fontanellen seines neugeborenen Kindes. Er täte es mit sanfter Hand, um nicht den Fall ihres auseinanderfließenden Haares zu zerstören.

Denn es war so hübsch.

Dann ginge er aus dem Zimmer; das Licht ließe er brennen. Er stiege die Treppe hinab, würde mit erhobener Hand den auf seinem Stuhl eingedösten Nachtportier grüßen und dann wieder hinaustreten in die kalte und lebendige Finsternis der Nacht.

Im Morgengrauen säße er in einem leeren Güterwagen der Delaware & Hudson, würde Richtung Süden rollen, zu den Limonadenquellen. Die Schiebetür stünde ein Stück offen; Francis würde in der Mitte des Wagens hocken, dort säße man nicht so im Wind. Er würde hinausblicken und zusehen, wie die Sterne, deren Glut vor Stunden noch so unauslöschlich schien, allmählich am erwachenden Himmel verblaßten, dessen Violett am Horizont einem rosigem Schimmer wiche.

Die Augen zu schließen wäre ihm unmöglich, also dächte er darüber nach, was er als nächstes tun könnte. Dann würde er feststellen müssen, daß er unter den Möglichkeiten, die ihm zur Verfügung standen, nicht frei wählen konnte. Als gesichert gälte ihm in diesem Augenblick nur, daß er in einer Welt lebte, in der die Ereignisse sich selbst bestimmten, und daß einen Pulsschlag weit in ihr Mysterium einzudringen alles war, was ein Mensch tun konnte.

Er hatte eine Vision von dem in den silbrig-weißen Kokon seines Grabes eingesponnenen Gerald, dann verblaßte sie wie die Sterne am Morgenhimmel, und er konnte sich nicht einmal mehr an die Haarfarbe des Kindes erinnern. Er sah sämtliche Frauen aus seinem Leben, bis wieder die gleichen drei übrigblieben, bis schließlich dieses unmögliche Dreiergespann ebenfalls verschwand und Francis nur den glorreichen Mund von Katrina vor sich hatte, der Worte formte, die kaum mehr waren als stille Gebilde, und da ging ihm auf, daß er mehr hinter sich ließ, als bloß eine Stadt und ein Leben voller Leichen. Selbst die lebhafte Erinnerung an die Narben in Helens Seele ließ er zurück.

Als der Zug unterwegs die Fahrt verlangsamte, um Wasser aufzunehmen, kam Strawberry Bill in den Wagen geklettert, und er sah erstaunlich gut aus für einen Penner, der unter nicht enden wollendem Gehuste krepiert war. Er war tipptopp in Schale; Anzug aus blauem Leinenkrepp, Strohhut, und das Beige seiner Halbschuhe erinnerte Francis an einen fabrikneuen Baseball.

«So gut haste zu Lebzeiten aber nie ausgesehen», sagte Francis. «Hast es scheint's zu was gebracht im Jenseits.»

Jeder kriegt gleich bei der Aufnahme seinen italienischen Schneider, sagte Bill. Aber sag mal, Kumpel, wovor rennst du denn diesmal davon?

«Vor demselben Haufen wie immer», sagte Francis. «Den Cops.»

Cops, sagte Bill, ich krieg den ganzen Tag lang keinen einzigen Cop zu Gesicht.

«Vielleicht ist noch keiner von denen in den Himmel gekommen. Mir ham sie hier unten jedenfalls ganz schön das Leben versauert.»

Hier ist kein einziger Cop hinter dir her, Kumpel.

«Du hast wohl die Weisheit mit Löffeln gefressen, wie?»

Würd ich jemand wie dich verscheißern?

Francis lächelte in sich hinein und begann Rudys Lied über den Ort zu summen, wo der Hüttensänger zwitschert. Er trank den letzten Schluck von seinem Green River Whiskey, der ihm nun eiskalt über die Zunge rann und süß schmeckte. Und er mußte wieder an Annies Dachboden denken.

Das wär 'n Plätzchen für dich, hatte Billy zu ihm gesagt. Hinten in der Ecke, nicht weit von deiner Truhe, da steht auch ’n zusammengeklapptes Feldbett.

«Hab es stehen sehn», sagte Francis.

Er stand auf, ging an die Schiebetür und warf die leere Whiskeyflasche hinauf zum Mond, der wie ein verirrter Baseball dort oben hing und im Licht der aufgehenden Sonne verblaßte. Die Flasche und der Mond machten Musik wie ein gefühlvolles Banjo, während sie gemeinsam am Firmament ihre Bahn zogen, göttliche Melodien, die Francis drängten, vom Zug zu springen und Zuflucht unter dem heiligen Giebel der Phelans zu suchen.

«Hörst du diese Musik?» sagte Francis.

Musik, nee, sagte Strawberry Bill. Hör ich nichts von.

«Banjomusik. ’n äußerst melodisches Banjo. Kommt von der leeren Whiskeyflasche. Die macht mit dem Mond Musik.»

Wenn du meinst, sagte Strawberry Bill.

Francis lauschte wieder dem Mond und der Flasche und vernahm sie jetzt noch deutlicher als zuvor. Hörte man diese Musik, brauchte man keine Minute länger im Bett zuzubringen. Dann konnte man die Beine herausschwingen, hinübergehen zum Giebelfenster am anderen Ende des Dachbodens und zuschauen, wie Jake Becker seine Tauben fliegen ließ. Sie erhoben sich in die Lüfte, umrundeten unaufhörlich in einem einzigen weiten Kreis das gesamte verdammte Viertel, flogen und flogen und flatterten sich einen ab, und dann pfiff ihnen der Alte und sie kehrten wieder in ihren Schlag zurück. Nicht zu glauben, aber wahr.

«Was soll ich dir denn zum Mittagessen machen?» fragte ihn Annie.

«Nur keine Umstände. Mit ’nem Truthahnsandwich bin ich vollauf zufrieden.»

«Möchtest du wieder Tee?»

«Diesen Tee mag ich jederzeit», sagte Francis.

Er achtete darauf, sich nicht direkt ans Fenster zu setzen, sonst entdeckte ihn womöglich noch einer, wenn er den Tauben oder vom Giebelfenster an der Vorderseite den Kindern zusah, die auf dem Sportplatz hinter der Schule Football spielten.

«Solang dich keiner sieht, kriegst du auch keinen Ärger», sagte Annie zu ihm. Sie wechselte zweimal die Woche den Bezug des Feldbetts, nähte hellbraune Vorhänge für die Giebelfenster und kaufte ein Paar schwere schwarze Übervorhänge, die abends zugezogen wurden, damit er ungestört die Zeitung lesen konnte.

Eigentlich brauchte er gar nichts mehr zu lesen. Sein Geist war frei von abstrakten Gedanken. Tauchte trotzdem einer auf, so ruhte er in seinem Bewußtsein wie der morgendliche Tau auf einem Stein draußen auf dem Feld. Die aufgehende Sonne würde den Tau zum Verdunsten bringen; nichts bliebe als sein flüchtiger Eindruck auf den Stein. Der Stein kann auf diesen Eindruck verzichten.

Ob sie je rauskriegten, daß es Francis gewesen war, der diesem Burschen mit dem Knüppel die Wirbelsäule zerschmettert hatte? Das war der springende Punkt. Denn dieser Schlag hatte den niederträchtigen Bastard tatsächlich ins Jenseits befördert. Ob sie nach ihm fahndeten? Oder taten sie so, als würde nicht nach ihm gefahndet? In der Truhe fand er seinen alten Trainingspullover, und den trug er mit hochgeschlagenem Kragen, um sein Gesicht zu vermummen. Dann entdeckte er noch George Quinns Dienstmütze aus dem Ersten Weltkrieg, die ihm ein militärisches Aussehen verlieh. Beim Militär, da hätte er sich Tressen und Orden verdient. Straffe Reglementierung hatte immer eine große Faszination auf ihn ausgeübt. Kein Mensch würde darauf kommen, ihn unter George Quinns ausgedienter Militärmütze zu vermuten. Das war ziemlich unwahrscheinlich.

«Fran, magst du Jell-O zum Mittagessen?» fragte Annie. «Ich weiß gar nicht, ob ich dir schon mal Jell-O gemacht hab. Keine Ahnung, ob es damals schon Jello-O gab.»

Falls sie hinter ihm her waren, dann war natürlich der Film gelaufen. Sense, aus, dann konnte man alles vergessen. Dann würde er dorthin fahren, wo es warm war, dorthin, wo er nie wieder vor irgendwelchen Kerlen oder dem unerträglichen Wetter die Flucht ergreifen mußte.

Der Lichthimmel, der keine räumliche Ausdehnung hat,

bewegt sich nicht und besitzt keine Pole. Er umgürtet mit einem Ring aus Licht und Liebe das Primum Mobile, die entfernteste und flüchtigste der stofflichen Himmelssphären. Engel manifestieren sich im Primum Mobile.

Aber wenn sie nicht hinter ihm her waren, dann würde er Annie eines Tages (der Gedanke daran war ihr selbst schon durch den Kopf gegangen, das sah er ihr an) darum bitten, das Feldbett unten in Dannys Zimmer aufzustellen, doch erst, wenn sich die Verhältnisse wieder völlig normalisiert hatten und es nichts mehr zu befürchten gab.

Dieses Zimmer von Danny war recht geräumig.

Und morgens hatte man gleich die Sonne.

Doch, das war ein sehr hübsches kleines Zimmer.

Lesefutter

Charlotte Link
Die schöne Helena (5490)
Wenn die Liebe nicht endet
512 Seiten. Gebunden
(Wunderlich Verlag)

Graham Masterton
Jungfernfahrt
Deutsch von Mechthild Sandberg.
576 Seiten. Gebunden
(Wunderlich Verlag)

Margaret Mitchell
Vom Winde verweht (1027)

Josef Nyáry
Ich, Aras habe erlebt . . . (5420)

Diane Pearson
Deutsch von Margaret Carroux.
Csárdás
607 Seiten. Gebunden und als
rororo 5601
Der Sommer der Barschinskys
512 Seiten. Gebunden
(Wunderlich Verlag)

Mario Puzo
Der Pate (1442)
Mamma Lucia (1528)

Irving Stone
Vincent van Gogh (1099)

Nancy Zaroulis
Und sie nannten das Dunkel licht
rororo 5467

rororo

C 2271/2 a